하곡 **지교옥** 자전 수상록
(夏谷池敎玉自傳隨想錄)

흘러간 세월
우직(愚直)한 인생(人生)

한누리미디어

국립중앙도서관 출판시도서목록(CIP)

흘러간 세월 우직한 인생 : 하곡 지교옥 자전 수상록 / 지은이 : 지교옥. --
서울 : 한누리미디어, 2014
　p. ;　cm

ISBN 978-89-7969-491-8 03810 : ₩15000

자전적 수필[自傳的隨筆]

818-KDC5
895.785-DDC21　　　　　　　　　　　　　　　CIP2014030779

우리들 인생은 누구에게나 자기 나름대로 살아온 역사가 있고 긍지(矜持)가 있다.

나는 동생(교헌)으로부터 누차에 걸친 권유를 받고, 살아온 경험을 기술(記述)하게 되었고 그 내용을 참되고 바르게 표현하려고 노력하였다.

이 글의 내용은 평범한 자기실현을 위한 내용들이고 뚜렷이 내세울 것 없는, 누구에게나 자신의 입지에 따라 살아가는 비슷한 사례라고 여겨진다.

필자는 일제 식민지 치하에서 굶주리고 헐벗던 어려운 시기에 농촌에 태어나서(1925. 9. 10.(음)) 크게 배운 것 없이 소년 시절부터 사회적 직업 활동에 나섰고 성장하여서는 일본군으로 강제 징집되고, 8·15광복, 대한민국 정부수립, 동족상잔의 6·25사변, 4·19혁명, 5·16 군사혁명 등 크고 작은 국가민족의 어려웠던 시절을 거쳐 오늘의 발전된 대한민국이 있기까지 나름대로 지조를 지키며 근면성실하게 살려고 노력하였다.

글을 쓰고 보니 모든 것을 숨김없이 다 드러내 보이는 나체(裸體)와 같은 부끄러움도 느낀다. 그러나 이 글이 젊은 세대들에게 전달되어 인생을 바라보고 음미(吟味)하며 무엇인가 깨우침이 되었으면 하는 소망을 가져 본다.

끝으로 원고정리와 교정 편집 등 출간하기까지 수고한 창호, 달호, 준호와 한누리미디어 김재엽 사장님에게 감사의 뜻을 전한다.

2014년 8월   일

夏谷 **池敎玉** 씀

차례 Contents

제3장 도약의 꿈 - 청년 시절

제4장 노령(老齡)의 자존(自尊) - 노년 시절

차례 Contents

제5장 세모(歲暮)의 상념(想念)

제6장 그리운 동반자들

제7장 바람처럼 구름처럼

독후감

제1장

회초리가 무서웠다

− 유년 시절

1-1

회초리가 무서웠다

고희를 넘은 내가 어린 시절을 기억하기에는 무리가 따르지만, 그래도 아직까지 지워지지 않는 어린 시절의 기억이 뇌리에 생생한 것들이 있다. 나는 30대의 젊은 부모님 슬하에 차남으로 태어나 귀엽게 자랐으며, 열 살 되는 해에 아버님께서 화죽강습소에 취학시켜 주셨다.

강습소가 있는 화죽에는 양지편 새터말 조산말 새말 묘막말 방죽말 등 크고 작은 6개 마을이 있었는데 행정구역상으로는 양지편과 새터말을 청원군 북이면 화상리라고 부르고, 나머지 크고 작은 4개 부락을 합하여 화하리라 하였다.

화죽강습소는 조산말에 위치하고 교사(校舍)는 장로교회의 교회당을 임시로 사용하고 있었는데, 나는 새말에 거주하고 있었다. 우리 집에서 학교까지의 거리는 약 500m 안팎이 될 것이다. 이때의 강습소에서는 보통학교(지금의 초등학교)에서 가르치는 과목 외에 한문도 가르치고 있었다. 그러나 사람들은 보통학교에 가는 것을 희망했고 당시는 북일면과 북이면의 2개 면을 통하여 북일면 내수리에 내수 공립 보통학교가 있었는데 내가 살고 있는 화죽에서는 10리가 단단히 되는 거리였다.

아버님은 나이 어린 내가 내수로 통학하기 어려운 점을 생각하시고 화죽강습소에 입학시켜 준 것으로 생각되지만, 만약 화죽강습소가 없었더라면 5일장이 서는 내수리의 보통학교에 가게 되었을 것 같다. 강습소 학생들은 연령층이 다양하여 나이 적은 우리와 같은 아이들부터 이미 결혼을 하고 아이까지 있는 청년층의 학생도 있었지만, 이런 것들이 전혀 이상할 것이 없어 한 학급에서 공부하였다.

나는 강습소에 입학한 지 3일째 되는 날 공부시간에 나도 모르게 하품을 하였는데, 하품하는 나를 보신 선생님께서는 회초리를 들고 나에게 다가오셔서 "이놈, 공부하기 싫어서 하품하느냐?"며 나의 등을 한 번 때려 주셨다. 나는 선생님께 회초리로 맞고 나서도 무슨 잘못으로 맞았는지 하품이 무엇인지도 모르고 두렵기만 하던 중 다시 하품을 하게 되었다. 나는 재차 선생님에게 발각되어 이번에는 더 세게 회초리로 두 대를 맞았다. 나는 두 번째의 매를 맞고 나서도 하품이 무엇인지 모르는 바보였다.

당시 나는 10살이지만 학생들 중에서는 가장 연소한 층에 속하고 있었고, 어리석고 순진한 어린 시절로 지금 생각해도 바보 중의 바보짓을 한 그 시절이 뇌리에서 떠나지 않는다. 나를 회초리로 혼내주신 선생님은 학년이 오르면서 알게 된 김홍구 선생님이었다.

나는 학교가 끝나고 집에 돌아와서 선생님께 회초리를 맞은 사실을 아버님과 어머님께 말하지 않았다. 수치심이나 자존심도 모르는 내가 회초리 맞은 사실을 왜 부모님에게 말하지 않았는지는 모를 일이나, 짐작컨대 나는 학교에서 집에 돌아오기 무섭게 책보를 방에 팽개치고 친구들과 어울려 놀다가 저녁에는 밥 먹기가 무섭게 잠에 골아 떨어졌기 때문이 아닌가 생각된다.

다음날 아침에 아이들이 책보를 들고 와서 학교당(강습소)에 가자고 하였다. 나는 전일에 선생님이 회초리로 때린 것을 기억하며, 나의 등에는 회초리로 맞은 흔적도 없는 가벼운 것이었지만, 선생님이 두려운 마음이 들어서 아이들을 따라 나서지 않았다. 아이들은 재차 "얘들아, 학교당 늦겠다" 하며 친구들끼리 학교로 몰려가고 나는 학교 가지 않는 친구 또래의 아이들과 마당에서 놀고 있었다.

이때 아버님께서는 학교에 갔을 것으로 알았던 내가 학교에 가지 않는 아이들과 어울려 놀고 있는 것을 보시고, 당황하신 듯 나의 이름을 부르시며 왜 학교에 가지 않았느냐며 나의 동정을 살피셨다. 나는 전일에 학교에서 있었던 나의 잘못과 무엇 때문에 선생님이 회초리로 때렸는지를 아버님께 설명할 수 있는 말재간이 없었고, 아버님은 아무 말 없이 고개 숙인 나를 살피시며 재차 왜 학교에 가지 않았느냐고 물으셨다. 나는 그제야 "학교에 가면 선생님이 때려" 하고 대답할 수밖에 없었다.

아버님은 내가 전일에 학교에서 하품을 하다가 선생님께 회초리로 맞은 사실과 그 영문을 아실 리가 없다. "학교 가면 선생님이 때려?" 하며 등교하지 않고 있는 어린 나의 모습을 바라보시면서 의아하게 생각하시는 아버님의 모습을 나는 역력히 볼 수 있었다. 아버님은 나를 달래셨다. 학교에 가서 다시는 선생님이 때리지 않도록 선생님께 당부하시겠다며 책보를 쥐어주시고 한 손으로 나의 손을 이끄시며 학교로 갔다. 아버님은 학교에 가서서 선생님과 말씀을 나누시고는, 나에게는 "공부하고 오라" 시며 집으로 가셨는데, 나는 아버님이 학교에서 떠나시는 뒷모습을 보고는 따라나서고 싶기만 하였다.

선생님은 나에게 '네 자리에 앉아서 공부하라' 고 하시며 빙긋이 웃어 주셨다. 나는 내 자리에 앉아서 다시 공부하게 되었다. 나는 선생님께 회초리로 맞고 난 후로는 항상 선생님은 무서운 분으로 생각하였으며, 또 다시 회초리로 맞지 않을까 두려운 마음으로 언제나 학교생활이 긴장되었다.

그 후 며칠이 지났다. 선생님은 나를 부르셨다. 나는 겁이 나서 가슴이 두근거리는 설렘으로 선생님 앞에 나아갔다. 선생님은 나에게 선생님 집에 가서 벼루집(벼루가 담겨 있는 작은 상자)을 가져오라는 것이었다. 나는 이때 두려운 마음이 사라지고 대단히 기뻤다. 선생님 집은 양지편 동네 아래쪽에 있고 학교에서 멀지 않았다. 나는 선생님 심부름을 하게 된 보람도 자부심도 가지게 되었다.

나는 뛰며 걸으며 빠른 속도로 선생님 집에 가서 벼루집을 가지고 와서 선생님께 드렸다. 선생님은 웃으시면서 수고했다는 칭찬을 하셨다. 생각하면 요즈음 아이들 같으면 선생님께 그러한 매도 맞지 않겠지만 초등학교에 막 입학한 어린이가 매를 맞으면 부모들이 야단법석을 떨 것이다. 이때는 선생님이 언제나 손에 회초리를 쥐시고 아동들에게 공부를 가르쳤고, 공부시간마다 무슨 잘못이라도 있으면 아이들은 회초리로 맞고 꾸중을 들어가며 한눈 팔지 못하고 공부해야 했다.

회초리 때문에 학교에 가지 않고 아버님의 손에 이끌리어 다시 학교에 가게 된 내가 선생님은 마음 한 구석에 걸리었는지 나에게 관심을 두셨던 것 같다. 지금 생각하여도 학교에 나아간 지 3일 만에 하품 때문에 회초리로 선생님께 얻어맞고는 학교에 가는 것을 두려워했던 그 시절을 생각하면 쓴웃음이 터져 나온다. 그 후, 나는 차츰 학교생활이 익어갔으며 선생님의 귀여움도 받고 공부의 재미도 맛보며 성적도 우수하였다.

이때 학교에는 세 분의 선생님이 계셨다. 성 선생(成先生)님은 조선어, 도화(圖畵 : 지금의 미술), 철방(綴方 : 지금의 글짓기), 한문 등을 가르치셨고, 김 선생(金先生)님은 일본어, 산술(지금의 수학), 수신, 화방(話方 : 말하기), 이과(理科) 등을 가르치셨고, 노 선생님은 창가(唱歌 : 지금의 음악) 등을 가르치셨다. 당시 창가시간은 가장 신나는 시간이었고 제일 처음에 '기미가요(君が代)'를 배운 것으로 기억된다. 일요일에는 교회에서 찬송가를 배우고 예배도 드리며, 교회에 빠지지 않고 세 번 이상 출석하면 공책과 연필 등을 상으로 받아 자랑하기도 하였다.

1-2
일본인 선생님

내가 2학년 때 양지편 아랫마을에 현대식 신축교사가 준공되고 화죽강습소가 이전되었는데 약 30평 정도의 교실 두 칸과 교무실이 붙어 있었다. 목조건물에 함석지붕이고 밖이 훤히 내다보이는 유리창이 있고, 마루판 바닥에 책걸상이 줄을 지어 나란히 비치된 현대식 교사였다. 커다란 흑판(黑板)과 교단도 갖추어져 있었다.

당시 우리가 자라난 농촌에서는 유리가 귀하였고 유리조각 하나를 구하면 초가집 방문의 아래쪽 적당한 곳에 문종이를 오려내고 유리를 발라서 문을 열지 않고도 밖을 내다볼 수 있게 하는 것이 유행이었다. 신축 교사의 유리창은 참으로 마음 속이 탁 트이는 상쾌한 기분을 주었으며 책걸상과 흑판 교탁 등은 자랑할 만한 것이었다.

2개 교실 중 1개 교실에서는 1, 2학년이 공부하고, 나머지 1개 교실에서는 3, 4학년이 공부하게 되었다. 나는 나이 11세로 2학년인데 같은 학년에는 나보다 10여 살이 더 많은 아기 아버지가 되는 학생도 끼어서 함께 공부하였다. 학생들은 북이면 화상리, 화하리 뿐만 아니라 석성리, 용계리, 내둔리, 진암리, 대율리, 부연리 등 인근 마을에서 다니는 학생도 많았다.

당시 우리들은 책가방을 들고 다닌 게 아니라 보자기에 책을 싸가지고 다녔으며, 신발은 게다(나무토막에 발을 끼워 신는 끈이 달린 것)와 짚신과 슬리퍼(짚으로 만들어진 것)를 많이 신었고, 더러는 검정 고무신도 신었다. 고무신 중에는 지렁이 고무신이 있었는데, 고무신 색깔이 지렁이 색이 나서 붙여진 이름으로 생각된다. 학교 아이들은 그 고무신을 아끼느라고 등하교 시간에는 벗어 들고 다녔다. 고무신이 터지거나 창이 나면 꿰매어 신었다. 이 때문에 5일장이 서는 내수, 오창, 청주, 증평, 청안 등의 장날에는 고무신 고치는 '구쓰나오시'(신발수선)가 한 몫을 보았다.

내가 2학년 때 김 선생님은 은퇴하시고 일본인 교사 이시카와(石川) 선생님이 부임하셨다. 이시카와 선생님은 그 당시 30세 전후의 나이로 기억되며 결혼한 분인지 미혼인지 모르나 약 1년간을 우리 학교에서 독신 선생으로 계셨다.

그 해 어느 때인가 우리 학교에서 약 10리 떨어진 팔결(八結) 미호천(美湖川) 백사장에 경비행기 한 대가 불시착한 일이 있었다. 부근 동네 사람들은 이를 구경하려고 구름떼처럼 몰려들었다. 우리 학교에서도 이 불시착한 비행기를 견학하려고 이시카와 선생님의 인솔하에 팔결다리 부근 백사장으로 갔다. 아이들은 비행기에 타고 있던 사람들이 일본 사람이냐 조선 사람이냐를 놓고 떠들었다. 이시카와 선생님은 '일본 사람'이라 하지 말고 '내지인'(內地人)이라 하라고 가르쳐 주셨다.

당시 일본 정부는 내선일체(內鮮一體)를 부르짖으며 일본 본토를 내지, 조선을 반도(半島)라고 부를 때였다. 때문에 일인들은 조선 사람을 '조센징'(朝鮮人)이라 부르다가 이때부터 '한또징'(半島人)이라 부르기 시작하였다. 이때 우리가 공부하던 학교는 비록 강습소(講習所)라는 명칭을 사용하였지만 일본정부 관계기관의 인가를 받아 설립되고 그 운영과정에서 까다로운 감시를 받았던 것으로 기억된다. 때문에 운동회 등 행사가 있을 때에는 북이주

재소(경찰관 파출소)에서 순사가 꼭 입회하는 것을 보았고, 선생님을 임명하는 데에도 간섭한 것으로 알고 있다.(후에 알게 된 사실임)

이때에 일본 선생인 이시카와 선생님은 학교에서는 우리에게 '고꾸고죠요'(國語常用)를 권장하여 일본어 외에는 우리 말을 일절 사용하지 못하게 하였다. 이시카와 선생님은 '쓰쓰리가다'(綴方, 글짓기), '하나시가다'(話方)에 역점을 두고, 일본어 글짓기와 여러 학생 앞에서 일본어로 말하기 등을 매주 2회 이상 실시하였다.

일본말을 배우는 과정에서 우리들은 여러 가지 배꼽이 아플 정도의 폭소를 일으키기도 하고, 놀림거리가 되기도 하였다. 한 가지 예를들면 학교를 결석한 친구가 학질에 걸려서 결석한 사유를 선생님께 보고하기를 "○○가 도로보오(泥棒)니 쓰까맛데 기마셍"이라고 하였다. 우리 말로 번역하면 "○○가 도둑놈에 붙들려서 못옵니다"라는 뜻인데, 그 때에 학질을 "도둑놈 붙들린다" 또는 "하루걸이에 걸렸다"고 말하는 경우가 많았다. '기마셍'은 '안 온다'는 말이다. 일본 사람이 이런 말을 들으면 이해가 안 되는 말이 될 수밖에 없을 것이다.

또 한 가지, '버르장머리 없는 놈'이라는 말을 일본말로 할 때에, 보리(麥)는 일본말로 '무기'이고 장(간장 등)은 '쇼유'이고 머리는 '아다마'이다. 이것을 연결하면 '무기 쇼유 아다마가 나이 야쓰'가 되는데, 이 말로 일본 사람이 '버르장머리 없는 놈'이라는 뜻으로 알아들을 수는 절대로 없는 것이다. 학생들의 이러한 서투른 일본말 때문에 이시카와 선생님은 무슨 뜻인지 몰라서 다시 묻곤 하지만 여전히 그 학생은 "도로보오니 쓰까맛데 기마셍" 따위를 되풀이하는 경우가 있었다. 참으로 배꼽 빠질 일이다. 이러는 과정에서 우리 학생들의 일본말 실력은 날로 향상되어 가고 웬만한 것은 일본말로 의사소통이 가능하여졌다.

학교(강습소)는 시설이 부족하여 학교 옆에 있는 창고까지 교실로 이용한 때가 있었다. 이시카와 선생님은 내 일생 잊히지 않는다. 그는 학교 옆

창고에 부설된 방에서 자취를 하며 살았고 밥반찬은 마늘조림을 좋아한 것으로 기억된다. 이시카와 선생님은 때로는 학생들의 가정을 방문하는 경우가 있었고, 나는 그 때마다 이시카와 선생님을 수행하는 경우가 많았다. 이시카와 선생님은 방문한 학생들 집에서 막걸리를 대접받는 일이 있었고 텁텁한 막걸리를 몇 잔까지는 마실 수 있는 주량이며 그 때 안주는 마늘쫑 장아찌 등이었는데 젓가락은 대나무로 된 찌들고 닳고 물이 총총 먹은 것들이고 닳아 없어질 때까지 사용하는 관계로 매우 비위생적이었다. 이시카와 선생님은 그 젓가락으로 마늘쫑 장아찌를 집어서 젓가락을 입에 대지 않고 마늘쫑 장아찌만 살짝 물어 잡수셨다.

이시카와 선생님은 운동회 때에 부르던 노래를 작사 작곡하였다. "마나비노 마또데 기타에다 가라다 아끼쓰끼노 고도꾸 사에 와다루 고코로노 야애바 우찌깃데 보레이 가하마곡 데기진니 야에노 사꾸라또 사끼따끼모아— 와레라와 마나비노 미"(학창을 통하여 수련한 이 몸 가을 달처럼 맑고 맑네, 마음 같아서는 분연히 맹렬한 전쟁터인 적진에 뛰어들어 야생의 벗꽃처럼 피고 싶으나, 아, 우리들은 배움의 몸) 등의 가사가 기억난다.

그 분은 조선 사람인 우리 학생들과 주민들을 대할 때 깔보지 않고 겸손히 예의를 지키는 태도를 보였고 어떠한 사물에 당하던지 진지하고 겸손한 분으로 기억되는 인상적인 선생님이었다. 이시카와 선생님은 무슨 연고로 화죽강습소와 같은 곳에 오셔서 교편을 잡았는지 그 개인사정이 지금도 궁금하다. 한국의 문화와 풍속을 특별히 연구하였을지도 모른다. 일본인 선생이지만 나에게는 잊히지 않는 존경하는 선생님이다.

1-3 나의 학교생활

지금 생각하면 나는 학교에서 인기 있는 존재이었다.

우리가 배우는 학과 중 한문은 천자문(千字文)이었다. 1학년 시절에는 천자문의 낱자들을 하늘 천, 따지, 가물 현, 누루 황 식으로 배우고, 2학년에 오르면서 음에 따라 '천지현황하고 우주홍황이라' 는 식으로 배우며, 한문 시간에는 선생님께 강(배운 것을 선생님 앞에서 복습하는 일)을 받는 경우가 많았다.

천자문의 처음 구절인 '천지현황하고 우주홍황이라' 는 그 몇 절까지는 여러 학생들이 쉽게 읽었으나 나아갈수록 어려워서 읽지 못하였다. 나는 한문을 음에 따라 읽는 방법을 터득하고 있었다. '하늘 천' 하면 끝 음인 '천'을, '따 지' 하면 끝 음인 '지' 를, '가물 현' 하면 끝 음인 '현' 을, '누루 황' 하면 끝 음인 '황' 을 따서 연결하면 '천지현황' 으로 읽는 것이었다. 학생들 중에는 나보다 나이가 훨씬 더 많은 아이들뿐만 아니라 결혼하여 아이가 있는 학생도 있었다.

물론 이때는 조혼 풍습이 있어 십오륙 세에도 결혼시키는 가정이 있었기 때문일 것이다. 선생님 앞에서 일어서서 한문의 강을 받는데 이들 나이 많은 학생들도 쩔쩔매다가 막혀 버리는 경우가 많았다.

그러던 중 내가 선생님께 지적되어 강을 받게 되었는데 나는 내가 터득한 요령대로 천자문을 읽어 내려갔다. 나는 줄줄 거침없이 읽지는 못하였으나 그런대로 강에 통과할 수 있었다. 선생님은 여러 학생들 앞에서 나를 크게 칭찬하여 주셨다.

이때부터 나는 모든 학생들 앞에서 깔볼 수 없는 존재가 되었다. 학기말 성적표에서도 언제나 상위권에 속해 있었다. 특히, 나는 '쓰쓰리카타'(글짓기), '하나시가다'(말하기) 시간이 좋았다.

나는 운동에도 소질이 있었다. 달리기에서는 언제나 1등을 하는 경우가 많았다. 릴레이(이어달리기)에서는 뒤처진 우리 팀을 선두로 바꾸어 놓는 일이 많았다. 가을 운동회에서는 쪼그마한 내가 덩치 큰 아이들을 따돌리고 선두로 달릴 때에는 백군 청군 남녀학생 모두가 일어서서 "지교교꾸 감바레"(지교옥 힘내라)라고 응원하는 함성이 굉장하였다. 가을철 운동회는 큰 축제이었다.

이때가 되면 화죽 6개 동뿐만 아니라 북이면 전체의 여러 동네에서 우리 학교 운동회를 구경 오느라고 인산인해를 이루었다. 이날이 되면 어린이들뿐 아니라 남녀노소 온 부락민의 축제였다. 학교에 보내는 아동이 없는 가정에서도 그러했다. 이때에는 특별한 음식도 만들어 오는데 밀가루에 동부 또는 햇콩을 넣어 반죽하여 만든 멀개떡이 가장 많았고 찰밥을 지어오는 사람도 있고 평시와는 달리 순 쌀밥을 지어 오는 사람도 있었다.

지금처럼 물질이 풍요로운 세상에 살지 못하고 일제 식민지 치하에서 가장 어렵게 살던 우리들에게는 평소에 보리쌀, 좁쌀, 때로는 대두박(콩깻묵)이 7~8할이 섞인 잡곡밥도 제대로 배불리 먹지 못하고 겨울철 점심은 거르는 때도 많으며, 저녁에는 시래기죽 또는 콩나물죽, 조당수(좁쌀죽) 등으로 끼니를 때우는 경우가 많았다. 학교 운동장 주위에는 운동회 구경꾼들이 겹

겹으로 발 디딜 사이 없이 가득 차고 그 뒤로는 찐빵 장수, 찐고구마 장수, 인절미 장수, 깨끼떡 장수, 또는 국밥 장수, 막걸리 장수가 진을 쳤다. 그 때 고구마는 지금과 같이 흔하지 않았으며 끈끈한 진액이 묻어 있고 맛은 매우 달지만 목이 콕콕 멨다. 깨끼떡은 대추, 팥, 동부, 콩 등을 넣어 만들어졌고, 케떡(시루떡)도 있었다.

우리 학생들은 점심시간에 가족을 찾아가고 가족들은 자기 집 아이들을 찾느라고 아비규환을 이루다가 아이들을 찾아 만나면 이웃집 가족들과 어울려 앉아서 장만해 온 음식을 서로 주고받으며 웃음꽃을 피웠다.

식사 때는 아버지 또는 어머니들이 인절미 고구마 깨끼떡 등도 사 주셨고 어른들은 국밥에 막걸리를 마시고 거나하게 취하셔서 즐거워하였다. 운동회 날에는 동네 유지 되는 어른들이 50전 또는 1원, 2원, 3원씩 나름대로의 찬조금을 내었으며, 기다란 종이에 찬조를 하신 어른들의 찬조금액과 성명을 붓으로 써서 긴 줄에 주렁주렁 매달아 게시하였고, 찬조한 유지들은 특별히 마련한 내빈석 의자에 앉으셨다. 우리 아버님도 찬조금을 내시고 내빈석 의자에 앉아 계신 것을 보고 나는 기가 우쭐하였다.

이때 농군의 하루 품삯은 30전이고, 소 한 마리 값은 10원이라고 들은 기억이 난다. 나는 각종 운동경기에서 입상자의 자리를 많이 차지하였다. 1등 자리를 차지하면 공책 3권과 연필 5자루, 2등은 공책 2권과 연필 3자루, 3등은 공책 한 권과 연필 한 자루로 기억된다. 나는 운동회에서 상으로 받은 공책과 연필이 쌓여서 이웃에 사는 고종사촌 동생 김태희에게 몇 권의 공책과 연필을 나누어 주고서도 1년간을 사지 않고 쓸 수 있었다.

운동회의 개회식에는 다이코(大鼓: 북)를 치는 학생을 선두로 홍군과 백군이 줄을 지어 운동장을 한 바퀴 돌아서 본부석 앞에 서는데, 이 개회식 행렬 때에는 '기미가 메꾸미니'(천황 폐하의 은혜)로 기억되는 일본말 행진곡에 따라 행진하였다.

이 당시 우리 학동들이 즐겨 부르던 노래는 '갓데 구루소또'(승리하고 돌

아온다) '아— 사꾸호꾸노' (아— 북방 평야의) '덴니 가와리데 후기오 우
쓰' (하늘을 대신하여 불의를 친다) 등으로 그 내용을 생각하면 우리들의 교
육은 순전히 일본 군국주의 신민화(臣民化)에 역점이 놓여졌다. 그 당시 우
리 어린 소년들은 조국에 대한 아무런 지식도 얻을 수 없었고, 일제 식민지
정책하의 학교 교육을 받을 수밖에 없었다.

우리 학교는 풍치면에서도 일품이었다. 운동장 가장자리에는 벚나무가
무성하여 이른 봄에는 벚꽃이 만발하여 아름다운 정경을 펼쳐주고 여름에
는 벚나무 잎으로 그늘을 만들어 주었다. 학교 후면에는 아카시아 나무와
포플러 나무가 숲을 이루고 새소리와 매미 우는 소리가 요란하였고, 가을
에는 운동장 주위가 온통 코스모스 꽃으로 수놓으며 사이사이로 벌과 나비
들이 이리저리 숨바꼭질하며 날아다니었다. 또한 학교의 위치가 양지편 동
리 아래쪽 뒤편 구릉에 위치하여 화죽평야가 한눈에 들어오고 남쪽 저 멀리
보이는 팔결다리와 부모산이 멀리 조망되고, 학교 후면 서쪽 화죽평야와
오창 들 사이로는 미호천이 흐르고, 오창 들 서편 뒤로는 높고 낮은 산들이
연하여 솟아 있고 그 산들 밑으로 오창장터, 짐뱀이, 오리꼴, 여우내 등 크
고 작은 동네들이 바라보였다.

학교 운동장 언덕 위에는 커다란 종대(鐘臺)가 있어서 매일 새벽 4시에는
여명을 가르는 종소리가 새벽을 깨우며, 정오에는 점심을 알리는 종소리가
화죽 동네뿐 아니라 멀리 오창, 석성, 용계, 대율 등 10여 리 밖에까지 은은
하게 울려퍼져 논밭에서 일하는 농민들과 오가는 행인들의 고막을 스친다.
종은 나무로 된 10여 미터 이상 높이의 종대 위에 설치되어 있는데, 밑에서
종 줄을 당겼다 놓았다 하면 종이 전후로 왔다 갔다 하며 울리게 된다. 종의
규모도 상당히 큰 것이었다.

종을 치는 분은 성진영 선생님이신데, 비가 오나 눈이 오나 기나 긴 세월
을 한 번 거르지 않고 정시에 어김없이 종소리가 울려 퍼졌다. 성 선생님은
학문이 높으시고 청빈한 분으로 선생님 댁의 생활은 극히 검소하였으며,

성 선생님은 준엄한 풍채에 말이 적고 어디를 가나 존경받는 분이었다. 선생님의 견인불발(堅忍不拔)의 정신과 사명감이 아니라면 장구한 세월 새벽을 깨우며 정오를 알리는 메아리가 지속할 수 없었을 것이다.

내가 아는 성 선생님은 생애를 통하여 한 점 부끄러움 없이 청빈하고 소박하며 탐욕을 멀리하는 선비이시며, 내가 때로는 성 선생님에게 회초리를 맞은 일이 있으나 한 점 불만을 가져본 일이 없었고, 언제나 선생님의 고상하신 품격에 고개를 숙여 존경한 분이시다.

내가 장성하여 선생님의 소식을 듣기로는 큰 자제를 따라 만주(지금의 중국 땅. 압록강과 두만강 건너편 북방)로 이민 가신 것으로 알며, 살아만 계신다면 한 번쯤 찾아뵙고 싶은 분이시다. 지금까지도 선생님은 나의 경건한 마음과 기억 속에서 지워지지 않는다.

1.4 성냥개비 셈의 교훈

어느 해 여름 방학 때, 방학숙제에 필요한 학용품을 사야 한다고 아버님께 말씀드렸더니 은화 50전짜리 한 닢을 주셨다. 문방구를 가려면 우리 동네에서 약 4킬로미터가 떨어진 내수(內秀)장터로 가야 했다. 나는 아버님이 주신 은화 50전짜리 한 개를 잃어버리지 않기 위하여 무명천 두 겹으로 만들어진 허리끈 속에 넣고 돈을 싸잡아 매듭을 지어 단단히 매고 친구들과 함께 내수로 갔다.

　내수장터는 청주군(지금은 청원군) 북일면사무소 소재지이며, 충북선 내수역이 있고, 5일장이 서고, 보통학교와 주재소(경찰관 파출소), 금융조합 등의 기관이 있는 곳이다. 내가 살고 있는 동네의 동쪽 야산에 자리잡은 장고개를 넘어 둔덕이라는 촌락을 지나면 다락말이라는 촌락이 나오고 다락말 앞 야산에 오르면 내수장터가 저 멀리 보인다. 석화천(石花川) 징검다리를 건너 제방 둑을 따라가면 충북선 철길이 있고 철길을 건너면 바로 내수장터가 있다. 우리가 철길 가까이 갈 때 기차가 통과하면 기차 구경을 할 수 있는 재수 있는 날이다.

기차를 타 본 일은 없지만, 굉장히 육중한 기차가 화통(기관차)을 선두로 화물차, 객차 순으로 연결되어 기적을 울리고 굉음을 울리어내고 길게 지나가는 광경은 정말 장관이었다. 이때는 기차를 타 본 사람들이 큰 자랑거리가 되어 객실 안의 풍경과 철교를 지날 때와 터널 지날 때 등 여러 가지 이야기를 들려주며 자랑하는 경우가 많았다.

우리 일행은 철길을 건너 내수장터에 이르렀다. 내수 보통학교 앞길에서 청주 쪽으로 약간 내려오면 일본 사람이 경영하는 학용품점이 두 곳이 있는데 윗집 점포가 전전(前田)네 집이고, 아래 점포는 소천(小川)네 점포이다. 나는 친구들과 어울려 소천네 점포에서 도화지(미술용지), 습자지(모필 용지), 크레용, 시험지 등, 방학 숙제에 필요한 여러 가지 학용품을 구입하고 아메다마(눈깔사탕)도 사서 친구들과 나누어 먹었다.

친구들도 필요한 문방구를 사고 어떤 친구는 껌을, 어떤 친구는 캐러멜을 사서 서로 바꿔 먹었다. 우리의 용무는 대충 끝났으나 장터를 이리저리 오고가며 구경을 하였다. 이 날은 장이 서는 날이 아니어서 별로 구경거리가 없어서 그대로 귀갓길에 올랐다. 우리들은 오던 길을 역(逆)으로 하여 기찻길을 지나 석화천 징검다리를 건너 다락말 앞 장등과 다락말, 둔더기, 정성이 등 작고 큰 촌락을 지나 집에 왔다.

내가 집에 들어서니 아버님은 삽을 어깨에 메고 논밭을 돌아보고 들에서 막 오시는 참이었다. 아버님은 내수장터로 학용품을 사러 갔던 내가 막 들어서는 것을 보시고, "응, 벌써 다녀왔구나" 하시며 삽을 헛간(문이 없는 곳간)에 두시고 방안으로 들어가시며 "그래, 무엇을 사 가지고 왔는지 구경 좀 하자" 하시며 나를 방으로 불러 들이셨다. 나는 내수에서 사 가지고 온 문방구와 남은 돈을 아버님 앞에 내놓았다.

이때 아버님은 주머니에서 성냥갑을 꺼내시고 대가리가 새까맣게 붙은 성냥개비를 꺼내셨다. 아버님은 내가 사 가지고 온 문방구와 남은 돈을 보시며 문방구의 이름과 용도를 물어보시기도 하였다. 아버님은 내가 설명하여 드리는 문방구를 만져보시며 "참 좋다"고 하셨다. 이러고 나서 아버님은 남은 잔돈을 헤아려 보시고 "애야, 무엇을 좀 사 먹고 오지 않고" 하셨으나 나는 눈깔사탕 사 먹은 것을 말씀드리지 않았다. 아버님은 학용품 하나의 값을 물어보시며 성냥개비로 셈을 하셨다.

그러나 학용품대 총액과 남은 돈이 합하여 50전이 되어야 할 것인데 몇 번의 셈을 거듭하여도 맞아 떨어지지 않았다. 나는 아버님 앞에서 아메다마(눈깔사탕) 사 먹은 사실을 말씀드리기 죄송하여 얼굴이 붉어졌다. 나는 종당에는 아메다마 6개를 사서 친구들과 나누어 먹었다고 여쭈었다. 아버님은 사랑하는 자식의 홍당무 같은 얼굴로 당황하는 모습을 보고 어떻게 여기셨는지 나무라는 말씀이 없었다.

지금 내 생각으로는 무슨 일에 당하여서도 분명하고 정확하고 그 사실 그대로 밝혀져야 함을 가르쳐 주신 것으로 생각한다. 아버님은 내가 아메다마 사 먹은 사실을 들으시고 빙긋이 웃으시며 "겨우 그거냐?"며 "더 좋은 것 좀 사 먹지" 하시며 계산이 맞는다 하시고 "아메다마는 이미 먹어 없어졌으니 생각을 못했구나" 하셨다.

아메다마는 밤알 만한 크기의 둥근 알사탕이며 2전을 주고 6개를 사서 친구들에게 한 알씩 나누어 주고 나는 두 개를 먹었고 친구들에게서 껌 한 개와 캐러멜을 얻어 먹었다. 아메다마는 입에 물면 볼이 볼록하게 튀어나오고 매우 달기만 하였다. 색깔은 빨강 노랑 파랑 여러 가지가 있었고 나는 빨강을 좋아했다.

이때의 50전이면 지금의 5만원가치보다 더 큰 돈으로 생각되는데, 아버님은 그 큰 50전 은화를 어린 나의 손에 쥐어주시고 학용품을 사게 하셨으니 자식에 대한 믿음과 사랑이 각별하였던 것으로 생각되며 지금은 유명을 달리하신 아버님께 살아생전 효자노릇 제대로 못한 내가 부끄럽기만 하다. 이때에 연필은 1전에 세 자루, 잡기장(공책) 한 권에 3전이며, 중국 호빵은 1개당 5전이나 하였는데 둥글넓적하고 속에는 새까만 꿀(검정설탕)이 들어 있어서 한 개만 먹어도 우리는 속이 다리고 배는 불렀다.

　이때 나는 아버님이 성냥개비로 셈하는 것을 눈여겨보았고, 그 요령을 금시 터득할 수 있었다. 성냥개비가 세로 한 개인 것은 1전이며, 2개는 2전, 3개는 3전, 4개는 4전, 가로 놓인 것은 5전이다. 그 자릿수에 따라 10전, 1원으로 되는 마치 주판셈과 같았다. 이와 같은 아버님의 성냥개비 셈은 나에게 여러 면에서 큰 교훈이 되었다.

　물질생활에 있어서 정확한 처리의 가르침이요, 사실과 어긋나거나 꾸밈과 속임이 없는 진실을 향한 가르침이며 자식에 대한 믿음과 사랑의 가르침으로 생각되며 이러한 온후하신 아버님 슬하에서 알게 모르게 깨우친 유언 무언의 교훈이 오늘날까지 내가 살아오는 데 커다란 슬기가 되었다.

1-5

백중날의 불알 딱총

력 7월 15일, 백중날은 우리나라 명절의 하나이고 특히 농군들의 날
이기도 하다. 농군들은 이른 봄부터 새벽에 일어나서 어두움이 깔
릴 때까지 잠시도 쉴 새 없이 논밭에서 씨 뿌리고 땀 흘려 김을 매는 여러
가지 어려운 일들을 계속하다가 잠시나마 숨을 돌릴 수 있게 된다.

백중은 각 지방에 따라 날짜가 다르기도 하나, 음력 7월 15일을 전후로 하
며, 그 쉬는 기간도 5일 또는 7일로 지방마다 차이가 있다. 이때는 농군들이
깨끗한 중의적삼 등으로 갈아입고 쓸 만큼의 용돈도 마련된다. 머슴살이 하
는 분들은 그 주인으로부터, 자영농하는 집 자녀들은 아버지로부터 용돈을
넉넉하게 타게 된다. 어린 아이들도 덩달아 용돈을 얻을 수 있다.

백중에는 동네 주막집에서 고기국밥에 탁주 마시는 사람들이 붐비고, 인
절미나 찐빵 장수도 한 몫 보는 때이며, 점포에는 여러 가지 물건과 아이들
이 좋아하는 눈깔사탕·껌·전병·밥풀과자 따위가 가득히 진열된다.

내가 사는 화죽에도 양지편과 조산말, 새말 등 세 곳에 주막과 점포가 있
었다. 화죽들(花竹坪) 목통개 옆 미호천 백사장에는 씨름판이 벌어지고 각지

의 이름난 장사들이 모여들었다. 씨름은 예심으로부터 결승에 이르기까지 3~4일간 계속되었다. 1등은 황송아지 한 마리, 2등은 광목 한 필, 3등은 소금 한 가마니이다. 씨름판 주위에는 갖가지 음식장수가 많았고, 풍장 치는 소리도 요란하였다. 나는 아버님으로부터 백중날 5전을 받았다. 수수돈(구리동전) 1전짜리 다섯 개다. 지금 돈으로 그 가치를 비교하면 약 5,000원 정도는 되지 않을까 생각된다. 그 때 농군 하루 품삯은 30전인데 지금은 인부 한 사람의 일당이 50,000원 전후로 짐작되기 때문이다.

백중날 아이들은 불알 딱총을 사 가지고 화약을 '꽝! 꽝!' 터뜨리며 놀았다. 불알 딱총은 두 개의 쇠조각으로 되어 있고, 둥근 불알 딱총 중간에는 끈으로 두 조각을 합하여 동여매는 홈이 파여져 있다. 화약은 붉은 색 종이에 20방이 들어 있었고, 두 조각으로 되어 있는 딱총 쇠조각 가운데에 화약을 한두 방 집어넣고 두 쪽을 끈으로 단단히 묶어서 공중에 던지면 딱총이 땅에 떨어지는 충격으로 화약이 '꽝!' 하고 폭발하였다. 아이들은 빨간 색 껌을 사서 씹기도 하고 눈깔사탕을 입에 넣어 볼이 불룩 나와 침을 질질 흘리며 이곳에서 꽝! 저곳에서 꽝! 터뜨리며 신나게 놀 수 있었다.

이때 나도 2전을 주고 불알 딱총을 사 가지고 아이들과 함께 놀았다. 나는 20방짜리 화약 1장을 가지고 15방을 소비하고 5방의 화약이 남았는데 이것을 아끼느라고 더 이상 터뜨리지 않았다. 우리 아이들은 동네 아랫 모퉁이와 윗 모퉁이로 몰려다니며 놀기도 하고, 양지편 조산말 등 이웃 동네에도 돌아다니며 놀았다. 우리들은 하루 종일 뛰어 놀다가 저녁이 되면 저녁밥을 먹기가 무섭게 잠에 곯아떨어지고 다음날이 되면 또 모여서 놀았다.

백중 다음날 오후에 있었던 일이다. 아이들이 두서너 명 윗 모퉁이 민병근네 바깥마당에 모여 있었다. 민병근이란 친구의 행랑채 대문 옆 문간방에는 그 집 머슴살이하는 김 서방이 곤하게 낮잠을 자고 있었던 모양이나 방문이 닫혀 있기 때문에 밖에서는 알 수가 없었다. 나는 아무 생각 없이 불알 딱총을 꺼내어 화약 한 방을 장전하고 끈으로 조여서 문간방 방문 밑 디딤돌에 부딪히도록 힘껏 던졌다.

　불알 딱총은 디딤돌에 세게 충돌하더니 굉장히 크게 '꽝!' 하고 터졌다. 그 순간 방문이 부서지는 듯 화다닥 열리면서 김 서방이 눈을 휘둥그렇게 뜨고 크게 놀란 모습으로 화악 뛰어 나왔다. 그는 전 날(백중날)에 술을 많이 마시고 피곤하여 잠을 자고 있다가 벼락 치는 것 같은 폭음에 혼비백산한 것 같았다. 우리 아이들은 겁이 나서 '죽어라' 하고 도망쳤다. 그는 달아나는 우리를 보고는 굉장히 화난 목소리로 "이놈의 새끼들, 거기 있지 못해?" 하며 우리를 잡으려고 달려오고 우리는 급히 달아나서 보이지 않는 곳에 숨어서 망을 보다가 그가 되돌아간 뒤에 나왔다. 나는 불알 딱총을 그대로 버려두고 달아났기 때문에 어떻게 해서라도 그 불알 딱총을 회수하려고 잠시 후 살금살금 다가가며 살펴보았다. 요행히 그 분은 보이지 않았다.

　나는 드디어 숨을 죽이고 그 문간방 밑에 있는 디딤돌 주위까지 다가갔다. 나의 불알 딱총은 문 앞 디딤돌에서 튕겨 나와 뜰 앞 밑에 떨어져 있었다. 나는 고양이처럼 발자국 소리를 죽여 가며 불알 딱총에 접근하여 재빨리 주워들고 겁에 질려 화다닥 달아났다. 김 서방의 성난 고함소리와 문 열리는 둔탁한 소리가 귀청을 울렸다.

　그 당시 나에게는 또 하나의 가지고 싶은 장난감이 있었는데 그것은 3전짜리 고무총이었다. 고무총은 Y자형 나무에 두 가닥의 고무줄을 매고 그 고무줄 끝을 조그마한 가죽으로 연결한 것으로, 이 가죽 한가운데 돌을 장전(?)하고 목표물을 향하여 당겼다가 탁 놓으면 그 늘어난 고무줄이 원상태로 돌아가는 탄력에 의하여 가죽에 있던 돌이 앞으로 튀어 나가도록 되어 있었다. 나에게는 고무총 값 3전을 모으기가 대단히 힘겨웠다.

　아버님께 떼를 써서라도 3전을 얻어서 사고 싶었으나, 학용품이 아닌 장난감 고무총을 사겠다고 3전을 달라고 하기엔 좀처럼 용기가 나지 않았다. 그러다가 어찌어찌하여 1전이 생기고 또 1전이 생기고 하여 오랜만에 3전을 만들어서 고무총을 사게 되었다.

나는 이 고무총이 하도 좋아서 틈만 있으면 참새나 까치를 찾아다니며 쏘아댔고, 또 높은 나무를 겨냥하여 돌을 나무 위로 넘겨 보거나 주변에 있는 어떤 목표물을 쏘아 보기도 하는 등, 항상 고무총과 돌을 주머니에 넣고 다녔다. 겨울이 지나고 눈이 녹아서 따스한 날에는 친구 아이들과 어울려서 동네 앞에 있는 안산에 가서 새들을 쫓아다니며 고무총을 쏘았다. 하루는 재수가 있어서 산새 두 마리를 잡아본 일도 있었다.

　　어느 날은 우리 집 뒷담 용고새 위에 참새 한 마리가 앉아 있는 것을 발견하였다. 나는 즉시 고무총을 꺼내어 돌을 장전하고 참새를 조준하여 고무줄을 당겨서 쏘았다. 그러나 새는 날아가고 쏜 돌은 뒷집 안방 문을 뚫고 들어간 모양이다. 이때 뒷집 아주머니가 깜짝 놀라 문을 열고 나오는 것을 보고 나는 황급히 숨어버려서 꾸지람을 면하게 되었지만 우리 집 뒤뜰에서 고무총을 쏘지 않고서는 고무총 총탄이 뒷집 안방 문을 뚫고 들어갈 수가 없게 되어 있었다. 뒷집 아주머니는 우리 집으로 와서 범인(?)을 찾아내어 야단을 치려고 한 모양이다. 나는 이미 달아나고 없었으며 집에는 형수님 한 분이 방에 계셨으나 밖에서 일어난 일을 까맣게 모르고 있었다.

　　얼마 후에 나는 뒷집 아주머니와 마주쳤다. 아주머니는 나를 보고 "학생 뒤란에서 고무총 쏘았지?" 하고 물으셨다. 나는 얼굴이 붉어지고 다만 쓴웃음을 지으며 죄송한 마음으로 묵묵부답(默默不答)할 수밖에 없었다. 아주머니는 나의 태도를 말없이 보시다가 "학생 그러다가 큰일 나. 내 눈이라도 돌에 맞았으면 어찌할 뻔했어? 다음에는 절대 그러지 마. 응?" 하며 타이르셨다. 나는 그 놈의 참새가 뒷담 용고새에 앉아 있어서 그렇게 되었다고 참새를 원망하며 고무총이 아주 위험한 것임을 깨달았다.

　　다음부터는 고무총 쏘는 것을 조심하게 되었고 어느 친구가 고무총을 2전에 사겠다고 해서 내가 보물로 가지고 있는 고무총을 아깝게 팔아 버리고 말았다. 철부지 어린 시절에 가지고 놀던 불알 딱총과 고무총을 생각하며 90이 넘은 오늘날까지도 혼자서 웃는 때가 많다.

1-6

큰아버지

내가 10여 세 되는 어느 해 추석명절을 쇠기 위하여 큰아버님을 따라 고향에 간 일이 있다. 내가 큰아버님을 따라가게 된 것은 무슨 사정인지 모르나 아버님은 고향에 가시지 않고 큰아버님만 가시게 되었기 때문이다. 아버님들께서는 명절이나 큰 일이 있을 때마다 고향에 다녀오셔서 고향에서 있었던 이런 저런 소식을 전하며 환담하시고 나는 그 옆자리에 앉아서 아버님들께서 주고받으시는 환담에 귀를 기울이며 고향에 대한 호기심을 가진 일이 자주 있었다.

나는 속마음으로 이번 추석에는 어른들을 따라 고향을 꼭 구경하고 싶었다. 아버님은 어린 나를 큰아버님에게 따라 보내는 것이 큰아버님께 부담이 되어서 그러시는지 다음에 꼭 데려가겠으니 다음에 아버지하고 가자시며 나를 달래셨다. 그러나 나는 아버님의 만류를 뿌리치고 고집을 부리며 큰아버님을 따라나서게 된 것이다.

나의 고향은 충북 괴산군 증평면(지금의 증평군 증평읍) 송산리이다. 내가 살고 있는 화죽에서 동북방에 위치하고 진천군과 괴산군을 가르는 두타산이 병풍처럼 둘려 있고 증평장터에서 약 6~7마장(0.6~7리)의 거리이며 내가 살고 있는 화죽에서는 약 30리 거리이다. 큰아버님을 따라 고향 길에 오른 나는 화죽 양지편 등구리봉재를 넘어 동골 돌패기 진개를 지나고, 이 동네와 저 동네 야산과 논두렁 밭두렁으로 된 소로를 지나 미호천으로 합류하는 개울을 건너고 그 제방을 따라 멀리 보이는 뱀골, 우군이, 조평이 등 여러 촌락을 지나 증평에 이르고, 다시 안재미, 송태, 송호리라는 동네를 마지막으로 해질 무렵에 가서야 고향인 삽사리(증평읍 송산리)에 도착할 수 있었다.

그 날 저녁 나는 30리나 되는 먼 초행길에 피로함을 이기지 못하고 대머리 아저씨(택호) 집에서 저녁을 먹고 나서 곯아떨어져 잠이 들었다. 나는 얼마를 자고났는지 잠에서 깨어나 살펴보니 큰아버지는 보이지 않고 낯선 사람들만 주위에서 자고 있었다. 이분들은 모두 나와 댁내간 되는 친척이겠지만 초면이라 생소하고 큰아버지에게서 홀로 떨어진 나는 무척이나 불안하였다.

나는 어린 심정에도 큰아버지가 야속하기만 하였다. 나는 큰아버지가 어디에 계시는지 속 태우며 안달하였으나 주위 사람 누구에게도 물어볼 수도 없었고, 또 모두가 깊은 잠에 들어 있었다. 그 시각이 밤 몇 시인지도 모른다. 더 이상 잠을 잘 수도 없었다. 나는 밤을 지새웠다. 주위에서는 이리 저리 옹기종기 빽빽이 흐트러져 자고 있는 아이들이 가득차 있었고 이들은 형·동생 또는 누나·여동생 뻘이 되는 것인지 모른다.

얼마간의 불안감이 계속 흘렀다. 드디어 밤이 지나고 먼동이 트는지 방문이 훤해지기 시작하더니, 잠시 후에 이른 아침이 밝아 왔다. 내 옆에서 자고 있는 아이들도 하나하나 기지개를 켜고 눈을 부비며 일어났다. 먼저 일어난 아이들의 와자지껄하는 소리에 모두 일어나 아랫방 사랑방으로 이리저리 왔다 갔다 부산을 떨고 몰려다니다가 아침이 더 밝아오자 이제는 동네 친척되는 이 집 저 집을 왔다갔다 하며 소란을 피웠다.

그러던 중 어느 친척집에서 큰아버지를 만나게 되었다. 나는 걱정 근심으로 놀란 가슴이 일시에 사라졌다. 큰아버지는 큰댁이신 가곡아저씨 댁(당숙 아저씨 댁)에서 집안 당숙 어른들과 차례에 쓰이는 밤을 치고 계셨다. 큰아버지는 내가 큰아버지와 떨어져서 그 때문에 크게 속상하고 걱정되어 밤잠을 설친 그 사정을 아실 리가 만무하였다.

큰아버지를 만나게 된 기쁨으로 나는 큰아버지 곁에 다가앉았다. 그 때 큰아버지는 싱긋이 미소 지으시며 "그래, 잘 잤어?" 하시며 나의 머리를 한 차례 쓰다듬어 주셨다. 큰아버지는 다시 당숙 어른들과 담소하시며 밤을 치시고 나는 잠시 후 친척 아이들과 어울려 이리 저리 친척집을 왔다갔다 뛰어다니며 웃기고 웃으며 즐겁게 놀다 보니 추석 차례가 시작되었다.

차례는 큰댁에서부터 시작되었고 나는 집안 어른들 옆에서 어른들 하는 대로 절을 하며 차례에 참여하였다. 나는 차례에 모시는 할아버지 또는 할머니와 나와의 관계가 어떻게 되는지도 모르며 제사의 뜻도 모른 채 어른들 하는 대로 따라했다. 추석 차례는 차례로 여러 당숙 어른 댁을 돌아다니며 거행되었고, 차례가 끝날 때마다 어른들은 음복을 하셨고 우리 아이들은 떡과 과일 등 푸짐하게 차려진 음식을 먹었다. 추석 차례는 점심때가 되어서 끝나게 되었다.

우리 할아버님은 다섯 형제분이시고, 우리 아버님과 큰아버님 작은아버님 등 삼 형제분들을 합하여 당숙 어른들까지 종형제 분이 열세 분이시고, 그 밑에 우리 재종간에는 삼십 명이나 되고 보니 추석 차례가 길어질 수밖에 없었다. 내 고향 삽사리(송산리)는 참으로 아름다운 곳이었다. 동네 뒤로는 위엄하고 수려한 두타산이 동네를 아늑하게 감싸고, 동네 한가운데로 흘러 내려오는 실개천이 있어서 옥수 같은 맑은 물이 졸졸 흐른다. 동네 연못에는 잉어와 붕어떼가 이리저리 노닐고 여러 초가집이 실개천 좌우로 늘어서고 집집마다 감나무와 대추나무에는 과일이 붉게 물들어 있었다.

토담 위에는 박넝쿨과 호박넝쿨이 어울려서 커다란 박과 호박이 아슬아

슬하게 매어달려 있는 모습은 인상적이었으며 아름다운 풍치를 자랑할 만한 곳이었다.

이곳 삽사리 내 고향은 시조로부터 21세 되시는 득(得)자 선(善)자 할아버지가 낙향하신 후 자자손손 대를 이어 부락을 이루어 17대를 연면히 지켜온 곳이다. 나는 36세손이며 밑으로 손주뻘이나 증손주뻘이 되는 사람들도 많다.

우리 충주 지씨는 중국 송나라 때(고려 광종 11년, 서기 960년) 시조이신 선의공 경(鏡)자 할아버지께서 태학사(太學士)라는 신분으로 우리나라에 오셨는데, 이때 함께 오신 신경, 홍경, 곽경, 노경, 장경, 이경, 원경 등 여러분을 합하여 세칭 팔경 또는 팔학사라 일컬었다 한다.

시조 지(池)자 경(鏡)자 할아버지는 고려조에 오셔서 금자광록대부 태보평장사를 지내셨고 시호는 선의공(宣懿公)이시다. 그의 장자가 되시는 해(海)자 관(貫)자 할아버지는 문하태봉이시고 고려 제4대 광종조로부터 제34대 공양왕조에 이르기까지 삼사문하시중, 평장사, 찬성사, 태학사 등 인물이 무수히 배출되었다. 조선왕조에 이르러서도 충절과 효행에 뛰어난 인물이 대대로 이어왔다. 충주가 본관이 된 것은 제6세 중(重)자 익(翼)자 할아버지께서 문하시랑평장사충원백의 작위를 받게 되었기 때문이라 한다.

큰아버님과 당숙 어른들께서는 술상을 차려 놓으시고 위와 같은 조상님들에 대한 또는 집안 대소사에 대한 환담을 나누시며 즐거운 가운데 서로 술잔을 권하셨다. 이런 술자리와 환담이 이 집 저 집을 돌아가며 그칠 줄을 모르고 해는 어느새 서쪽에 기울었다. 나는 어른들께서 시간 가는 줄 모르시고 약주를 드시며 환담하는 것을 지루하게 생각하며 빨리 집에 가고 싶은 충동을 느껴가며 술상에 있는 과일과 송편, 한과 등을 권하는 대로 먹었다. 지루하면 마당에 뛰어나가 일가 되는 아이들과 놀기도 하였다.

해는 이미 서산 위에 가까웠다. 그제야 큰아버지는 나를 부르시고, "이제 집에 가자. 저물 것 같구나" 하시며 집안 당숙님들과 작별 인사를 나누시고 앞서거니 뒤서거니 동구 밖까지 나오는데 어찌나 그 시간이 지루한지 나는 애간장이 타 올랐다. 큰아버님을 따라 동구 밖 들녘에 나오니 해는 서산에 너울거리고 논밭의 곡식은 황혼 빛을 받아 유난히 아름답게 빛났다.

송호리, 송태, 안재미를 지나 제방 둑에 이른 때는 벌써 어둑어둑하여지고 조평이, 진개, 뱀골 등 동네가 거의 보이지 않고 땅거미가 져서 어둠이 깔렸으나 추석달이 솟아오르는 가운데서는 그런 대로 큰 불편 없이 밤길을 걸을 수 있었다.

큰아버지와 나는 제방 둑을 지나 미호천에 합류하는 개울을 건너기 위하여 신발과 양말을 벗고 바짓가랑이를 걷어 올리고 개울에 들어서서 철벅철벅 야음의 물소리를 뒤로 하여 물을 건너고 건너편 둑 길가 잔디밭에 앉아 벗었던 양말과 신발을 다시 신었다. 이때 큰아버지는 버선과 신발을 신으시고 호주머니에서 담배를 꺼내어 담뱃대에 담아 부싯돌로 불을 켜서 담배를 피우시고 잔디에 누우셨다. 나는 큰아버지가 느릿느릿 담배 피우시고 계신 것을 보며 빨리 집에 가고 싶어서 속이 타고 있는 참인데, 저렇게 드러누우시니 속이 달아올랐다. 큰아버지는 잔디에 드러누우셔서 일어나시지 않았다.

나는 "큰아버지 빨리 가" 하며 재촉하였다. 큰아버지는 "교옥아, 여기서 자고 가자. 다리가 아파서 못 가겠구나" 하시며 "꼭 가고 싶으면 나는 여기서 자고 갈 터이니 혼자 가거라" 하셨다. 나는 대단히 몸이 달아올랐다. 허허벌판 빈들에서 자고 가시다니, 참으로 기가 막힐 일이었다. 나는 울면서 큰아버지 목을 안고 일으키며 "안 돼요. 큰아버지 얼른 가요" 하며 애원하듯 매달렸다. 큰아버지는 이러는 나의 행동이 우스운지 못이기는 듯 "에이 참. 자고 가고 싶은데 그러는구나" 하시며 일어나 앉으셨다.

물론 큰아버지는 그곳에서 자고 가고 싶은 마음으로 그렇게 한 것은 아닐 게다. 나를 놀려주려고 하신 것이 분명할 것이다. 그러나 그 때의 나는 순진하고 사실 그대로를 믿고 따르는 천진난만한 시기인 까닭에 몸이 바싹 달아

오르고 크게 걱정되었던 것이 사실이다.

나는 다시 큰아버지의 앞에 서서 논밭 사이 소로를 따라 걷기 시작하였다. 얼마 아니 가서 '진개' 라는 동네의 뒷길을 지나 다시 '돌패기' 를 지나고 '동골' 이라는 동네의 뒷산을 지나 양지편 꼭대기에 있는 동구리 봉재에 이르렀다. 나는 화죽 동네가 눈앞에 다가오는 것을 생각하며 얼마나 기쁜지 발걸음이 가벼웠다.

이때 밤하늘에는 추석 달과 함께 별들이 반짝이고 인근 동네에서 개 짖는 소리가 스쳐 왔다. 나는 화죽 양지편 동네가 금방 눈앞에 들어오자 어찌나 반갑고 기쁜지 날아갈 듯한 기분이었다. 나는 큰아버지를 뒤로 하고 저 앞에까지 뛰어가고 뒤처진 큰아버지가 오실 때까지 기다리고 하는 행동을 반복하면서 양지편을 통과하고 드디어 우리 집이 있는 '새말' 에 이르렀다. 큰집과 우리 집은 한데 붙은 이웃이어서 나는 큰아버지가 문전에 들어서시는 것을 보며 우리 집으로 들어섰다. 나를 기다리는 가족 앞에서 삽사리 고향에 다녀온 자랑을 늘어놓다가 나도 모르게 잠에 곯아떨어졌다.

큰아버지에 대한 추억은 많지 않다. 그러나 기골이 장대하고 수염이 많은 것이 인상적이었다. 고희를 넘기시고부터는 마을의 노인들이나 떠돌이 스님이나 함께 어울려 골패를 자주 하셨다. 이따금 큰집 사랑방을 엿보게 되면 '삼강오륜' (三綱五倫)이라는 것을 붓으로 써서 벽에 붙여 놓은 것이 눈에 띄었다.

1-7

술심부름

우 리 집에는 간간이 손님이 오실 때가 있었다. 손님이 오시면 어머니
는 나에게 술심부름을 시키셨다. 어머니께서는 새까만 주전자와 동
전을 주시며 안말(양지편)에 가서 술을 받아오라고 하셨다. 주전자의 안쪽
은 흰색이고 바깥 면은 검정색이었다. 지금 생각으로는 주전자 내부는 흰
사기로 입히고 겉에는 검정색 사기로 입힌 한되들이로 생각된다. 주전자 뚜
껑은 가느다란 실끈으로 손잡이 밑에 단단히 붙들어 매여 있었다.

어머님은 술상을 행주로 깨끗이 닦으시고 무장아찌, 짠지(김치) 등 안주
와 술잔, 젓가락을 가지런히 놓으시고 계시다가 내가 술을 받아가지고 오
면 술 주전자를 상에 얹어서 손님방에 들이셨다. 아버님과 손님은 술을 사
기잔에 채우시고 서로 권하시며 담소하시는데 나는 그 옆에서 아무 의미 없
이 어른들의 술 마시는 모습을 바라보며 손짓과 발짓도 하고 그 주위를 왔
다 갔다 하며 노닐고 있는 때가 많았다.

내가 술상 옆에 있으면 '콱' 하고 코를 찌르는 술 내음이 들어왔다. 내가
받아온 술은 황톳물 같은 색깔이 났으며 마시고 난 잔에는 누룩 찌꺼기가

보였다. 어른들은 술잔을 주거니 받거니 서로 권하며 한 잔 한 잔 더하여 갈수록 얼굴에 붉은 빛이 나타나고 친교의 대담이 오고 간다. 손님 어른은 옆에 앉아 놀고 있는 나에게 이름과 나이를 물어 보시고 몇 학년이냐고 물어 보시기도 하였다. 그런 다음에는 아버님께 몇째 아들이냐고 물어 보기도 하신 후에 나의 머리를 쓰다듬어 주시면서 "아, 그놈 참" 하시면서 미소를 머금고 칭찬도 하여 주셨다. 나는 어른들의 술자리가 끝날 때까지 그 자리를 떠나지 않고 노는 때가 많았다.

나의 술심부름은 손님이 오실 때마다 빠짐없이 반복되었고 술심부름의 횟수가 더하여 감에 따라 '콱' 하고 코를 쏘며 얼굴이 붉어지는 술에 대하여 호기심을 갖게 되었다.

어느 날 또 손님이 오셨다. 이날도 어머님은 나에게 검정 주전자와 동전을 주시며 술심부름을 부탁하셨다. 안말 술집에 가서 동전을 내밀고 술을 달라고 하니 술집 아주머니가 큰 독에 담겨 있는 막걸리를 바가지로 몇 번 휘적휘적 저어서 내가 가지고 간 검정 주전자에 찰찰 넘치도록 담아 주셨다. 나는 주전자를 오른손에 들고 오다가 팔이 아프면 왼손으로 옮겨 들고 오면서 생각해 보았다.

어른들은 코를 콕 찌르는 술이 무엇이 좋아서 마시며 술을 마시면 왜 얼굴이 붉어지는지를 생각하며 주전자 꼭지에 입을 대고 빨아 보았다. 술이 입으로 들어왔다. 술 냄새가 코를 찌르고 입 안이 쓰고 떨떠름하였다. 나는 목으로 조금 넘기고 입에 남은 술을 뱉어 버렸다. 다음에 또 술심부름을 갔다. 이번에도 술을 들고 오다가 주전자 꼭지에 입을 대고 빨았다. 이번에는 얼굴을 찌푸려가며 더 많은 분량의 술을 목구멍으로 넘겼다. 이처럼 어머님 술심부름을 하면서 몇 모금의 술을 훔쳐 마셨다.

아버님은 해마다 봄이 되면 허리가 아프고 열이 나서 앓아누우시는 경우가 있었다. 이럴 때마다 안말 오생원이란 분이 우리 집에 오셔서 아버지에게 침을 놓아 주셨다. 우리 집에서는 오생원에게 술을 대접하는 경우가 많았다. 어느 날 또 오생원이 우리 집에 오셨다. 어머님은 오생원에게 술을 대접하기 위하여 나에게 술심부름을 시키셨다. 나는 평상시와 같이 검정 주전자를 들고 술을 받으러 갔다.

나는 술 주전자를 들고 집으로 오면서 또 주전자 꼭지에 입을 대고 서너 모금이나 빨아 마셨다. 나는 이윽고 술기운으로 가슴이 뛰고 얼굴이 뜨거워짐을 느꼈다. 집에 와서는 얼른 어머니에게 술 주전자를 넘겨 드렸다. 어머님은 술 주전자를 눈여겨 살펴보시고 나서 나의 얼굴을 바라보시면서 무엇인지 이상히 여기시는 눈치가 보였다. 이때 나는 어머니 앞에서 뛰어 왔더니 덥다고 하면서 얼른 밖으로 달아났다.

그 후로 나는 어머님의 술심부름이 있을 때에 까만 주전자 뚜껑까지 술이 찰찰 넘어서 땅으로 방울방울 떨어지는 것을 조심스레 들고 오면서 주전자 꼭지에 입을 대기가 싫어졌다.

새말동네 윗 모퉁이에 있는 김태봉이라는 친구 집에서는 소주를 팔고 있었다. 소주통은 둥글고 길어서 계란 아래 위를 잘라 세운 모양 같았고 윗부분에 우리 아이들의 주먹이 들어갈 수 있는 크기의 주둥이가 있고 소주통 맨 밑으로 우리의 새끼손가락이 들어갈 정도의 구멍이 나 있었다. 소주를 뺄 때에는 아랫구멍의 마개를 빼고 주전자를 대면 아이들의 오줌 줄기같이 소주가 나온다. 이 소주통의 크기는 물동이 만한 크기였다. 색깔은 짙은 구릿빛으로 검은 편에 속했다. 어른들은 이 소주통에서 뽑아낸 소주를 작은 사기술잔에 채워서 마시는데 소주 색깔이 물과 같이 무색이고 사기잔도 흰색이어서 소주를 잔에 채워도 언뜻 보아서는 빈 잔같이 보였다.

우리 아이들은 어른들의 소주 마시는 주위에서 놀면서 어른들의 술 마시는 모습을 구경하기도 하였다. 어른들은 작은 사기잔에 소주를 따라서 마시고 상을 찌푸리며 입을 벌려 '카아' 하고 난 뒤에 얼른 눈을 돌려 마늘 조각이나 마른 멸치 하나를 집어서 고추장에 찍어 먹었다. 이 소주는 30도 내외가 되는 순곡주로 농촌까지 보급된 것이었다.

우리 아이들은 어른들의 소주 마시는 것을 옆에 서서 지켜보며 어른들이 입을 벌려 '카아' 하고 상을 찌푸릴 때에는 우리도 덩달아 상을 찌푸리며 입을 벌렸다. 어른들은 소주를 마시고 대꼬바리에 담배를 담아 부싯돌로 불을 붙여서 담배를 피우며 서로 담소하시다가 자리를 떴다. 나는 어른들이 소주를 마시며 "카아" 하고 입을 벌리고 상을 짓는 꼴이 이상하기만 하고 소주에 대하여 신기하고 의문도 들었다. 우리 친구들은 어른들이 앉아 있던 자리에 다가갔다. 어른들이 마시고 간 빈 잔을 들어 기울여보니 한 방울 또는 두 방울의 소주가 남아 있었다. 또 소주를 담았던 주전자에도 몇 방울의 소주가 남아 있었다.

우리들은 주전자를 흔들어 몇 방울의 술을 잔에 쏟아 넣고, 잔에 입을 대고 빨았다. 그 순간 나는 코가 찡하고 목구멍이 화끈한 자극을 받으며 캑캑하고 눈에는 눈물이 핑 돌았다. 정말 혼이 났다. 다른 아이들도 캑캑하며 얼굴이 붉도록 큰 기침을 하며 눈에는 눈물이 감돌았다. 우리는 서로의 얼굴을 바라보며 쓴 웃음을 지었다. 소주는 정말 독하였다. 어른들은 이처럼 독하기만 한 소주를 무엇이 좋아서 마시는지 알 수 없는 일이었다. 잔에서 입을 떼자마자 '카아' 하는 것은 독한 소주의 독기를 토하여 내기 위한 방법이었던 것 같다. 이와 같이 독한 소주의 안주는 마늘 조각이나 마른 멸치를 매운 고추장에 찍어 먹는 것이니 어른들의 속이 얼마나 고통스러웠을까. 때문에 어른들은 '카아' 하며 얼굴을 찌푸릴 수밖에 없었던 것 같다.

아이들은 어른들의 하는 짓을 흉내 내어 배우기 마련이다. 어른들 세계에서나 있어야 할 것이 있고 아이들이 흉내 내서는 아니 될 일들이 있다. 그러나 아이들은 보는 대로 흉내 내며 자라난다. 이롭고 해로운 것을 가리지 못하는 것이 동심의 세계이다. 아이들은 이러한 성장과정을 통하여 좋고 그르고, 이롭고 해롭고, 의롭고 불의하고, 진실되고 거짓됨을 판단할 수 있는 성숙단계에 이를 것이다. 천진난만하고 구상유취(口尙乳臭)하였던 어린 시절이 그래도 나에게는 즐겁기만 하고 좋았던 시절이었다.

1-8

죽마고우(竹馬故友)들

어찌하다 무력한 인생 후기를 살아가다 보니 어렸을 때에 같이 자라던 친구들이 생각나는 때가 많다. 어려서 같이 자라던 친구들은 지금쯤 무엇을 하고 있을까. 어디에서 어떻게 살고 있을까. 지금쯤은 그 모습이 어떻게 변하여 있을까. 아직도 살아 있을까. 궁금한 때가 한두 번이 아니다.

나는 어려서 어울려 놀던 친구들이 많았다. 우리 집 위에 최전봉, 다음에 방무성, 김부귀, 뒷집에 이종국, 윗대에 김억세, 김태봉 등 나와 동갑내기 친구들이 일곱 명이고 한 살 아래인 봉은출, 민병근 등이 있다. 이런 친구들 외에 두세 살 아래 위의 친구들까지 합하면 이십 명에 가까웠다. 우리 친구들에게는 제각기 별명을 하나씩 가지고 있었다.

나의 별명은 '지새끼'로 불려졌다. 나의 성이 지가(池哥)이니까 그 음에 따라 붙여진 별명이라 생각된다. 방무성은 저부싱이, 김부귀는 북어대가리, 민병근은 병칭이, 김태봉은 새우젓장수가 별명이었다. 태봉이는 부모가 새우젓 장사를 하고 있기 때문에 붙여진 별명이다. 태봉이는 우리 동갑내기 친구들 중에서 가장 키가 크고 힘이 세었다. 우리가 '새우젓장수'라고 별명을 부르면 굉장히 성을 내며 대어들었다. 나도 친구들에게서 '지새끼'라고 별명을 들으면 성이 났다. 사실은 지금 와서 생각하면 그것이 욕이 아닌 것으로 생각된다. '지씨의 자손'을 무식하고 쌍스럽게 부르면 '지새끼'라고 부를 수 있다고 생각되기 때문이다.

동갑 친구들 중 방무성, 김부귀, 김태봉은 나의 학교 급우이고, 나머지 친구들은 학교에 가지 않은 친구들이다. 우리 친구들은 동네 가운데 몰려다니며 자치기 놀이, 말타기 놀이, 앞들에 나가서 쥐불놀이 등을 즐겼고 때로는 같은 또래 여자아이들이 놀고 있는 것을 훼방하기도 하였다. 여자아이들은 줄넘기, 오자미 놀이, 색치기 등을 하고 놀았다. 겨울에는 주로 앞논 얼음판에서 썰매, 외발스케이트, 수수깡 스케이트를 타고 놀았다.

어느 날 김부귀라는 친구는 외발 스케이트를 타다가 뒤로 꽝 넘어졌다. 머리를 박고 넘어진 곳에는 얼음이 동그랗게 금이 많이 가서 깨어져 있었다. 아이들은 얼음판이 가득 차도록 나와서 놀았다. 썰매 또는 스케이트가 없는 아이들은 한 사람은 앉아서 한 사람은 앞에 서서 끌기도 하고 놀았다. 손발이 시리면 논두렁에 불을 놓고 쬐었다. 어떤 아이들은 옷을 태우고 버선도 태웠다. 이런 아이들은 집에 가서 부모에게 크게 꾸중을 들었다.

여름에는 씨름도 하였다. 백중을 전후로 하여 어른들은 마당에 둘러앉아서 우리 아이들에게 씨름을 붙였다. 나도 웃통을 벗고 바짓가랑이를 걷어 붙이고, 어른들이 붙여주는 친구들과 씨름을 하였다. 씨름이 잘 되는 때에는 두세 명을 넘어뜨릴 수 있었다. 이때 씨름을 제일 잘 하는 친구는 김부귀이었다. 김부귀는 자기 집 머슴에게서 갖가지 씨름 기술을 배워서 잘 하였고, 배지기를 제일 많이 이용하였다. 김부귀 집의 머슴은 나에게서 불알 딱총 세례를 받고 크게 놀랐던 분이다.

여름철 학교에서 돌아온 친구들은 미호천 제방 둑으로 소를 몰고 뜯기러 나갔다. 우리 친구들은 소를 놓아 마음대로 풀을 뜯게 하고 미호천 개울에서 미역을 감으며 물장난도 치고 모래무지도 잡았다. 물속에는 붕어, 치리 등 여러 가지 물고기가 있지만 그 놈들은 동작이 빨라서 잡을 수가 없었다. 물고기들은 우리가 목욕을 할 때에 등과 옆구리를 입으로 툭툭 치고 달아났다가 또 다시 와서 툭툭 치곤 했다. 개천가에 물 없는 곳에서는 꼴랭이 또는 바니(물새 이름)들의 알을 주울 수도 있었다. 개울에서 미역을 감고 제방 둑에 나와서는 밀 서리를 하였다.

우리는 밀 이삭을 밭에서 잘라다가 개천가에 떠내려 온 부스러기 나무를 주워서 불을 놓고 구워서 양손으로 밀 이삭을 비벼서 밀 껍데기를 입으로 호호 불어 날리고 남은 밀알을 먹었다. 참 맛이 좋았다. 이러다 보면 아이들의 얼굴은 검정 칠이 되어 서로 보며 웃기도 하였다. 짓궂은 친구는 손으로 재를 집어서 옆의 친구 얼굴에 검정 칠을 더하여 주려 하고, 이를 피하느라 이리 뛰고 저리 뛰며, 화가 나면 별명을 부르고 욕을 하기도 하였다. 이러다 보면 해가 서쪽으로 기울고 아이들은 자기 소를 찾게 된다.

소 중에는 황백이, 암소, 동부래기 등이 있는데 우리 소는 동부래기였다. 소들은 여기 저기 흩어져서 풀을 뜯고 멀리 달아나 있는 소도 있는데, 소들을 끌어오려고 접근하면 멀리 달아나곤 하여서 애를 먹이는 놈이 있었다. 이를 쫓아가서 힘들게 고삐를 잡게 되면 고삐를 말아 쥐고 소의 머리를 사정없이 두들겨 주는 일도 있었다. 아이들이 소를 끌고 와서 모이면 같이 집으로 가는데 소들은 적으면 십여 마리, 많으면 20여 마리가 행렬을 이룬다. 이때 소들 중에는 앞서려고 앞에 가는 소를 밀어붙이거나 숫소가 앞서가는 암소에게 기어오르기도 하여 소를 몰고 가는 행렬에는 싸움박질이 벌어지기도 하였다.

이럴 때 아이들은 소를 잘못 몰고 간다며 욕설을 하며 말싸움을 하기도 한다. 우리 소 동부래기는 어찌 코가 센지, 내가 질질 끌려가도록 장난치며 달아나고 속을 썩이는 경우가 많았다. 이 때문에 나는 소를 몰고 앞서가는 방박근이란 여자아이에게 소고삐로 얻어맞은 일도 있었다. 방박근이란 여자아이는 나보다 몇 살 아래이고 뒷집에 사는 아이였는데, 우리 소가 앞서

가는 방박근이가 몰고 가는 소에게 뛰어들자 화를 내고 울면서 손에 잡고 있던 소고삐로 나의 등을 때리며 욕설을 퍼부었다.

여름방학이 되면 아이들과 어울려 보또랑(관개수로) 막이통(물막이시설)에 가서 미역을 감는 일이 많았다. 막이통에는 물을 막은 널판 위로 물이 넘쳐 작은 폭포를 이루고 물고기가 밑에서 막이통 윗물로 뛰어오르면 물고기의 몸체가 태양빛을 받아서 은빛으로 반짝이기도 하였다. 옥수같이 맑은 이 물은 미호천 상류에서 끌어내리는 수리시설에 의하여 화죽 들에 흐르는 농업용수인데 물속에는 여러 종류의 물고기가 밑에서 위로, 위에서 밑으로 빠른 동작으로 오가며 놀고 있었다.

물고기 중에는 은색같이 희게 보이는 치리와 무지갯빛처럼 붉고 푸르고 노란 색깔을 내는 고기도 있었다. 보또랑 둑에 있는 우거진 아카시아 나무 또는 포플러 나무 가지에서는 매미들이 귀가 시끄럽게 울어대기도 한다. 아이들은 막이통에서 물장구를 치고 혹은 막이둑에 올라가서 물위로 뛰어내리기도 하고 물속에 들어가서 다른 아이들의 발을 잡아당겨서 놀래주기도 하며 즐겁게 놀았다.

이처럼 재미있는 물놀이도 시간이 지나면 기진맥진하여지고 허기도 진다. 아이들은 물밖에 나와서 옷을 입었다. 얼굴에는 뜨거운 태양 볕에 금방 물기가 마르고 얼굴의 피부가 조여들어 뻣뻣하게 땅기는 감을 느낀다.

아이들과 논밭 두렁 오솔길로 행렬을 지어 장난치며 집에 돌아온다. 집에 돌아오게 되면 때로는 식구들이 들에 나가서 아무도 없는 때도 있었다. 나는 부엌을 뒤져서 밥을 찾아 먹었다. 새까만 꽁보리밥에 빨간 고추장을 발라서 먹으면 꿀맛 같았다. 어느 때는 삶아서 소쿠리에 담아둔 삶은 보리쌀을 한 움큼씩 집어 먹기도 한다. 삶은 보리쌀도 먹어 보면 꿀맛같이 달았다.

어느 봄날 아이들은 아래 모퉁이 기계 방앗간(정미소) 뒤 따스한 담벼락 밑에 모였다. 이때 최전봉, 민병근 두 친구들이 담배를 종이쪽지에 넣고 말아서 성냥불로 불을 붙이고 뻐끔뻐끔 담배를 피웠다. 다른 아이들은 두 아이의 담배 피우는 모양을 둘러서서 구경하고 있었다. 이들은 우리에게도 담배를 나누어주며 피워보라고 권하였다.

우리들도 모두 종이쪽지에 담배를 말아서 성냥불을 붙이고 입으로 담배를 빨았다. 담배 연기가 입에 들어오면 '칵' 하고 기침이 났다. 눈물도 났다. 목과 가슴이 찢어지도록 아팠다. 그들은 내가 캑캑거리며 머리를 밑으로 숙이고 기침을 하며 얼굴이 붉어지도록 눈물이 흐르고 고통스러워하는 것을 보고, 크게 웃으면서 빨리 물을 마시고 오라 하였다. 담배를 처음 피우는 아이들은 모두 나와 같이 캑캑하며 눈물이 났다. 우리는 방앗간 부엌에 가서 물을 마시고 다시 모였다. 나는 그들이 또 피워보라고 하는 담배를 피우지 않았다.

이런 일이 있기 전에 나는 아버님의 담배심부름을 자주 한 일이 있다. 조산말 동네 담배집에 가서 '희연(喜煙)'이라고 하는 봉지담배를 사오는 심부름이었다. 희연 담배는 누런 봉지의 한가운데에 검정 글씨의 한문으로 희연이라는 글자가 가운데 세로로 인쇄되어 있고, 담배 봉지의 크기는 지금의 학생용 포켓콘사이스만 한 부피로 기억된다.

희연 봉지담배는 그 내음새가 쓰고 역겨웠다. 어른들은 이것을 담뱃대 대꼬바리에 꼭꼭 눌러 담아가지고 불을 댕기어 피우셨다. 담뱃대에 검은 댓진이 차면 어른들이 담배를 빨 때에 꼬르락 꼬르락 하는 소리가 났다. 이때에 어른들은 볏짚의 이삭이 달렸던 긴 줄기의 새꽤기로 담뱃대의 댓진을 훑어내는데 댓진은 끈끈하고 쓰디쓴 내음이 난다. 이 댓진을 거머리에게 갖다 대면 거머리가 요동을 치다 죽는다.

우리는 겨울밤에 전봉이라는 친구들 집에서 자주 모여 놀았다. 우리들은 희미한 석유 등잔불이 켜져 있는 방에서 옛날 이야기도 하고 윷도 놀며, 다리씨름이나 팔씨름이나 여러 가지 장난을 하고 놀았다. 우리는 그 누군가의 제의로 콩보꽁이(콩을 볶아 먹는 것) 내기도 하였다. 시간이 여유가 있으면 윷을 놀아서 승패를 가르고, 시간 여유가 없으면 가위 바위 보로 승부를 갈라서 진 편의 아이들은 콩을 가져오게 하였다. 아이들은 자기 집에 몰래 숨어들어가서 광에 있는 콩을 훔쳐 주머니에 넣고 왔다. 이렇게 훔쳐온 콩을 솥에 넣고 볶아서 나누어 먹기도 하였다.

어릴 때를 생각하면 역시 그 때가 가장 즐겁고 재미있고 행복한 시절이라고 생각된다. 아이들은 크게 걱정하는 일도 없고, 세상 돌아가는 일에 관심도 없으며 장래를 걱정하지도 않는 철부지이었기 때문일 것이다.

친구들은 한 동네에서 태어나서 불알을 내놓고 자란 불알친구들이다. 오줌을 가릴 때가 되면 어머니가 가랑이가 타개진 가래바지를 입히고 조금 더 크면 가랑이 사이에 나뭇가지를 끼고 말 타는 흉을 내고 놀던 죽마고우이다. 지금은 가래바지를 볼 수 없게 되었을 뿐 아니라 가래바지 고사가 옥편에도 없다.

옥편에 '죽마고우' 를 찾아보면, '죽마구우' 로도 나오는 것을 보았다. 경상도가 고향인 어느 친구가 '좃백이 친구' 라고 하는 것을 들은 적이 있다. 두 편으로 나누어 한 편이 잠지 밑으로 머리를 박고 엎드리며 말 모양을 만들면 다른 한 편이 뛰어와서 올라탔다. 이 장난을 말타기 장난이라 하는데 이 장난을 하며 놀던 친구들이 '좃백이 친구' 라고 하였다.

그런데 남자의 성기를 아기 때에는 고추라고 부르고, 조금 크면 잠지라고 부르기도 하다가 성년이 되면 '조' 자에 'ㅈ' 받침을 하여 부른다. 이런 점을 미루어 생각할 때, 어린 시절 말타기 장난을 하던 친구를 '좃백이 친구' 로 부른 것은 격에 맞지 않는 것 같다.

1-9

정월 대보름날

정월 대보름날이 다가오면 나는 손가락을 꼽으며 기다리다가 미리부터 누나와 수수깡을 까서 보리와 밀, 콩 등을 만들어서 잿간에 심었다. 보름날 이른 아침에는 이것들을 거두어서 타작을 하여 신발짝에 담았다. 신발 한 짝에 담긴 보리를 한 섬이라 하였다. 어른들은 이에 간섭하는 일이 없었다. 아이들만의 농사놀이였다.

정월 14일, 개보름날에는 집집마다 절구통에 떡방아를 찧느라고 어머니와 누나들이 바빴다. 디딜방아에 떡방아를 찧는 집에서는 식구들이 동원되어 방앗간 천정에 달린 손잡이 끈을 잡고 발판을 밟았다. 디딜방아는 '찔구덕쿵! 찔구덕쿵!' 하는 소리가 났다.

대보름날은 오곡밥을 먹는 날이기도 하다. 이날 어른들은 땔나무 다섯 짐을 하고 오곡밥도 다섯 그릇을 먹는 날이라고 하였다. 가지나물·호박나물·깻잎나물·아주까리잎나물과 같은 묵나물과 콩나물·무나물 등 갖가지 나물도 먹었다.

개보름날은 쥐불도 놓는 날이다. 아이들은 논두렁에 나가서 마른 풀에 쥐

불을 놓았다. 쥐불놀이하는 아이들은 너나 할 것 없이 손과 얼굴이 까맣게 더럽혀졌다. 옷을 더럽히고 태우는 경우도 있었다.

저녁에는 집집마다 떡을 쪘다. 우리 집에서도 큰 솥에 시루를 얹어놓고 떡을 찌면 시루에서 김이 오르고 구수한 냄새가 났다. 떡을 쪄서 시루를 내려놓고 썰면 먼저 토광·쌀광·장독대 등에 한 접시씩 가져다 놓고 나서 김치와 동치미를 곁들여 식구들이 같이 먹었다. 나는 누나와 함께 이웃집에 떡 돌리는 심부름을 했는데 다른 집 아이들도 우리 집에 떡을 가져왔다. 대보름날 밤에는 잠을 자지 않는 날이라 잠을 자면 눈썹이 쉰다고 하였다. 어떤 아이는 이날 저녁 잠을 자고 있는데 그 형이 밀가루 풀을 눈썹에 발라놓았기 때문에 아침에 일어나 눈썹이 한데 붙어서 눈을 뜰 수 없어서 엉엉 우니까 눈물이 흘러서 눈썹이 떨어졌다고 하였다.

보름날 아침에는 일찍 일어나서 더위를 팔았다. 아이들은 이른 아침부터 더위를 팔기 위하여 동네 어귀로 쏘다녔다. 친구 아이를 만나면 이름을 불렀다. 대답하는 아이에게 재빨리 "내 더위 사가라" 하면 더위를 판 것이 된다. 영리한 아이들은 대답을 하지 않고 있다가 딴 아이의 이름을 부르고. 그 아이가 엉겁결에 대답을 하면 "내 더위 사가라" 하며 더위를 팔았다. 이럴 때 더위를 산 아이는 대단히 약이 오르는 것이었다.

아직 집에서 밖에 나오지 않고 있는 친구 집에 가서 친구를 부르는 수도 있다. 이때 집에서 대답을 하면 "내 더위 사가라"며 더위를 팔고 달아나는 아이도 있었다. 어떤 아이는 어른 옆에 가서 어른을 부르고 "왜 그러니?" 하고 대답하면 "내 더위 사세요"하고 달아났다. 이렇게 아이들로부터 희롱을 당한 어른들은 아이들이 몰려오면 "이 녀석들!" 하며 혼내주기도 하였다. 더위를 팔 수 있는 것도 시간이 정해져 있어서 아침 해가 뜨면 더위를 팔아도 무효라고 하였다.

보름날 아침에는 아이들이 아침을 먹고 나서 조리 또는 바가지를 하나씩 들고 모인다. 아이들은 집집마다 찾아가서 밥과 나물 등을 얻었다. 어머니들은 이런 일에 대비하여 아침밥을 여유 있게 지어놓았는지 아낌없이 주셨다. 우리가 들고 다니는 조리나 바가지에 얻은 밥과 나물은 위 모퉁이에 있는 연자방앗간에 모여 앉아 손으로 집어 먹었다. 어머니들은 아침 식사 때에 식구들이 먹는 밥을 나물과 함께 바가지에 담아서 외양간 소에게도 먹여 주었다.

어른들은 점심때 쯤 되면 이 집 저 집의 마당에 모여들어 흥겹게 풍물을 쳤다. 동네 사람들은 남녀노소가 모두 모여서 풍물 치는 가락에 따라 고개를 끄덕끄덕하면서 장단을 맞추었다. 나도 그 가운데 섞여서 풍물소리에 저절로 고개를 끄덕이게 되었다. 신나는 풍물소리가 그치면 그 집에서 마당에 멍석을 깔고 막걸리가 담겨 있는 물동이에 바가지를 띄워 놓고, 상에는 갖가지 나물안주와 술잔과 젓가락을 챙겨놓는다. 사람들은 막걸리를 바가지로 떠서 잔을 채워서 마신다.

풍물꾼들은 한 집에서 끝나면 또 다른 집으로 옮겨가며 신나게 풍물을 치고 구경꾼들도 같이 따라다니며 흥겹게 박자를 맞춰가며 고개를 끄덕였다. 어른들은 막걸리에 거나하게 취하여 얼굴에는 붉은 색이 돌았다. 풍물소리는 오후 늦게까지 이어지고, 당일에 끝나지 않고 2~3일을 계속하였다.

보름날 저녁에는 망월(望月)을 보았다. 어른들은 말할 것도 없고 아이들도 볏짚을 길게 묶어서 망월준비를 하였다. 저녁이 되면 낮에 준비한 길게 묶은 짚단을 들고 동네 뒷산 매봉재 꼭대기로 올라갔다. 사람들은 동쪽 하늘에서 보름달이 돋아 오르기를 기다렸다. 이윽고 동녘 하늘이 붉게 노을을 이루고 커다랗고 붉은 달이 모습을 나타내면 횃불을 들어 흔들며 큰 소리로 "망월이여!" 하고 보름달을 맞이하였다. 이웃 동네 근처에 있는 이 산 저 산에서도 횃불이 꽃밭을 이루며 춤을 추는 듯하였다.

사람들은 솟아오르는 보름달을 향하여 무릎을 꿇고 절을 하였다. 새해의 소망성취를 비는 큰 절이라고 한다. 어른들은 아이들에게 '금년에는 장가를 가게 하여 달라' 는 절을 하라고 하였다. 어른들은 솟아 오른 보름달을 쳐다보며 새해 농사의 풍작과 흉작을 이야기하기도 하였다.

망월이 끝나고 사람들이 동네에 모이면 줄다리기를 하였는데 줄다리기는 보름날 저녁부터 며칠간을 계속했다. 장소는 민병근네 집의 바깥 마당이나 뒷동산이었다.

줄다리기는 대개 남자 편과 여자 편으로 나누었는데 아이들은 여자 편에서 달리게 하였고, 때로는 아래 모퉁이 사람들과 위 모퉁이 사람들로 나누어서 달리기도 하였다. 줄다리기는 하루 저녁에 두 번이나 세 번만 하고 쉬었다. 줄은 수줄을 암줄 머리에 꽂고 나서 비녀장으로 고정해 놓고 양편에서 달렸다. 줄은 굉장히 크고 무거워서 어른들이 여러 명이 있어야 옮길 수 있었다.

양지편에 있는 주막집 큰 마당에서는 화죽 동네 사람들이 모여서 척사대회를 벌였다. 척사대회는 당일에 끝나지 않고 며칠이 걸렸다. 대회가 중반전 쯤 진행되면 어른들은 술을 거나하게 마시고 신나게 윷가락을 던졌다. 마당에는 큰 맷방석을 깔아놓고, 한가운데는 긴 나무때기를 가로 놓아서 경계를 만들어 놓은 다음에 이쪽에서 저쪽 편으로 윷가락을 던졌다.

윷가락이 경계를 넘어가지 못하면 낙방(落榜)이라고 하였다. 윷노는 사람은 윷가락을 두 손으로 모아서 바른 손에 싸잡아 쥐고 경계선 건너편을 바라보며 잠시 동안 좌정하고 정성을 들이다가 큰 소리로 "모냐?"고 외치면서 윷가락을 던지며 일어섰다. 이때 모가 나거나 윷이 나면 "얼씨구나, 절씨구나, 지화자아 좋구나" 하며 춤을 추면서 윷판을 한 바퀴 돌기도 하였다. 주위에는 말 쓰는 사람들이 따로 있고 많은 사람들이 둘러서서 구경을 했다. 윷을 다 이기어 가다가도 뒤에 따라오는 상대편 말에 잡혀서 불의에 패하거나 그와는 반대로 다 지다가도 완전히 역전하여 이기게 되면 윷놀이의 클라이맥스를 이루었다.

이 때 이긴 사람은 기고만장하여 춤을 추었지만 진 사람은 너무나 억울하다고 투덜대며 생떼를 쓰기도 하였다. 윷판은 많게는 다섯 군데 적게는 두

서너 군데에서 벌어졌다. 척사대회에서 1등은 장롱 한 바리, 2등은 광목 한 필, 3등은 소금 한 가마를 상품으로 받았다.

정월 대보름은 겨울이 지나고 봄기운이 도는 계절이고 여러 가지 민속놀이가 여러 날 동안 이어져가는 가운데 남녀노소가 함께 즐기는 명절이어서, 음식도 풍부하고 아이들이 가장 즐거워하는 명절이었다. 지금은 전통적인 농경사회가 산업화사회로 변하면서 어렸을 때 즐기던 민속이 자취를 감추어 가는 것이 아쉽기도 하다.

제2장

눈이 쌓이던 날

— 소년 시절

2-1
🌳 월척 가물치

화죽(화상리와 화하리)은 옛날 청주골(청주군)에서 넓은 평야가 있는 소문난 곡창지대이다. 미호천(美湖川) 상류에 위치하여 풍부한 수자원을 이용한 수리시설이 발달되고 아울러 석화천(石花川)의 수자원을 아울러 이용하기 때문에 다른 지역에서는 흉년으로 굶어죽는다는 소문이 나도 화죽 사람은 쌀밥을 먹는다는 곳이다.

그러나 대홍수 때에는 번번이 방천 둑이 터지는 바람에 수마(水魔)가 들판을 쓸어가고 터진 방천 둑에서 물살이 세게 굽이치는 곳에는 큰 웅덩이가 패여서 다시 논으로 경작할 수 없게 되는 곳이 여러 곳 있는데 이것을 '둠벙'이라고 불렀다. 이런 둠벙은 대체로 방천 둑에 인접되어 있고 그 중에 '줄둠벙'이라는 곳이 있었다. 줄(볏과의 여러해살이 풀)이 많이 나서 우거지기 때문에 붙여진 이름인 듯하다.

겨울이 지나고 봄이 되면 '줄둠벙'에서는 방개가 많이 잡힌다. 방개는 참방개와 똥방개가 있는데 이곳에서는 똥방개가 많이 잡히고 참방개는 간혹 섞여 있었다. 이때 어른들은 싸리가지를 엮어 삼태기 모양으로 만든 것에 가늘고 긴 나무 손잡이를 붙인 글겅이(홀치)를 둠벙 가운데로 던져서 훑어 올려 방개 · 붕어 · 우렁이 · 조개 등 여러 가지를 많이 잡았으며, 쪽지로 물속을 훑어서 잡기도 하였다. 아이들은 얼기미(어레미) 같은 것으로 물속에 있는 줄포기를 훑어서 방개를 잡았다. 많이 잡은 사람은 물초롱 가득히 잡아가는 경우도 있고, 아이들도 몇 됫박은 쉽게 잡을 수가 있었다. 방개는 날개와 다리를 떼어내고 기름을 쳐서 솥에 볶으면 아삭아삭하여 맛있게 씹어 먹을 수 있었다.

그런데 방개를 너무 많이 먹은 사람들은 대변을 보는 데 고통이 따른다. 방개의 딱딱한 껍질을 아무리 잘 씹어 먹는다 해도 그 조각들이 예리하여 소화되지 않은 채 남아 있기 때문에 용변을 보기가 힘들다는 것이다. 어떤 경우에는 항문에서 피가 줄줄 흘렀다는 말도 들었다. 방개와 함께 우렁이 · 붕어 · 조개 등 여러 가지를 넣고 무 같은 야채와 함께 고추장을 풀어서 얼큰하게 지져놓으면 더욱 맛있는 일품요리였다.

봄이 짙어지고 둠벙 물의 찬 기운이 가시면 어른들은 긴 싸리가지로 둥글게 엮어 만든 '가리'라고 하는 어구(漁具)를 가지고 둠벙 물속에 들어가 가물치나 메기 등을 잡거나 물속을 손으로 더듬어서 고기들을 잡아 올렸다. 아이들도 둠벙 가장자리 얕은 곳에서 물속을 손으로 더듬어서 붕어나 올갱이나 조개 등을 잡았다.

나도 어느 날 일요일에 친구들과 어울리어 망태기와 얼기미를 들고 많은 사람들이 붐비는 줄둠벙에 갔다. 나는 얼기미로 둠벙가에 들어서서 방개를 잡았다. 둠벙에 가득히 무성하게 자란 줄포기는 가을이 되면 전부 베어내고 물속에 그 줄포기 밑동만 남아 있는데 이런 것들을 얼기미로 훑어내면 방개가 잡히고, 손으로 둠벙 물속을 이리저리 더듬으면 붕어 · 우렁이 · 조개 · 구구락지 · 동자가(빠가사리) 따위가 잡혔다. 동자가는 지느러미에 쏘는 가시가 붙어있어서 잘못하여 이놈에게 쏘이면 굉장히 따갑고 아프다. 또한 둠벙에는 마름도 있어서 마름 가시에 찔리는 경우도 있었다.

아이들은 둠벙가에서 손을 물속에 넣어 더듬기도 하는데 내 손에는 이상한 물체가 만져졌다. 나는 무섭고 깜짝 놀라서 손을 떼었다. 그러는 순간 '앗, 큰 고기다' 라는 직감이 들어 다시 용기를 내어 그 위치에 손을 넣고 더듬어 보았다. 나는 가슴이 뛰었다. '쿵덩쿵덩' 소리가 날 정도였다. 물속을 더듬는 내 손에 또 다시 그 물체가 만져졌다. 이번에는 이를 악물고 양손으로 그 물체를 단단히 움켜잡아 물 위로 올렸다.

그것은 바로 큰 가물치이었다. 물 위로 내 손에 잡혀 나온 가물치는 꼬리를 와다닥 치면서 요동하였으나 소용이 없었다. 나도 모르게 "가물치 잡았다!"고 큰 소리를 지르며 둠벙 가 제방 밑에 가서 땅에 놓았다. 내 팔뚝 길이의 월척이 되는 큰 가물치였다. 사람들은 "야아, 큰 가물치다" 하며 눈을 동그랗게 뜨고 나를 쳐다보다가 가물치를 쳐다보기도 하고 부러운 듯 내 옆을 떠나지 않았다. 나는 흥분하여 더 이상 둠벙에 머물고 싶지 않았다. 가물치를 망태기에 넣어 보니 망태기에 그득히 찼다. 망태기를 어깨에 메어 보니 어깨가 무거웠다.

나는 집으로 뛰어갔다. 가물치는 죽은 듯이 흉을 떠는 습성을 가진 야릇한 물고기였다. 나의 첫 번째 손에 닿았을 때 재빨리 달아나지 않고 죽은 듯이 흉을 떨다가 기어코 나의 손에 잡힌 것이 아닌가. 한 편으로 생각해 보면 미련한 물고기이다. 그 색깔은 옅은 검정색과 누렁색이 어울려 큰 구렁이 색깔이고 그 머리와 눈도 큰 구렁이와 흡사하다. 가물치는 고단백 생선이고 산모 또는 수술 후의 환자에게 약용으로 많이 쓰인다고 한다.

어느 해 가을에 있었던 일이다. 나는 친구들과 고기를 잡으러 가기로 약속하고 아침밥을 먹기가 무섭게 얼기미, 자루바가지, 양철통 등 고기잡이에 필요한 기구들을 챙겨 가지고 들로 나갔다. 부모님에게는 못 가게 할까 봐 말씀도 드리지 않은 채 몰래몰래 숨어나가듯 하였다. 우리 친구들은 셋이었다. 세 사람은 동네 앞 산모퉁이를 지나서 망마루라는 들로 나가 작은 도랑을 따라가며 고기가 많이 잡힐 곳을 찾아 내려갔다. 우리는 고기가 제법 잡힐 듯한 곳을 발견하고 가지고 온 도구를 내려놓고 작업을 시작하였다. 먼저 삽으로 흙을 파서 물이 밑으로 흐르지 못하도록 윗막이를 하고 다음에 10여 미터 하류에 아랫막이를 하고 세 사람이 교대로 막이 안에 있는 물을 퍼냈다.

물이 어느 정도 잦아지면 아래 물막이의 물 푸는 바로 위에 작은 둑을 쌓고 그 가운데는 얼기미를 설치하여 내려오는 물고기가 걸리도록 장치를 하고 나머지 물을 퍼냈다. 우리가 막이의 물을 다 퍼내는 동안 얼기미에 걸려서 걷어낸 물고기만 하여도 서너 사발이 실하였다. 우리는 물이 잦고 난 후에 봇도랑의 흙을 파서 뒤집으며 미꾸라지나 때로는 게 등을 잡아냈다.

우리는 한 막이에서 잡아낸 물고기가 거의 반 초롱이 실했지만 또한 막이를 더 잡기로 하였다. 두 번째의 막이에서는 물고기가 더 많이 잡혔다. 우리가 잡은 물고기는 한 초롱을 채우고 물바가지 하나를 더 채웠다. 우리는 잡은 물고기의 분량에 만족하고 물고기 잡는 일을 끝냈다.

잡은 물고기는 물로 다시 씻어서 세 친구가 공평하게 나누었다. 그리고 손발을 씻고 세수를 하고 걷어 올린 소매와 바짓가랑이를 내리고 집으로 향했다. 벌써 점심때가 훨씬 지난 때이었다. 나는 옷을 더럽힐까 봐 조심조심하여 고기를 잡았지만 입고 간 옷에는 흙탕물이 튀어서 볼썽이 사나웠고 배도 고파서 힘들었지만 고기를 많이 잡아서 칭찬을 받을 수 있다고 생각하며 집으로 들어갔다.

어머니는 기가 막힌다는 듯이 나의 흙이 묻은 옷과 더러워진 모양새를 아래위로 훑어보시며 "이 녀석, 말도 없이 어디를 갔다가 이제 들어와?" 하시며 호통을 치시고 잡아 온 물고기는 본 체도 않으시고 당장 밖에 버리고 오라는 것이었다.

출필고(出必告)를 망각한 나의 잘못은 많이 잡아 온 물고기로는 상쇄되지 못하였다. 나는 어머니가 버리고 오라는 물고기를 쳐다보며 주저주저하였고 어머니는 또 다시 "비린내 나서 죽겠으니 어서 갖다 버려!" 하시며 재차 호통하셨다.

이때 동네 아주머니(정례할머니)가 들어오시며, 어머니에게 '이제 단단히 혼내 주었으니 됐다' 고 만류하시었지만, 어머니는 기어이 물고기를 버리라고 하셨다. 나는 할 수 없이 물고기를 버리려고 물고기 그릇을 들고 밖으로 나갔다. 이때 동네 아주머니는 '꼭 버려야 할 것이면 나를 달라' 고 하시며 물고기를 가지고 가셨다.

나는 어머니가 이처럼 화가 나신 것을 처음으로 보면서 나의 부지불식간의 잘못이 어른들에게 큰 걱정을 끼치게 됨을 깨닫고 뉘우치게 되었다. 어머니는 나에 대한 꾸지람을 그치시고 새 옷을 주며 다시 몸을 씻고 오라고 하신 후에 밥상을 차려주셨다. 배가 고파 크게 밥을 떠서 정신없이 먹어대는 나의 모습을 지켜보시던 어머니는 '다시는 그런 일이 있어서는 안 된다' 고 타이르셨다. 나는 잡아온 물고기를 남에게 내어준 것이 아까웠으나, 일단 어머니의 화가 풀린 것에 안도하였다.

지금 생각하면 그 때의 물고기는 지금처럼 귀한 것도 아니고, 마음만 먹으면 얼마든지 잡아올 수 있을 만큼 흔해빠진 것이었다. 여름철 장마에는 통살이나 얼기미를 가지고 들에 나가 잡아 온 송사리는 가루에 묻혀서 애호박과 고춧가루를 넣고 천렵국을 끓여서 찬밥을 한 술 넣어 말아 먹고, 겨울에는 얼음 속에서 잡아온 미꾸리에 무를 넣고 얼큰하게 지져먹었다. 모두 꿀같은 진미였다.

2-2

 눈이 쌓이던 날

눈이 오면 신이 났다. 함박 꽃송이처럼 크게 많이 오면 더욱 신이 났다. 멍멍이도 눈이 오면 신이 나고, 친구들도 눈이 오면 신이 났다. 하늘에서 솜눈이 춤을 추며 내려온다. 태양을 가리고 하늘 높은 데서 빼곡히 춤을 추며 내려온다. 나와 멍멍이도 친구들과 어울려 눈 속을 뛴다. 눈송이는 얼굴에도 사뿐히 앉아 키스한다.

함박눈은 풍성과 흐뭇함을 노래한다. 하늘을 빼곡히 메우고 천천히 우리를 반겨 내려온다. 우리는 입을 벌려 키스로 반겨준다. 나도 멍멍이도 친구들도 눈 오는 날은 매양 즐거운 날이다.

저녁 늦게 눈이 오면 들락날락 방문이 요란하게 여닫친다. 지금쯤은 얼마나 눈이 쌓였을까 잠자리에 들어서도 마음이 설레인다. 신나게 눈을 치우는 일, 눈사람을 만들어 세우는 일, 친구들과 눈싸움을 하는 일, 모두 나에게는 즐겁기만 한 일이다.

날이 따스하면 지붕의 눈이 녹아내려서 추녀에는 고드름이 주렁주렁 매달리고 들새, 까치, 비둘기들은 눈 녹은 빈틈으로 모이를 찾아 날아들고 아이들이 이리 뛰고 저리 뛰며 썰매를 타는 일을 동심에 그려보며 잠을 설치기도 하였다. 나는 새벽에 일찍 일어나서 눈을 치우는 일이 즐거웠다.

어느 겨울 눈이 많이 오는 밤이었다. 저녁 늦게부터 함박눈이 펑펑 쏟아졌다. 방안에서는 눈이 오는 바깥 세계가 궁금하였다. 눈이 계속 내리는지, 얼마만큼 쌓였는지 내가 잠시도 앉아 있지 않고 안절부절하면서 연신 문을 열고 나갔다 들어오는 득세를 떨다가 어머니에게 꾸중을 들었다.

밤이 깊어가는데 함박눈은 계속 내리고 있었다. 나는 잠자리에 누워서도 날이 밝아오는 아침이 되면 눈을 치우는 일, 눈사람 만들고 친구들과 눈싸움하기 등 여러 가지를 머릿속에 그려보며 쉽게 잠들지 못하였다.

얼마동안 잠을 자고 깨어 보니 문살이 훤히 드러나는 새벽이었다. 더 이상 잠을 잘 수 없었다. 간밤에 펄펄 내리던 함박눈의 결과가 궁금하였다. 살그머니 옷을 찾아 입고 방에서 빠져 나갔다. 아직 어스름한 마당에는 흰 눈이 굉장히 쌓여 있었다. 싸리비로는 쓸어낼 수 없는 큰 눈이었다. 마당에 내려가 보니 나의 배꼽까지 차이는 것이었다. 나는 마당의 주요 통로를 쓸어 보려고 하였으나 나만의 힘으로는 엄두가 나지 않았다.

잠시 후에 이웃집에서는 눈을 치우느라 떠들썩한 소리가 들렸다. 우리 집에서도 형님과 아버님이 나오셨다. 형님은 눈이 많이 쌓인 것을 보고 "야! 눈이 굉장히 많이 왔네" 하며 이리저리 눈 치울 연장(道具)을 찾아 모았다. 넉가래, 삽 등으로 우선 통로를 뚫었다. 아버지와 형과 나는 지게에 바소쿠리(지게에 쓰이는 짐 싣는 기구)를 달고 눈을 담아내기도 하고, 볏짚 가마니를 타개서 그 위에 눈을 실어 끌어서 치우기도 하였다. 집집마다 눈을 치우느라고 야단들이었다.

이른 아침부터 시작한 제설작업은 아침밥을 먹고 나서도 계속되었다. 가마니를 타개서 눈을 실어서 끌어내는 작업이 제일 능률적이었다. 그래서 또 하나의 가마니를 타개서 두 개로 만들고 아버지가 가마니에 눈을 실어주시면 형님과 나는 끌어다 버리고 또 다른 눈이 실린 가마니의 눈을 끌어내면서 왔다 갔다 하는 작업이 쉴 사이 없이 계속되었다. 우리 집 제설 작업은 점심때가 가까워서 끝이 났다. 이웃집에서도 끝이 난 집도 있고 아직 계속 하는 집도 있었다.

우리 집 뒤란 장독대에는 옹기종기 놓인 장독들이 흰 감투를 쓰고 늘어선 것 같았다. 지붕에 쌓인 눈들은 따스한 햇볕을 받아 녹아서 추녀에는 고드 름이 달리면서 물방울이 뚝뚝 떨어졌다. 텃논 앞에 있는 안산 저 멀리 보이 는 온 누리가 하얗게 옷을 갈아입고 햇살을 받아 눈이 부시었다.

들새, 까치, 비둘기 등 날짐승들이 볏짚가리와 눈 치운 검은 땅으로 날아 들었다. 논두렁 움푹한 곳에 검은 땅이 보이는 곳에도 새떼들이 몰려 앉았 다가 날아가곤 하였다. 사람들은 볏짚으로 새덫을 만들어 여기 저기 놓아가 며 새를 잡았다. 마당가에 왕겨를 뿌리고 삼태기를 나무로 고여서 길게 끈 을 달아 쥐고 숨어 있다가, 새가 모이면 끈을 당겨서 삼태기가 새를 덮쳐 엎 게 하여 새를 잡는 사람도 있었다.

어떤 경우에는 짚가리에 앉아 있는 새들을 도리깨를 들고 살금살금 다가 가서 후려쳐서 잡기도 하고 가느다란 실가지가 많이 붙은 나뭇가지 후리채 를 들고 논두렁 밑에 있는 새에게 살금살금 엎드려 다가가서 후려치면 한 번에 여러 마리의 새를 잡기도 하였다. 새들은 집 근처의 짚가리와 논두렁 에 떼를 지어 앉았다가 날아가고 사람들은 새를 잡느라 동네 이곳저곳에 후 리채를 들고 왔다 갔다 하였다. 잡은 새들은 새끼줄 꾸러미에 머리를 꽂아 허리춤에 차고 다녔다.

나는 사람들이 새잡는 곳을 이리저리 따라다니며 구경하다가 후리채를 장만하여 새를 잡게 되었다. 새들이 논두렁 밑에 앉으면 그 반대편으로 눈 속을 헤치며 살금살금 숨어 걸어가서 새 있는 곳을 향하여 후리채로 넘겨 쳤다. 잘 되면 한두 마리의 새를 잡을 수 있고 어른들같이 능숙치 못하여 한 마리도 잡지 못하는 실수가 더 많았다. 아이들도 새덫을 만들어 가지고 새 를 잡았다. 새를 많이 잡은 어른들은 허리춤 밑 엉덩이에 십여 마리씩 두어

꾸러미를 매달고 있었다.

나는 너댓 마리의 새를 잡아가지고 새 꾸러미에 목을 꿰어달고 다녔다. 새들은 황혼이 되자 수적으로 줄어들었고, 하늘에는 새들이 떼를 지어 어디론가 날아가며 짹짹거리는 소리가 구슬프게 들렸다. 새들은 온 누리가 눈으로 덮여서 모이를 찾아 먹을 수 없고 사람들에게 잡히어 죽을까 봐 진종일 허기진 굶은 배를 채우지 못하고 잘 곳을 찾아가야 하는 딱한 모습이었다.

우리 인간은 참으로 무자비하다. 무정하고 잔학하다. 황혼으로 물들은 겨울 하늘을 짹짹 울며 날아가는 새들을 보며 처량한 마음이 들었다. 하지만 새는 새이기에 그렇고 사람은 사람이다. 먹고 먹히는 약육강식의 원리가 지배하고 있는 섭리 하에서 동식물의 피할 수 없는 생존수단이기에 그러하리라.

겨울날의 황혼이 짙어가는 석양을 바라보며 새들에 대한 감상도 잠깐이고, 이때까지 새잡이에만 열중하다가 눈에 젖은 옷을 보니 큰 걱정이 되었다. 눈을 치우고 난 후에 어머니가 새 옷으로 갈아입힌 옷이 많이 후질러졌고 바지는 무릎까지 눈에 젖어서 물을 짜야 할 정도가 되었으며 신발에서는 물이 찌걱찌걱하였다.

이제는 새를 잡는 사람들이 모두 사라지고 어둑어둑한 동네 어귀에서 나만 홀로 서 있게 되었다. 모두가 사라지고 적막이 감돌았다. 할 수 없이 나는 어머니께 꾸중을 들을 각오로 슬금슬금 집에 들어갔다. 예상한 대로이었다. 어머님은 나의 모습을 보시고 깜짝 놀란 듯이 금방 입고 나간 새 옷을 무엇을 했기에 그처럼 후질러 왔느냐며 당장 나가서 옷을 벗고 들어오라고 혼을 내셨다. 그 때 나의 손에는 새 다섯 마리가 새 꾸러미에 목이 꿰어 있었다. 어머니가 새 옷을 주며 갈아입도록 하기를 기다렸다.

그러나 어머니는 새 옷을 주시지 않았다. 내가 서 있는 자리에서는 물이 흘러 축축한 감을 느끼었다. "이놈아, 바지에서 물이 뚝뚝 떨어진다" 하시며 재차 꾸중하셨다. 나는 바짓가랑이와 양말에서 질퍽질퍽하게 물이 내려와서 방바닥이 젖어 있는 것을 감지하고 할 수 없이 밖으로 나가서 양말과 바지를 벗었다. 나는 몸이 오들오들 떨리며 추웠지만 바지를 벗고 고추가 드러난 채로 방안으로 들어갈 수가 없었다. 어머니는 새 옷을 주시지 않고 차가운 밖에서 나의 잘못을 깨달을 때까지 서 있게 한 것이다.

나는 더 이상 오들오들 떨면서 서 있을 수가 없었다. 이때 나는 한 가지 꾀를 생각해 내었다. 그 꾀는 큰 소리로 우는 것이었다. 내가 큰 소리로 울게 되면 어머니도 할 수 없이 새 옷을 입혀주고 따스한 방에도 들어갈 수 있다고 생각한 것이다. 나는 처음에는 작은 소리로 울다가 점점 소리를 크게 하여 울기 시작하였다. 이때 어머님은 나에게 오셔서 옷을 주기 전에 "또 그런 짓을 할 거냐?"고 다그치시고, "다시는 안 그럴게요"라는 다짐을 받아낸 후에 새 옷을 주시고 갈아입게 하셨다.

내가 새 옷을 갈아입고 방에 들어가자 아버지와 식구들은 아무 말 없이 빙긋이 웃어 주었으나 나는 식구들 앞에 창피하였다. 종일토록 밖에서 뛰어다니며 새를 잡고 옷을 벗은 채 잠시 동안이지만 밖에서 떨며 어머님께 꾸중을 들은 나는 지쳐 있었다. 따뜻한 아랫목에서 저녁밥을 먹고 난 나는 즉시 잠에 곯아떨어졌다.

지금 생각하면 내가 이처럼 개구쟁이로 자라나는 과정에서 심신이 연마되고, 어머니께서 나의 잘하고 잘못함을 칭찬하고 꾸중하시는 가운데 품성(Personality)이 형성되어 오늘에 이른 것으로 생각된다.

2-3
🌳 화죽(花竹)들의 철새들

겨울이 지나고 이른 봄이 되면 화죽평야에는 진풍경이 벌어진다. 넓은 공간에는 기러기, 황오리, 청둥오리들이 하늘을 메우고 논을 메운다. '꽥꽥' 소리를 지르며, 한 떼가 앉으면 또 한 떼가 날아서 이동한다. 이러한 철새들은 가까운 앞뜰에서 저 멀리 먼 들까지 들녘이 가득 차도록 장관을 이룬다. 사람들은 덫을 놓아 잡기도 하였고, 또한 아침에 들녘에 나갔다가 매에 찢겨 죽은 오리를 주워 오는 경우도 있었다.

하늘에는 기러기들이 적을 때는 몇 마리, 많을 때는 몇 십 마리가 줄지어 날아간다. 기러기는 철새 중 가장 크며 목과 다리가 길고 황오리는 목은 길으나 다리는 짧고 몸통이 통통하였다. 청둥오리와 쥐오리는 철새 중에 가장 작은 놈들이고 청둥오리의 색깔은 특히 그 머리와 목이 진청색이며 머리 바로 밑에 흰 띠를 매고 매우 아름다웠으며, 쥐오리는 까투리 색깔이었다.

이러한 철새들이 하늘과 들판을 가득 메우고 '꽥꽥' 소리를 지르며 논밭에 앉았다가 날아서 뜨고 그 자리를 다른 놈들이 날아와서 앉기를 반복한다. 줄을 지어 하늘에 높이 떠서 날아가는 기러기들은 '끼럭끼럭' 하며 간헐적으로 소리를 지르고, 청둥오리와 쥐오리들이 떼를 지어 날아갈 때에는 날갯짓 소리가 '쌕쌕' 하고 들려온다. 밤이 되면 기러기들이 줄을 지어 별들이 반짝이고 달빛이 영롱한 밤하늘을 '끼럭끼럭' 울며 간다. 새들이 날아가는 미지의 세계가 어떠한 곳인지 궁금하기도 하였다.

어느 따스한 봄날이었다. 집 앞의 국개들에서부터 망마루, 중들, 신여울, 줄구래 등 온 들판이 철새떼들로 가득 메워져서 진기한 풍경이 일어났다. 문 앞에서 이러한 철새떼를 한참 바라보며 그 무엇을 생각하던 나는 이놈들을 잡고 싶은 충동을 일으켰다. 이럴 때 총이 있었으면 얼마나 좋을까. 저놈들을 무엇으로 어떻게 잡을까 궁리 끝에 주먹만한 크기의 돌을 너덧 개 주머니에 집어넣었다. 생각으로는 이들에게 접근하여 돌을 던지면 그 많은 놈들 중에 어느 놈이고 맞아서 잡힐 것 같았다. 그러나 순간 작대기가 생각났다. 작대기는 돌보다 범위가 커서 그놈들을 얻어 맞추기가 더 용이할 듯 생각했기 때문이다. 나는 집 앞 국개들로 나갔다. 그놈들에게 접근했다.

그러나 작대기를 던져서 잡을 만큼의 거리에 다가가기 전에 날아갔다. 나는 날아서 달아나는 오리떼를 물끄러미 바라보다가 저 앞에 있는 오리떼에 접근을 시도했고 오리떼는 그 때마다 날아서 달아나는 반복만 있을 뿐이고 그놈들도 약아서 나의 접근을 허용치 않았다. 나는 약간 높은 논두렁 밑으로 숨어서 슬금슬금 조심스럽게 다가가서 작대기를 힘껏 던져 보았으나 그놈들은 맞지 않고 푸두두득 날아서 달아나고 말았다. 그놈들이 잡힐 듯 잡힐 듯하면서도 잡히지 않고 달아나는 것을 빤히 보고 겪으면서도 나는 몇 번이고 숨어서 작대기를 던졌으며 그 때마다 그놈들은 놀라서 달아나곤 하였다. 나는 무모하게 들판을 헤매다가 힘만 탕진하고 집에 돌아왔다.

지금 생각하여도 작대기를 던져서 그놈들을 잡겠다는 나의 생각은 철없고 어리석기 짝이 없는 짓이었다. 그러나 집에 와서도 그렇게 많이 와글대는 오리떼가 좀처럼 잊히지 않아서 기어이 한 마리라도 잡고야 말겠다고 생각한 나머지 덫을 놓아 잡으면 될 듯한 생각이 들었다. 우리 집에는 녹슨 꿩

잡는 꿩차귀(덫)가 있었다. 또 다시 꿩차귀를 들고 오리떼 있는 곳으로 나갔다. 오리떼가 잘 모이는 곳에 꿩차귀를 고여 놓고 집에 돌아왔다. 집 바깥마당에 서서 오리떼가 그 곳에 오는지를 망보았다.

한참 기다리다 보니 오리떼가 꿩차귀 있는 논에 모여들었다. 나의 가슴은 뛰었다. 이제 그놈의 오리 한 마리를 잡게 되었다는 희망과 기쁨이 현실적으로 다가왔기 때문이다. 잠시 후에 내가 고여 놓은 꿩차귀 있는 곳에 앉아 모이를 주워 먹는 오리떼가 일제히 날아갔다. 나는 틀림없이 오리 한 놈이 덫에 걸리고 이것을 본 딴 놈들이 놀라서 달아나는 것으로 직감하고 있는 힘을 다하여 그 곳으로 달려갔다.

그러나 나의 꿈은 허사였다. 꿩차귀에 오리는 없었다. 그래도 꿩차귀 주위에는 오리털 몇 개가 뽑혀 있는 것을 보면, 그 중 한 놈이 몸통 어느 부위인가를 덫에 설치어서 놀라 달아난 것으로 보였다. 나는 오리를 하마터면 잡을 뻔한 것을 아쉬워하며 집으로 돌아왔다. 나는 그날 기진맥진하였고 해도 저물어 오리 잡기를 포기하고 말았다.

기러기와 오리떼가 들판을 메우는 봄철의 일요일이 되면 청주에서 포수들이 찾아온다. 사냥개를 데리고 오는 포수도 있다. 이들은 공직에 있는 사람들인지 평일에는 오지 않고 일요일에만 왔다. 포수는 대개가 일본 사람이었다. 나는 포수들이 굉장히 부럽기만 하였다. 반짝이는 엽총, 화약탄대, 사냥개! 얼마나 근사하고 멋지고 좋은가. 나도 성장하여 총을 갖고 싶었다. 들판에 포수가 오면 우리 아이들은 따라다녔다. 포수들은 사냥에 방해가 되는 우리 아이들이 따라 붙는 것을 싫어했다. 따라다니지 말고 집에 가라고 하였다.

그러나 우리 아이들은 포수에게서 떨어지지 않고 끈질기게 따라 붙었다. 포수가 기러기나 오리떼에게 접근할 때에는 아이들을 엎드려 숨게 하고 논두렁 밑으로 살금살금 기어가서 사정거리가 되면 엽총을 조준하여 꽝! 하고 발사하였다. 사냥개는 엎드려 숨을 죽이듯 있다가 꽝! 하는 총소리가 나면 포수에게로 달려가서 총에 맞아 퍼덕이는 오리를 물고 주인에게 달려와서 주인이 손으로 물어 온 오리를 받으면 입에서 놓아준다.

정말 사냥개는 훈련이 아주 잘 되어 있었다. 사냥개는 흰 털에 밤색의 커다란 반점이 섞여 있으며 귀는 축 늘어져 있는데 이 개를 '포인타' 라고 한다. 사냥개가 총에 맞은 오리를 물고 오면 그것을 받아 놓고 포수는 사냥개의 머리를 쓰다듬어 주기도 하고 등을 툭툭 두드려준다. 잘했다고 칭찬하는 것으로 보였다. 총소리가 '꽝!' 하고 터지면 숨어 있던 우리 아이들도 그곳을 향하여 뛰어갔다. 우리는 잡아온 오리의 주변에 둘러서서 구경하였다.

그러나 포수들이 평평한 평야에서 오리에게 접근하기도 쉬운 일이 아니었다. 때문에 포수들은 오리떼에서 가까운 큰 두렁으로 다가가서 숨어서 접근하는 것이 상례이었다. 접근하며 총을 발사하여도 사정거리가 못 되어 그러한지 허탕치는 경우가 많았고 개중에는 오리가 총탄에 설맞아서 잘 날지 못하고 멀리 가서 떨어지는 경우도 있었는데 이럴 때에는 그 설맞아 떨어진 오리를 찾아서 잡으려고 뛰어서 뒤따라가기도 하였다.

이들 포수들은 진종일 사냥을 하여도 잘해야 한두 마리를 잡았고 기러기 한 마리를 잡거나 황오리 두서너 마리를 잡으면 사냥을 끝냈다. 사냥한 기러기나 오리의 부피와 무게가 가져가기에 알맞기 때문인지도 모른다. 기러기는 몸집이 아이들 키만큼하여 중량도 무거웠고 황오리도 커서 세 마리만 걸머지면 한 짐이 되었다. 우리 아이들은 포수의 뒤를 따라 들판을 누비고 다니다가 포수가 사냥을 끝내고 집으로 돌아가면 섭섭함과 아쉬운 마음으로 집에 돌아올 수밖에 없었다.

어느 날 있었던 일이다. 큰 기러기 한 마리가 포수의 총에 설맞아서 동네 앞들에 날아와서 다리를 절며 잘 날지도 못하고 이리저리 도망쳐 보려는 듯 요동하는 것이 우리 아이들 눈에 들어왔다. 아이들 몇 사람은 그 설맞은 기러기를 쫓아가서 달아나려고 도망치는 것을 어렵게 붙들었다. 저 멀리서는 포수 한 사람이 자기가 쏜 총에 설맞은 이 기러기를 잡으려고 달려오고 있었다. 우리는 어렵게 붙들어 잡은 기러기를 친구의 집 토광에 가두고 나왔다. 그 포수는 설맞은 기러기를 우리 아이들이 붙들어 가는 것을 보았던 모양이었다.

포수는 일본 사람이었고 우리에게 다가와서 웃는 얼굴을 보이며 기러기 날으는 흉내를 내며 기러기가 쩔뚝이는 몸짓을 해 보이며 동전 5전을 주며 기러기를 내어달라고 간청하였다. 동네 아이들은 포수가 하는 짓을 눈여겨 보며 말없이 서 있자, 그 포수는 손짓 발짓으로 기러기 흉내를 내며 돌려줄 것을 계속 간청하였다. 우리가 그 기러기를 붙들어가는 것을 포수가 멀리서 확인하고 내어달라고 하는데 우리도 내어주지 않을 수는 없었다. 우리는 서로 얼굴을 처다보며 말없이 서 있다가 할 수 없이 토광으로 가서 가두어 두었던 기러기를 가지고 나와서 포수에게 넘겨주었다.

포수는 기러기를 넘겨받고 크게 기뻐하며 환한 웃음을 웃으며 크게 좋아하고 있었다. 우리가 포수에게 내어준 기러기는 우리의 키만큼 크고 무거웠다. 포수는 기러기를 어깨에 걸러메고 아이들에게 고개를 끄덕여 인사하고 동네에서 떠나갔으며, 아이들은 동구 밖까지 따라나서며 포수가 저 멀리 사라질 때까지 뒷모습을 바라보며 아쉬워하였다. 포수가 기러기를 메고 신여울 들을 지나 제방 둑 위로 걸어서 사라질 때는 해도 이미 저물었다. 우리는 포수가 저 멀리 가물가물 보이다가 사라지자 각기 집으로 돌아갔다.

나는 집에 들어와서 따스한 저녁밥을 먹고 방 아랫목에 누워서 낮에 있었던 기러기와 포수를 그려보며 깊은 생각에 젖어보았다. 포수의 총에 설맞아서 상처받은 기러기는 어떻게든지 위기를 벗어나 살아 보려고 애를 썼으나 결국은 잡히고 말았다. 그 기러기가 안 된 생각이 들었다. 기러기를 어깨에 둘러메고 석양길에 제방 둑 너머로 걸어가서 멀리 자취를 감춘 포수의 모습도 생각났다. 기러기떼가 줄을 지어 하늘을 날아가며 '끼럭끼럭' 하는 소리가 가늘게 들려오고 있었다. 청둥오리들이 집단을 이루어 하늘을 날아가며 날갯짓하는 '쌕쌕' 소리도 희미하게 고막을 스쳐갔다.

2-4
🌳 학업중단과 소년기 취업

그럭저럭 나는 4학년에 오르고 연령도 이제 열네 살에 이르렀다. 이때 이상만이라는 젊은 선생님이 부임하셨다. 이 선생님은 순사(지금의 순경)시험을 준비하는 분이었다. 이때의 순사는 권위와 기세가 당당하였고, 검은 제복의 어깨에는 검은 경장 둘레에 노란색 테가 있으며 가운데 쪽에 금색 국화무늬의 계급표지가 있었다. 허리에는 백통(은빛 나는 통) 긴 칼을 차고 있어서, 걸어갈 때에는 긴 백통 칼이 앞뒤로 보조를 맞추며 흔들리고 있었다. 사람들은 순사가 매우 두려운 존재이었다. 이 선생님은 이러한 순사가 되고자 시험공부를 하는 선생이었다.

보통학교(지금의 초등학교)만 나와도 면서기가 되고 군서기가 되고 도청서기가 되는 때이며, 보통학교는 두개 면을 통하여 한 학교가 있었다. 이때 북일과 북이 두 개 면을 통하여 내수 보통학교가 있었다. 그 후에 북이면 내추리에 새로이 북이 보통학교가 신설되었는데, 초기에는 4년제이다가 후에 6년제가 되었다. 그쯤 나는 화죽강습소 4년을 수료하고 새로 개설된 석성간이학교에 입학했다. 간이학교는 북이 보통학교에 부설된 학교이다. 내가 4

학년까지 수료하고서도 왜 간이학교 1학년에 입학하게 되었는가 하면 내가 갈 수 있는 학교가 없었기 때문이다.

나는 간이학교 2년을 졸업하고 북이 보통학교 3학년에 편입할 수 있는 기회가 있었으나, 호적 연령이 두 살이나 늘어 있기 때문에 이것마저 불가능하였었다. 나의 호적 연령이 두 살이나 늘어 있는 것을 아시게 된 아버지께서는 크게 걱정하시고 나를 북이 보통학교에 전입시키지 못하는 것을 애석히 여기셨다. 나의 호적 연령이 늘어난 연유는 매우 복잡하기 때문에 그 설명을 생략한다.

나는 학교를 졸업한 후에 이웃에 살고 계시는 고모부의 주선으로 취업하게 되었다. 내가 취업하게 될 점포주인은 고모부의 4촌 동생이 되는 분인데 이웃동네 방죽말에 사는 김금석 씨와 형제간이 된다. 김금석 씨는 함북 청진에서 그분의 매형 되는 이천석 씨 점포에서 일을 보시는 분이었는데, 그분의 아우 김진옥 씨는 청진부 나남이라는 곳에서 점포를 경영하는 분이고 나는 이 김진옥 씨 점포에 취업하게 된 것이다.

나는 김금석 씨를 따라 부모 곁을 떠나 타향길에 올랐다. 나의 등에는 내가 덮고 잘 이불 짐이 지워져 있고 우리 동행으로 이천석 씨 집 가정부로 가게 되는 젊은 부인까지 세 사람이었다. 우리 일행은 가족들의 환송을 받으면서 동네 어귀를 빠져 나와 화죽들을 지나 석화천을 건너 팔결도로에서 청주쪽 방향의 오근장역으로 갔다. 우리는 이곳 오근장역에서 기차를 기다리는데, 나는 초행길의 일행을 따라 아무 미련과 두려움 없이 소 팔러 가는데 강아지 따르듯 고향을 떠났다.

드디어 기차가 역에 도착하고 우리 일행은 기차에 올랐다. 조치원에서 경성(서울)행 기차를 갈아타고 경성에서는 청진행 기차를 갈아탔다. 날은 저물었다. 어두운 차창밖에는 전주(電柱)와 높고 낮은 산들과 촌락들이 연이어 획획 지나가는데 그 때서야 부모와 형제가 그리워지며 친구들이 지금쯤 어디서 무엇을 하고 있을까를 머릿속에 그려보며 외로움과 서글픔이 가슴 속

깊이 파고드는 것을 깨달았다.

  기차가 홍남역에 도착하고 우리 일행은 기차에서 내렸다. 홍남에는 김금석 씨의 처남 되는 분이 어느 공장에 취업하여 살고 있었다. 우리 일행은 그곳에서 늦은 저녁식사를 대접받고 다시 홍남역으로 가서 청진행 기차를 타게 되었다. 밤은 깊어만 갔다. 객실 안의 승객들은 지친 듯이 머리를 의자에 기대고 자고 있는 사람이 대부분이었다. 간간이 차내 판매원이 조용히 잠든 객실 복도를 지나가고 혹은 변소를 다녀오는 사람들의 발걸음 소리가 귀에 스쳐갔다. 나와 동행하는 젊은 부인과 나도 가만히 앉아서 의자 뒤에 머리를 기대고 졸고 있었고 김금석 씨는 우리와는 별도로 다른 객실에 계신지 보이지 않았다.

  나는 김금석 씨가 보이지 않아서 은근한 가운데 걱정이 되었다. 기차는 '달그락탁 달그락탁' 하고 레일 이음매를 지나가는 바퀴소리로 어두움의 적막을 깨우며 달리고 있었다. 기차는 달려서 역에 도착하고 다시 떠나서 다음 역을 향하여 달리고 있었다. 우리는 끼니가 될 때마다 김금석 씨가 차내 판매원에게서 사서 주는 오리벤또(나무 도시락)로 끼니를 때웠다.

  기차는 밤을 새우며 달렸다. 날이 밝아왔다. 동해 해변을 따라 달리고 산속의 터널을 요란한 소리를 내며 달렸다. 단천, 성진, 길주 등 북녘으로 기차가 달리면서 만주 국경이 가까워질수록 기차 객실에서는 일본의 고등계 형사들의 검문검색이 심하였다. 그들은 승객의 소지품을 조사하기도 하고 행선지와 고향을 묻기도 하였다. 그러나 우리에게는 아무 일도 하지 않았다. 오근장에서 기차를 타고난 다음날 저녁 늦게야 청진역에 도착할 수 있었다.

  차에서 내려 온 나는 차멀미로 머리가 어지럽고 속이 울렁거렸다. 우리는 '아카쓰키'라고 부르는 급행열차로 수천리길을 달려온 것이다. 청진역에서 내린 우리 일행은 김금석 씨를 따라 버스를 타고 청진부 내 생동 이천석 씨의 점포로 갔다. 점포에는 화죽 사람 송재남 씨가 눈에 띄었다. 수천 리

객지에서 고향사람을 맞이한 나는 대단히 반가웠다. 송재남 씨는 고향인 화죽 묘막말에 살았고 나보다 나이가 두서너 살 위였다. 가던 날 저녁 나는 송재남 씨와 점포 2층 방에서 잠을 잤다.

다음날 아침식사를 하고 나는 김금석 씨를 따라 버스를 타고 나남 김진옥 씨 점포로 갔다. 김진옥 씨는 고향에 사시던 안면이 있는 분이고 고모부님의 사촌이다. 김진옥 씨의 점포는 나남(羅南)의 본정통 염매소(廉賣所) 입구의 번화한 곳에 위치하고 있었다. 내가 있게 되는 이 점포는 가을에서부터 늦은 봄까지는 군밤을 팔고 여름철에는 '아이스케이크'를 팔고 있는 점포이었다. 나를 이곳에 데리고 오신 김금석 씨는 그 아우가 되는 김진옥 씨와 잠시 동안 이야기하며 머물다가 다시 청진으로 떠났다. 나와 동행한 젊은 부인은 청진 이천석 씨 집에 떨어지고 이제는 김금석 씨마저 떠나고 나만 혼자 남게 되니 서운하고 허전하였다.

나남에 도착한 나는 점포 주인인 김진옥 씨를 따라 잔 일을 거들며 하루를 보내고 밤 10시가 되어서 살림집으로 들어갔다. 살림집에는 그 부인과 남매의 자녀가 있어서 네 식구이었다. 그 날 저녁에 나는 피로와 여독으로 누가 잡아가도 모르도록 깊은 잠에 빠졌다.

나는 아침에 주인을 따라 점포에 나와서 주인이 하는 대로 밤 굽는 가마를 청소하고 아궁이에서 재를 퍼내고 장작을 넣고 석탄에 불을 지피는 일을 거들었다. 밤 굽는 가마는 중국 빵집의 빵 찌는 가마 같았고, 가마 안에는 모서리가 둥글게 깎인 약간 굵은 바다 모래와 생밤을 넣고 볶는다. 가마 안은 밤이 타지 않도록 저어주는 지금의 기름집 깨를 볶는 가마와 같이 자동으로 저어주는 기계장치가 되어 있었다. 아궁이에 불이 과열할 때는 밤들이 가마에서 꽝꽝 소리를 내며 터졌다.

밤이 다 익어 가면 '기사라'(설탕이름)라고 하는 누런색 굵은 설탕을 적당히 넣어주면 밤들이 반짝반짝 윤이 났다. 구워진 밤은 손잡이가 붙은 철사 얼기미로 꺼냈다. 밤을 굽는 기술은 적당한 석탄 열과, 때맞추어 기사라를 넣고 색깔을 잘 내는 일과, 적시에 밤을 꺼내는 일이다. 구워진 밤은 열이 식은 후에 평양감율(平壤甘栗)이라는 글자가 박힌 아름다운 표지가 붙은 봉지에 100몸메(무게단위) 200몸메 300몸메 단위로 담아서 점포 진열대에 진열하여 팔고 있었다. 나는 수일간 점포의 모든 일을 배우고 날이 갈수록 숙달되어 아침에는 혼자서 점포에 나가 작업을 할 수 있었다.

나남은 함경북도의 도청소재지였고 일본군이 주둔하고 있어서 일본인이 많이 거주하는 곳이었다. 행정구역상으로는 청진부 나남이었으며, 날로 발전하는 청진에는 정어리 어장인 어항(漁港)이 있어서 정어리가 많이 잡히기로 유명하며, 큰 일본 제철공장과 삼릉제련소, 방직공장 등 큰 공장이 많이 있는 공업도시이다. 가을에 정어리가 많이 잡힐 때에는 개도 일원짜리 지폐를 물고 다닌다는 말이 있을 만큼 풍요한 도시이기도 하다.

내가 일하는 점포에는 장사가 잘 되어 하루에도 군밤이 잘 팔리는 날은 몇 가마씩 팔렸다. 밤을 사는 사람은 대개 일본 사람이었고 나는 얼마 안 가서 일본말이 능숙하여졌고 일본 사람 누구와도 대화하는 데 어려움이 없었다. 연말이 되면 일본 사람들은 반 관 또는 한 관씩 군밤을 사서 군밤상자로 일본에 있는 친지들에게 선물로 우송하는 사람이 많았다.

특히 연말에는 참 장사가 잘 되었다. 나의 장사 솜씨도 주인 못지 않게 능숙하여졌다. 점포가 날로 번창하여 장사가 잘 되면서 일손을 채우기 위하여 영등포 경성방적회사에 취업하고 있던 사촌인 교남 형이 왔다.

이처럼 점포가 바쁠 때에는 잡념 없이 지냈으나, 저녁이 되어 찾아오는 손님이 뜸하여지면 한가로운 때도 있었다. 이런 때에 점포 앞 택시 창고 사이로 보이는 경성행 급행열차가 객실마다 불을 켜고 길게 지나가는 것을 볼 때에는 나도 모르게 향수에 젖어 눈물을 글썽이는 때도 있었다.

나는 부모가 그립고 외로울 때는 신문이나 잡지를 읽고 일기를 썼다. 일기를 쓰면 여러가지 생각을 정리하게 되고 마음이 안정되었고 일기의 분량이 늘어남에 따라 나도 모르게 철이 드는 것도 같았다.

2-5

 여름철의 아이스케이크

겨울철의 군밤 장사에 이어 여름철에는 아이스케이크 장사를 한다. 점 포에는 밤 굽는 가마와 그 시설물이 철거되고 제빙하는 냉동기가 설 치되었다. 냉동기는 일본인 기술자가 와서 설치하였다. 냉동기에서 새어 나 오는 암모니아는 퀴퀴하고 코를 찌르는 고약한 냄새가 났다. 아이스케이크 를 얼려 내는 탱크에서는 염수가 프로펠러에 의하여 끓는 물처럼 용솟음쳤 다. 이 염수는 입에 대면 쓴 맛이 났다. 아이스케이크는 설탕물을 끓여서 당 도계로 재며 당도를 적당히 맞추고 난 후 식용 색소를 타서 아이스케이크의 틀에 담아가지고 냉동 탱크에 얼려서 뺀다. 식용 색소는 딸기색, 포도색, 오 렌지색 등이 있었다.

아이스케이크 틀에 설탕물인 원료를 일정하게 넣고 난 후에는 나무소독 저(나무손잡이)를 꽂아서 냉동실에서 얼려내고 이것이 결빙이 되어 뽑아낼 때에는 꽂아 넣은 나무를 잡고 뽑아낸다. 빙과의 종류는 팥을 설탕과 섞어 서 삶아낸 것으로 만들어진 앙꼬캔디, 또는 파인애플을 넣어서 만들어낸 파인애플캔디 등도 있다. 이러한 빙과들은 여름이 다가오면서 불티가 나게 팔렸다. 점포의 주위에는 버스터미널, 택시회사, 염매소(鹽賣所) 등 사람들의 운집과 왕래가 빈번하여 점포 위치가 매우 좋은 곳이었다.

　이때 점포에는 나보다 대여섯 살의 연상인 고향사람 송재명 씨와 방봉구 씨 그리고 순도 씨라는 세 분이 점포에서 빙과류를 도매금으로 떼어다 소매를 하고 그 이익을 먹는 우리꼬(賣子)를 하였다. 나는 우리꼬를 하는 고향 형들과 객지에서 같이 있게 되어 매우 든든하고 항상 위로가 되었다. 우리꼬들은 리어카에 아이스케이크 등을 싣고 시내 곳곳을 누비고 다니며 큰 소리로 아이스케이크를 외치며 팔았다. 날씨가 더워서 장사가 잘 되는 날에는 다섯 통 또는 여섯 통을 팔았다. 이들은 아이스케이크를 종일토록 큰 소리로 외치고 다녀서 목이 쉬어 있었다.

　무더운 날 빙과가 잘 팔리는 날은 주인과 교남형님과 나의 세 사람으로는 감당할 수 없이 바쁘다. 빙과를 쉴 사이 없이 만들어 내야 하고, 빙과를 먹고 가는 손님들의 탁자를 청소하고, 우리꼬들이 팔고 오는 빈 상자에 빙과를 채워 주어야 하기 때문에 한숨을 돌릴 수 없도록 바쁜 일이 계속된다. 이렇게 바쁜 시간도 밤 10시가 지나면 좀 느슨하여진다.

　그러나 우리들은 빙과 저장 탱크를 채워서 다음날에 대비하기 위하여 밤을 새워 빙과를 만들어야 한다. 우리들은 얼구어진 케이크를 쥐어 빼느라 손가락 사이가 부르트고 발가락 사이가 진종일 물에 젖어 있어서 무르기도 하였다. 정말 피곤한 나날이었고 작업을 하던 중에 깜빡깜빡 졸던 때도 많았다. 진종일 일에 시달리고 밤 12시가 지나서 가키우동 장수가 소고를 치며 우리가 일하는 점포 앞으로 오면 우리들은 이 가키우동으로 야식을 했다. 가키우동 장수는 길가에서 하는 포장마차 모양으로 꾸미고 앞에는 작은 북을 달아매고 끌고 다닐 때에는 그 북을 '퉁퉁' 치며 다녔다.

　가키우동은 뜨끈뜨끈한 멸치 다시마 국물에 발이 굵은 우동을 덥혀서 담고 그 위에 가마보코(어묵) 몇 조각과 단무지와 파썰이를 얹어 주었다. 고춧가루는 통째로 주어서 먹는 사람이 적당히 넣어 먹도록 하였다. 늦은 밤에 먹는 가키우동은 정말 일품이었다. 일이 늦어지는 밤에는 언제나 가키우동 야식을 하였다.

이처럼 고된 날들이 계속되다가는 비가 오면 쉬는 날이 되었다. 비가 오면 우리꼬(점원)들도 쉬는 날이다. 간간이 케이크를 사러 오는 사람이 있지만 점포는 매우 한가하였다. 아이스케이크 장사는 초여름에 시작하여 삼복더위에는 전성기를 이루고 초가을이 돌아오면 끝이 났다. 점포의 주변에는 사람이 많이 왕래하고 여러가지 광고지도 많았다. 나는 광고지를 주섬주섬 주워서 읽는 것이 하나의 취미였다. 신문이나 잡지를 읽는 데는 시간이 걸리고 주인의 눈치도 봐야 하지만 광고지는 그럴 필요가 없었다.

나남은 일본군의 주둔지인지라 일요일이 되면 온 시내가 외출 나온 군인들로 가득 찼다. 때로는 군인들이 산야에서 밤새도록 야전훈련을 하고 늦은 아침이 되면 온몸을 먼지로 뒤집어쓴 채 눈만 빠끔히 뜨고, 대포를 싣고 가는 말을 끌고 가는 군인과 그 사이 사이로 박격포, 기관총, 소총을 어깨에 멘 군인들이 긴 행렬을 지어 부대 병영으로 돌아가는 광경을 구경하는 때가 많았다.

일군이 주둔하고 있는 병영의 장교관사에는 평양감율의 소포 우송관계로 몇 번인가 심부름을 가본 일이 있다. 관사를 방문하는 우리와 같은 보잘 것없는 사람에게도 그들의 예의는 깍듯하였다. 관사 현관의 초인종을 누르고 들어가면 집에 있는 부인 또는 아이들이 현관 마루에 나와서 무릎을 단정히 꿇고 앉으며 인사를 하고 찾아온 사람의 용건에 응해 주었다.

우리가 일하는 점포에 송재명 씨가 유성기를 가져와 보관하고 있었다. 이때에 신곡으로 유행하던 '복지만리', '고향설', '대지의 항구', '홍도야 우지마라', '나그네 설움' 등 여러 가지 판을 틀어놓고 유행가를 따라 불렀다.

여름철의 아이스케이크 장사철이 지나고 나서 종형 되는 교남형님은 방봉구 형과 같이 나남의 점포를 그만두고 만주로 가게 되었다. 나는 심히 섭섭하였다. 형들이 떠난 자리에는 화죽에서 성낙구라는 형이 대신 왔다. 청진 이천석 씨 점포에는 화죽 사람인 최선일 씨와 민병업 씨가 와서 일을 보고 그 후에 우리가 있는 나남에는 방민수 형이 와서 우리와 같이 일을 하고, 청진에도 나의 친구이었던 김태봉과 이영환이 와서 일하였다. 이처럼 청진의 이천석 씨의 점포와 나남의 김진옥 씨 점포에는 고향 사람들이 많이 와 있었다. 또 이때에는 만주로 돈벌이를 하느라 오가는 고향 사람들이 자주 우리가 있는 곳에 들르기도 하였다.

나는 이 점포에서 나의 힘이 미치는 대로 열심히 성실하게 일했고 주인 김진옥 씨 내외분의 신임도 두터웠다. 이곳에서 겨울과 여름을 바꾸어 가며 군밤 또는 아이스케이크 장사를 도우며 2년의 세월이 흘러갔다.

이때 주인의 배려로 고향에 다녀오라는 권고를 받고 주인이 주선하여 주는 대로 새 양복과 처음 신어보는 가죽구두를 신고 평소에 그리던 고향 나들이길에 올랐다. 나의 손에는 약간의 선물과 차내식에 필요한 음식물도 들어 있는 자그마한 트렁크가 들려 있었다. 고향길에 들어가는 예정된 날 저녁 8시 경성행 아카쓰키 급행열차를 기다려 주인 등 배웅 나온 환송객의 배웅을 받으며 기차에 올랐다.

다음날 정오경에 경성에 도착하여 부산행 기차를 갈아타고 오후 4시경 조치원에 도착하고 다시 충주행 기차로 갈아타고 고향역 내수에 도착하였을 때에는 해가 지고 어둠이 시작되기 직전이었다. 내수역에는 아버님이 마중 나와 계셨다. 아버님을 맞는 순간, 감격의 기쁨을 감추지 못하여 눈에서 눈물이 핑 돌았다.

아버님도 나를 보시고 "그동안 고생이 많았지?" 하시며 나의 손을 잡고 머리를 옆으로 돌리시며 손으로 눈물을 훔치셨다. 아버님은 나의 손에 있는 트렁크를 받아 들고 나를 앞세우시고 뒤따라오시며 이것저것 객지 생활에서 있었던 궁금한 것들을 물어보시며 집을 향하여 걸어갔다. 아버지는 나에게 키가 크지 않고 작은 것이 고생 때문이 아닌가 마음 쓰이셨는지 '키가 별로 크지 않았다' 고 하시며 동갑 친구들은 모두 다 키가 어른 키만큼 컸다고 하셨다.

아버님께서는 그동안 내가 육체적으로 많이 성숙되고 키가 많이 자랐을 것으로 생각하셨다가 막상 자식을 맞아보니 키가 별로 자라지 못한 것을 보시며 어린 것이 객지에서 키도 자라지 않도록 고생이 많았을 것으로 여기시는 딱한 심정에서 하시는 말씀이었다. 나는 아버지에게 그간 키가 자라지 못한 이유를 어떻게 설명 드리지도 못하고 묵묵히 말씀만 들어가며 걸음을 재촉하여 걸었다.

아버님과 나는 그간 떨어져 살며 걱정되고 궁금하였던 이런 저런 이야기를 주고받으며 장고개를 넘어 동네 입구에 이르자 마중 나와서 기다리시는 어머님은 나를 보시고 가슴에 품어 안으시며 나의 볼에 얼굴을 대고 부비시면서 어쩔 줄 모르도록 반겨주셨다. 어머님은 나를 품에 안은 채 '그간 객지에서 고생이 되지 않았느냐' 시며 어서 집으로 가자고 손을 끌고 집으로 향했다.

동네에 들어서서 집으로 가는 길에서는 동네 사람들이 "교옥이 오네!" 하며 반겨주기도 하였다. 집에 온 나는 부모님과 형제자매간에 헤어졌던 그리움을 혈육의 사랑으로 꽃피웠다. 집에 와서 그럭저럭 하다 보니 여러 날이 지났다. 청진에 돌아가야 할 예정일도 훨씬 지나고 있었다. 청진에서는 주인 김진옥 씨가 빨리 돌아오라는 연락이 왔다. 그러나 나는 되돌아가고 싶은 의욕이 없었다.

지금 생각하면, 내 나이 16세의 어린 소년 시절, 수천 리 타향에 가서 부모 형제를 그리워하며 2년간을 묵묵히 내가 할 일을 충실히 해 나가며, 어려움을 참아왔던 그 시점이 인생 항로를 걸어가는 제 일보가 되었다.

2-6
🌳 다시 청진(清津)으로

나남에서 고향에 돌아온 나는 몇 달간을 놀고 지내며 허송하였다. 생각해 보면 농촌에서 그대로 파묻혀 산다는 것은 견딜 수 없고 다시 어디론가 일자리를 찾아가야 하겠다는 생각이 들었다. 나는 나남에 있을 때 일본제철회사에 다니는 회사원들이 부러울 때가 많았다. 나는 일철회사에 다녀보고 싶었다.

청진 이천석 씨 점포에는 최선일이라는 고향 선배가 있었다. 어느 날 최선일 형에게 취직자리를 부탁하는 서신을 보냈다. 얼마 후 최선일 형에게서 회답이 왔다. 최선일 형이 있는 이웃 점포 핫도리요코(服部洋行)라는 곳에 결원이 나면 그곳에 주선하여 주겠다는 내용이다. 핫도리요코는 각종 운동구를 도매하는 도매상이며 신용점원에게는 지점을 차려준다고 하였다.

나는 핫도리요코에 결원이 나는 것이 언제일는지 모르고 마냥 농촌에 묻혀 있기도, 또한 무한정 기다리기도 곤란하여 무작정 청진으로 다시 가기로 마음먹었다.

어느 날 부모님께 나의 결심을 말씀드리고 다시 집을 떠났다. 무작정 청진으로 간다 해도 최선일 형이 있는 점포에서 일을 거들어 주면 우선은 숙식문제는 해결이 될 것으로 믿었기 때문이다. 나의 청진으로 가는 여행차림은 나남에서 고향으로 올 때처럼 학생복 차림에 자그마한 트렁크를 들고 가는 것이었다. 트렁크 속에는 갈아입기 위한 내의와 세면도구가 전부이었다.

내수역에서 기차를 타고 조치원에서 경성행 기차를 바꾸어 타고 경성역에 도착하여 청진행 밤차에 갈아탔다. 내 옆자리에는 나와 비슷한 나이의 소년이 동승하였다. 그 소년도 청진으로 가는 사람이었다. 나와 그 소년은 지루한 객차 안에서 서로간의 고향과 여행목적 등 여러 가지 신변에 따르는 이야기를 주고받으며 시간을 보냈다. 그 소년은 충주 호암동에 살며 청진에는 삼릉광업주식회사(三菱鑛業株式會社) 청진제련소에 그 숙부님이 계셔서 가는 것이라고 하였다. 이름은 가야마(香山)이고 나이는 나보다 두 살 아래였다. 청진은 초행길이라고 하였다.

나는 이 소년의 숙부님이 삼릉회사에 근무한다는 사실을 알고 관심을 가지게 되었다. 그 소년에게 나의 입장을 이야기 하고 삼릉회사에 취업이 되고 자리가 잡히면 나에게도 취직자리를 주선해달라고 부탁을 하였다. 나는 소년과 친근감을 가지고 여러 가지 대화를 하다가 피곤하면 머리를 의자 뒤로 기대어 자기도 하며 여정은 계속되었다. 우리가 타고 가는 기차는 계속 달렸다. 밤을 새워 달리던 기차는 함흥, 성진, 단천을 지나며 해안선을 달리고 있었다. 동해가 푸르게 펼쳐지는 해안선은 불안하기만 한 나의 마음을 후련하게 씻어주는 것 같았다. 소년과 내가 지루한 여행을 마치고 청진역에 도착한 때는 오후 다섯 시경이었다.

최선일 형이 있는 곳은 청진역에서 1킬로미터도 되지 않는 가까운 곳이다. 청진 부둣가의 미암동에서 이곳 포항동으로 점포가 옮겨졌기 때문이다. 나와 소년은 우선 내가 가야 할 최선일 형이 있는 곳으로 갔다. 나는 청진역에서 점포에 이르는 보행 길에서 또 한 번 차내에서 부탁한 일을 잊지 말아 달라고 소년에게 간곡히 부탁한 후에 내가 있는 점포 앞에서 작별을 했다.

최선일 형은 예고도 없이 찾아온 나를 보고 어리둥절하는 모습으로 반겨주었다. 나는 이 점포에서 일을 도와가며 기거하게 되었다. 주인 측에서 보면 불청객이기는 하지만 여러 가지 일을 거들며 나의 밥값은 하고 있는 편이어서 주인에게 폐가 되거나 죄송한 마음도 부담도 없었다. 이 점포에는 이천석 씨의 인척이 되는 북이면 서당리 사람도 세 사람이 같이 있었다. 이 점포도 여름철에는 아이스케이크, 겨울에는 군밤을 장사하는 곳이다.

내가 이 점포에서 일을 도와주며 지낸 지 1개월이 조금 지나서 열차에서 만났던 가야마라는 소년이 찾아왔다. 나는 기뻤다. 가야마는 삼릉회사의 소사(小使)로 취업하고 있다고 하였다. 나는 또 가야마에게 나의 일자리를 부탁하였다. 최선일 형이 말하던 핫도리요코에도 결원은 나지 않고 나는 이 점포에서 무보수로 일을 도와주며 지내온 지 두 달이 넘고 있었다. 나는 가야마라는 친구에게 한 가닥의 희망을 걸고 기다릴 수밖에 없었다.

어느 날 또 가야마가 찾아왔다. 삼릉회사 노무과에 잡부로 취업하는 것이 어떠냐며 나에게 의견을 물어보았다. 나는 잡부가 아니고 기술계통을 원하였다. 가야마는 잡부로 우선 회사에 들어가서 기술계통으로 가는 기회를 찾자고 권하였다. 나는 가야마의 권고를 기꺼이 받아들였다. 가야마는 나에게 이력서 한 통을 써놓았다가 내일 같이 가자고 약속을 하였다. 이때 나는 이력서를 작성하기 위하여 초안을 만들어 보았다. 이력서에 기록할 내용이 너무 빈약하였다. 이때에 나의 학력은 북이공립보통학교 졸업으로 기록하고 경력은 없어서 쓰지 않았다.

다음날 준비한 이력서를 가지고 가야마와 함께 갔으며 삼릉회사 노무과로 갔다. 노무과에서 간단한 구술 질문을 마치고 잡부로 취업하는 것이 결정되었다. 내가 일할 자리는 회사 합숙료(合宿寮)인 시콘료(土魂寮)이었다. 시콘료는 일본인 독신자 합숙료이고 직원으로는 사감, 잡부, 취사부, 소사 등이 있었고 잡부는 글자 그대로 시간과 사정에 따라 여러 가지 사역에 종사하는 일이었다. 가야마는 이곳 시콘료의 소사를 하고 있었다.

우리 시콘료에 소속된 조선인 직원들은 모두 7명이며 배정된 거실에서 동거하며 일을 하였다. 나의 하는 일은 현장에 도시락을 배달하는 것이 주이며 시간 여유가 있을 때에 청소와 취사도 거들었다. 도시락 나르는 것은 회사 공장이 넓어서 5리가 넘는 곳이 있어서 여러 현장을 때마다 한 바퀴 도는 것이 쉽지는 않았다. 나는 장래를 위하여 유익하지 못한 이러한 잡부 일을 하면서도 기회를 보아서 적당한 기술직에 취업할 수 있으리라는 희망을 가지고 잡부 일에 만족해야 했다.

한 가지 다행한 것은 시콘료에서 침식이 해결되었을 뿐 아니라 월급도 처음으로 받게 되었다. 내가 지금까지 나남 등에서 취업한 것은 일정한 월급이 정하여지지 않은 무보수이었기 때문이다. 다만 나남에 있을 때 주인 김진옥 씨가 고향에 다니러 왔을 때 아버님께 10원씩 두 차례를 '농사하시는 데 품이나 사서 쓰라' 며 주고 가셨다고 들었다.

삼릉회사에 와서 특별히 관심을 가지게 된 것은 회사 사택구역내에 무도관이 있어서 이곳에서 유도 또는 검도를 배울 수 있다는 것과, 같은 방에 기거하는 구로모도(玄本)라는 취사일하는 사람이 보통문관 시험을 준비하고 있다는 것이어서 나도 공부를 더하고 싶은 충동이 일어났다. 또한 이때에 일본은 대동아전쟁(大東亞戰爭)을 일으켜서 극에 달한 때이고, 우리나라 사람들은 일제의 창씨령(創氏令)에 의하여 우리 성 대신 일본식 성명을 가지게 된 때이었다.

창씨를 실시한 것은 내가 나남에 있을 때 이미 실시된 일인데, 나는 마쓰야마(松山)로 창씨되었다. 지씨들의 대부분은 이케모도(池本), 이케다(池田), 이케하라(池原) 등으로 창씨하여 본성인 지씨(池氏)를 유지하고 있었는데, 우리가 본성이 되는 지자(池字)를 완전히 떠나서 마쓰야마로 창씨하게 된 것은 시조이신 경(鏡)자 할아버지께서 고려조의 왕도가 되는 송도(松都, 開城)에 정착하여 대를 이어 명성과 번영을 누리시고 또 나의 고향이 된 충북 증평군 증평읍 두타산 밑 송산리(松山里)는 21세 되시는 득선(得善) 할아버지께서 낙향하셔서 자자손손 집성촌을 이룬 곳이어서 '마쓰야마' 라고 창씨한 것으로 전해 들었다.

내가 취직하게 된 삼릉광업주식회사 청진제련소는 함경북도 무산에서 광석을 채광하여 선철을 뽑아내는 곳이다. 공장부지가 굉장히 넓었으며 공장 내로 철로가 부설되어 철광석을 실어들이고 있었다. 광석이 분쇄공장에서 분쇄되면 용광로로 들어가서 붉은 쇳물이 되고 이 쇳물은 굉장히 굵고 긴 '쿨링' (cooling)이라는 쇳물통을 타고 흘러 떨어지면 네모진 무쇠가 되고 이것을 식혀 주는 물이 소낙비처럼 떨어진다. 이러한 제련시설이 3개소나 되어서 한겨울에도 '쿨링' 밑에서는 추위를 모른다. 제련소에는 노무과, 서무과, 공작과, 용도과 등의 여러 부서가 있는데 나는 노무과에 속하고 있었다. 삼릉제련소에서 얼마 떨어지지 않은 곳에는 일본제철공장이라는 큰 공장이 있고 부근에는 방직공장도 있었다.

나는 이 제련소에 와서 시일이 지나감에 따라 모든 생활이 익숙해졌다. 일본인들과 한 기숙사에서 수시로 접촉하는 언어생활에 하나도 불편이 없었으며 이들과 어울려 저녁에는 무덕관에서 유도를 배우고 익혔다. 내가 하는 일은 기술직이 아니고 단순노동이기에 낮에도 바쁜 일손이 끝나면 한가한 시간도 많았다. 나남 점포의 일과 비교하면 아주 편하고 한가하였다.

또한 구로모도의 보통문관시험 준비에도 관심 있게 접근하여 공부하는 내용도 알아보고 친교한 끝에 구로모도의 권고로 같이 공부하기로 하였다. 나는 구로모도가 공부하고 난 헌책 등을 넘겨받아 짬만 나면 구로모도 옆에 앉아 공부하였다. 우리가 공부하는 책은 주로 강의록이고 참고서, 옥편 등이 있었다. 나는 이 책들을 빌려서 공부하기에 어려움도 많았다. 특히 수학은 누구의 도움 없이는 공부하기 힘들었다. 이럴 때마다 구로모도에게 귀찮을 정도로 질문하고 배웠다. 다른 과목은 그런대로 사전을 이용하여 공부하였다. 영어도 알파벳, 인쇄체, 필기체, 간단한 단어 정도는 읽고 쓸 수 있었다. 그러나 그 진도는 소걸음이었다.

구로모도는 충남 예산이 고향이어서 같은 충청도라는 향우로서 서로 간에 친분을 느끼며 지냈다. 구로모도의 창씨 전 이름은 현종우라고 하였다. 구로모도가 보통문관시험을 준비하게 된 동기는 고향에 있는 친구 되는 사람이 꾸준한 독학으로 보통문관시험에 합격하고 다시 고등문관시험을 준비중이라는 데 있었다. 이때는 볼펜이 없는 때이고 철펜(쇠로 된 펜)에 잉크를 찍어서 글씨를 썼다. 이 때문에 나는 펜글씨도 많이 향상되어 갔다. 다행한 것은 내가 강습소 다닐 때 '계몽편'(啓蒙篇)까지 한문을 배운 것이 공부하는 데 큰 도움이 되었다.

나는 이곳에서 유도를 하며 심신을 단련하고 구로모도와 보통문관 시험 공부도 할 수 있는 좋은 기회가 되었지만 기술직에 환직하기는 하늘의 별 따기였다. 기술직은 기존 기술을 보유하고 있는 사람에 한하여 채용하였고 견습공은 일본에서 모집하여 온 양성공(養成工) 과정이 따로 있었다. 고급기술직이 아닌 보통기술직에 우리나라 소년들이 양성되고 있기는 하였으나 무보수이고 기술자로 인정되는 양성과정이 약 3년씩 걸리는 것이 대부분이었다. 이와 같은 관계로 나의 기술직을 향한 희망은 포기할 수밖에 없었다.

어느 날 고향 종형께서 보낸 편지를 받았다. 나는 이 편지의 피봉을 떼어 읽는 순간 하늘이 무너져 나리고 땅이 꺼지는 것과 같은 절망과 비애로 눈물을 감추지 못하였다. 어머님이 돌아가시고 장례도 끝났다는 사연이었다. 이제는 어머님을 뵈일 수도 불러볼 수도 없는 불효가 되고 만 것이다. 어머님을 부르며 슬픔에 잠긴 나에게 친구들은 많은 위로로 달래었지만 나의 심정은 말로는 어떻다고 표현할 수 없는 암담한 것이었다. 당장 고향에 내려가서 객지에 이 자식을 버려두고 저세상에 가신 어머님 산소에 엎드려 통곡하고 싶은 절박감이 왔다.

모친상을 당한 나의 일은 금방 시콘료 사감에게까지 전달되었다. 사감되시는 일본인은 나에게 온 편지를 보시고 향료까지 주시며 장례식이 이미 끝난 후이니 모든 것을 정리하였다가 적당한 시기에 다녀오는 것이 어떠냐고 위로하였으며 주위 사람들도 이구동성으로 사감의 의견에 따를 것을 권하였다. 나는 내가 거처하는 방에 되돌아와서도 슬픔이 떠나지 않았다. 주위 사람들은 내 곁에서 나름대로의 위로를 하였다.

나는 사감이 권고하던 말이 수긍도 되어서 당장에 고향으로 달려 가는 것은 보류하고 가까운 시일을 택하여 가기로 마음을 고쳐 잡고 어머니를 잃은 슬픈 사연의 회답편지를 고향으로 띄웠다. 나는 그 후로 마음 속에서 슬픔이 가시지 않고 언제나 고아가 된 기분과 고적함이 있었으나, 애이불비(哀而不悲)하여 겉으로 드러내지 않고 주어진 일을 열심히 하였다.

종형님께서 또 편지를 보내왔다. 이번에는 일희일비가 엇갈리는 편지 내용이었다. 내가 어머님이 돌아가신 것으로 알고 비탄한 것은 전일에 있었던 부음의 소식을 종형께서 잘못 전하였기 때문이었다. 종형측에서 본다면 나의 어머님이 숙모님인 것은 사실이지만, 막내 숙모님이 되시는 은행징이 (택호) 숙모님이 계신데 이 은행징이 숙모님이 돌아가신 것을 확실히 하지 않아서 나는 나의 어머님이 돌아가신 것으로 생각하였던 것이다.

나는 어머님이 살아계신 것을 확인하면서도 은행징이 숙모님이 돌아가신 일에 대하여 또 한 번 마음이 아팠다. 어머님이 생존하고 계신 다행한 심정과 은행징이 숙모님이 작고하신 애석한 심정이 교차하고 침울하기만 하였다. 어머님은 평소에도 해소가 심하였기 때문에 나는 가을 저녁 찬바람이 스며들 때 어디선가 심한 기침소리가 들려오면 어머님의 기침소리같이 들려서 마음이 한층 침울하고 무거웠다.

어느 날 일간신문 광고란에서 천식에는 영약이라는 일본 어느 약방의 광고를 보고 어머님이 해소로 고생하시는 것을 생각하게 된 나는 그 동안 저축하여 모아둔 저금통장을 털어서 일본으로 천식탕약 한 재를 주문하여 어머님께 우송하여 드렸다.

그 후로는 어머님께서 탕약을 잡수시고 천식이 나으실 것을 기원하고 확신하는 마음에서 안도의 생활을 계속 할 수 있었다. 구로모도와 함께 보통문관시험 준비에 열중하고 무덕관에서 계속한 유도훈련도 상당히 진전되어 업어치기의 기술이 주특기로 인정되었다.

나의 객지생활은 이어지고 그런 대로 세월은 흘렀다. 여름이면 회사 뒤편 해변에 가서 해수욕도 즐기고 시내에 나가서 극장에도 드나들었다.

어느 날 시내에 나갔다가 청진극장 옆에서 우연히 고향 사람을 만났다. 그분은 리어카에 판자로 진열대를 설치하고 건바나나 등을 진열하고 행상을 하고 있었다. 객지에서 고향사람을 만나니 대단히 반가웠다. 장사가 잘 되느냐고 물어보았더니 장사자금도 적고 장사도 잘 안 된다고 고충을 털어 놓았다. 나는 다음날 저축하여 둔 저금통장에서 30원을 꺼내어 전해 주며 장사를 잘 하여 보라고 격려하여 주었다. 그분은 그 후에 장사에 실패하였는지 보이지 않았다.

나의 삼릉회사 생활도 벌써 2년이란 세월이 지나가고 있었다. 이제는 고향에 다녀오고 싶은 마음을 억제할 수 없었다. 나는 노무과에 휴가를 신청하여 귀향길에 올랐다.

청진역에서 7시경 경성행 아까쓰키 급행열차를 타고 다음날 오후 5시경 내수역에 도착하여 보니 형님이 마중 나와 계셨다. 형님과 나는 그동안 헤어져 살던 그리움과 혈육의 정을 나누며 장고개를 넘어 동네 어귀에 이르렀다. 집에서는 부모님과 동생들이 객지에서 돌아오는 나를 기다리고 있었으며 나는 부모형제가 사는 따스한 옛집의 품에 안기었다. 나는 남동생들에게는 청진 형으로, 여동생들에게는 청진 오빠로 불리었다.

2-7

 잘못된 호적과 병역(兵役)

나에게는 호적 연령이 두 살이나 늘어나서 당하게 되는 불이익과 고통이 다시 찾아왔다. 왜정 말기에 우리 한국 사람에게도 징병제도가 실시되고 나는 호적 연령이 징병제 1기에 해당되었다. 징병 대상자가 되면 각 면소재지 국민학교에 부설된 특별청년훈련소에서 각개도수훈련을 받고 소집영장이 나오면 군에 입대하게 된다. 훈련교관은 일본군에서 제대한 사람들이었다. 나는 징병에 응소해야 할 장정으로서 북이국민학교에 부설된 훈련소에서 군사훈련을 받았다. 교관은 일본군 지원병 출신 하야시(林)라는 사람이었다는데 헌병 출신이라고 들었다.

이때 지원병으로 입대하여 3년간 복무하고 만기 제대하면 군 계급은 상등병이었다. 나의 실제 나이는 아직 만 20세가 되지 않았지만 호적 연령은 1년 9개월이 늘어난 21세가 되어 있었다. 이때 만 20세로부터 21세까지는 징병제 1기에 해당하는 연령이다. 이 때문에 아버님께서 나의 호적 연령을 바로잡아 주시려고 북이면 호적계로 또는 청주지방법원으로 매일 쫓아다니시기도 하였으나 뜻을 이루지 못하였다.

일본은 대동아전쟁을 승전으로 이끌기 위하여 우리 한국 청년들까지 징병제를 실시하여 전선에 투입하고 있는 판인데 호적 연령을 사실대로 바로 잡아 줄여줄 리가 만무한 것이었다. 아버님께서는 한 달여 간을 이곳저곳 쫓아다니시느라 큰 고생만 하시고 호적은 정정할 수 없게 되어 나는 징병으로 입대할 수밖에 없게 되었다.

아버님은 예상 밖으로 나의 호적 연령을 바로잡기가 어렵다는 것을 아시고 관계기관에 다녀오실 때마다 초췌하고 기진맥진하여 근심하는 일이 계속 되었었다. 아버님은 호적신고의 잘못으로 우매하게 나이 어린 자식을 전쟁터에 보낼 수밖에 없는, 자식에 대한 측은지심으로 고민하셨다.

나는 이러한 아버님의 자식에 대한 넉넉하고 깊은 사랑을 느끼고 아버님이 존경스럽기만 하고 자랑스럽기만 하였다. 나는 고민하고 계신 아버님께 죄송하기만 하여, "아버님, 저는 어느 때인가는 군대에 가야 할 것이 틀림없는데 미리 병역을 마치고 오는 것도 손해될 것은 없으니 고칠 수 없는 호적 때문에 더 이상 걱정하지 마세요"라고 위로를 드렸다. 아버님과 나는 눈시울이 젖어오는 부자지간의 사랑과 존경으로 가슴 벅차오름을 느꼈다.

이때 나에게는 이곳저곳에서 중매가 들어오고 있었다. 어머님은 이곳저곳 중매 들어오는 곳에 선을 보러 다니셨다. 어머님은 선을 보고 오실 때마다 마땅한 규수가 없어서인지 정혼하시는 일이 없었다. 다음 해인 봄에는 한 동네에 사시는 아주머니(지금의 8촌 처형)가 중매를 하였다. 어머님은 또 그 규수의 선을 보고 오셨다. 선을 보고 오신 어머님은 아버님과 의론 끝에 그곳으로 정혼하시고 그 해 봄에 나는 혼사를 치르게 되었다. 동갑되는 친구들도 장가간 사람이 많았다.

이때는 조혼풍조의 시대이며 남자는 18세에서 20세, 여자는 16세에서 18세가 혼인연령의 적기로 인정되어 남자나 여자가 20세를 넘으면 노총각 또는 노처녀라는 별명이 붙었다. 이러한 조혼 풍조 이외에 남자는 징병, 여자는 정신대(종군위안부)로 강제징집이 시작되면서 남녀 간의 조혼은 더 많아지고 있었다.

나는 장가간 지 3일 후에 지금의 태릉 육군훈련소(지금의 육군사관학교) 육군 훈련생으로 입소하게 되었다. 이 훈련은 군에 입대하기 위한 예비훈련이었고, 이곳은 한국인 지원병의 훈련소이기도 하다. 군대와 동일한 고된 훈련이 계속되었고 침식에 따르는 내무반 생활도 군대생활과 같았다. 정문, 후문, 통용문 등 각 요소에 보초를 설 때에는 소총으로 무장하고 보초의 수칙을 잘 알고 있어야 한다. 행군훈련은 경성(서울) 남산까지 목표가 되는 때도 있었는데, 이른 아침에 출발하여 저녁 늦게 귀소하는 고된 훈련을 이기지 못하여 졸도하는 훈련생도 있었다. 나도 뜨거운 햇볕 아래서 고된 훈련을 할 때에 머리가 어지러워서 졸도할 뻔한 때가 많았다.

내무반 생활에 있어서는 모포가 일인당 5매가 지급되었는데 취침시간 이외에는 항상 네모가 반듯하게 침대 뒤쪽에 정돈해야 하며 만약 조금이라도 각이 맞지 않으면 조교들에게서 기합을 받았다. 식기는 항상 식기자루에 정결히 보관하였고 식사하는 젓가락은 젓가락 집에 넣어서 허리에 차고 다녔다. 조교는 일본군 1등병 또는 상등병들이 하고 있었다.

일요일에는 훈련을 쉬고 각 중대별로 조교의 인솔하에 땀에 찌든 내의 등을 가지고 양주군 주내면 개천에 가서 세탁을 하였다. 이때 세탁비누가 적어서 때가 빠지지 않은 채 세탁을 하여 백사장에 널어두고 중대별로 오락회를 가지기도 하였다. 오락회는 중대원이 한 자리에 모여 앉아서 희망하는 자가 앞에 나와서 노래를 부르거나 또는 특기 자랑을 하였다.

이때 유행한 노래는 '시나노요루' (支那の夜), '니쓰마가가미' (新妻鏡), '하나우리 무스메' (花賣娘 : 꽃 파는 처녀) 등이었다. 우리 훈련생은 보행을 할 때에는 언제나 보조에 맞추어 군가를 불렀다. 월요일부터 토요일까지는 맹훈련이 계속되었고 맹훈련을 이기지 못하여 환자가 속출하였다. 정말 훈련소 생활은 일종의 지옥과 같이 힘들었다. 내가 병나지 않고 훈련기간을 채울 수 있었던 것은 커다란 행운이었다. 우리는 6주(42일)간의 훈련을 끝내고 집에 돌아오게 되었다.

귀향길에 오른 태릉역에서는 훈련소 중대장 등 간부들이 나와서 환송하여 주었으며, 어느 중대장은 손을 흔들며 눈물로 환송하기도 하였다. 이처럼 환송 나온 훈련소 간부들은 자기들에 의하여 훈련된 우리 장정들이 이제 귀향하자마자 군에 입영되어 전쟁터에 나가서 총알받이가 된다는 안타까운 마음에서 눈물이 나도록 안쓰러워 했는지도 모른다. 귀향길에는 입소할 때처럼 각 지방별로 인솔자가 배치되어 있었다.

우리 장정들은 군(郡) 단위로 다시 면(面) 단위로 분류되어 기차에 오르고 경성에서 부산행 열차에 갈아타고 조치원에서 다시 충주행 기차를 갈아타서 저녁 늦게 내수역에 도착하였다. 내수역에는 북이면 병사계 직원이 출영 나와 있었다. 이때 북이면에서 훈련을 마치고 돌아오는 장정들은 나와 같은 화죽 사람으로 조산말에 사는 기무라(박상철)와 북이면 내둔리(다락말)에 사는 가나야마(김중한) 등 6명이었고 우리 6명은 면사무소 병사계에서 미리 준비한 설렁탕을 저녁식사로 대접받았다.

당시 화죽 새말에서는 야마모도(山本)라는 분과 종형(지교남)과 나를 합하여 세 사람이 징병 1기이었고 두 분들은 나보다 두 살 위였다. 이분들은 나보다 먼저 입영하였고 나도 이제는 당장이라도 소집영장만 발부되면 군에 입영해야 할 신분이 되어 있었다.

지금 생각하면 어느 때 군에 입대하게 될지 모르며 또 군에 가서 살아서 돌아올는지 영영 돌아오지 못할는지 불확실한 내가 어찌하여 결혼하고 아내를 맞이하였는지 납득이 되지 않는다. 다만 왜정 말기의 사회적 풍조와 어른들의 결정에 따랐을 뿐이지만 나 자신이 장래를 깊이 생각하고 처신하는 사려가 부족하였던 것은 사실이었다.

제3장

도약의 꿈

– 청년 시절

3-1

일본군 입대

나는 결혼한 지 6개월 후, 1945년 2월 초에 일제의 징병령(徵兵令)에 의하여 현역병 소집 영장을 받았다. 소집 영장은 붉은 색으로 되어 있고 입대할 부대는 평양에 있는 42부대이었는데 입대할 날까지는 약 1주간의 여유가 있었다. 소집 영장은 북이주재소(北二駐在所) 순사(순경)가 김길수(金吉洙) 구장(區長)을 동반하고 새벽시간에 우리 집을 찾아와서 전달하였다.

나는 예상하고 있던 일이고 각오도 하였던 일이지만 막상 소집 영장을 받고 보니 두려운 마음이 들었고 걱정도 되었다. 징집 영장이 나온 우리 집에는 동네 어른들과 친구들이 찾아와서 격려를 하여 주었다. 우리 집에 찾아온 친지와 친구들은 일장기에 무운장구, 기원승리, 입영축하 등 여러 가지 격려의 문장을 붓으로 써서 가득히 채워 주었다. 이때 군에 입대하는 장정들은 격려의 문구로 가득한 일장기를 한쪽 어깨에서 대각선으로 내려 매고 그 반대쪽 어깨에는 붉은 천으로 된 '축입영'이라고 쓴 띠를 매고 손에는 일장기를 들고 출정하였다.

내가 소집 영장을 받아 어수선하고 들떠 있는 우리 집에서는 일주일이란 기간이 화살처럼 빨리 갔다. 북일면 형동리에 계신 장모님께서도 오셔서 나를 위로해 주셨다. 이때는 양력 2월쯤 되어서 늦추위가 매섭도록 쌀쌀하였다. 나는 지정된 소집날 동네 어른들을 찾아뵙고 인사를 드린 후, 동네 사람들의 환송을 받으면서 내수역으로 향하였다.

내수역에 가는 길에는 손에 일장기를 든 친척들과 친지들이 동행하였는데 내수역은 메어지도록 환송객으로 차 있었고 학생들이 동원되어 있었다. 학생들은 일장기를 위 아래로 흔들며 박자를 맞추어 군가를 불러주고 있었다. 또 출정 장병들의 환송은 각 동네 '국민총력연맹애국반' 을 통하여 사람들이 동원되기도 하였다.

이때 학생들은 '갓데 구루소또 이사마시꾸' (승리하여 돌아오겠다고 용감하게), '덴니 가와리데 후기오 우쓰' (하늘을 대신하여 불의를 친다) 등의 군가를 불러주고 있었다. 나는 일장기의 파도와 군가가 울려 퍼지는 환송을 받으며 기차에 올라서 환송객이 보이지 않을 때까지 일장기를 흔들었고 환송객들도 기차가 멀리 사라질 때까지 일장기를 흔들었다.

충청북도에서 출정하는 장병 약 30여 명은 청주 일해여관에 집결하여 점심을 먹은 후 인솔자에 의하여 다시 청주역으로 이동하였다. 청주역에서도 역시 학생들과 일반인들이 환송하는 일장기의 물결 속에서 출발하고 평양까지 가는 중간 중간의 역에서도 이러한 환송을 받으며 당일 오후 늦게야 평양 42부대에 도착하였다.

나는 청원군에서 입대하는 장병 7~8명과 함께 42부대 이시다타이(石田隊)에 편입되었다. 입고 간 사복은 전부 벗어서 본가에 우송하도록 조치하고 군복으로 갈아입었다. 이때부터는 완전한 군인 신분이 되어 군영생활이 시작된 것이다. 내무반에서는 일등병, 상등병, 병장 등이 우리 신병들을 맞이하여 생소한 병영생활을 지도하였다. 내무반 병사들은 대부분 일본인 병사들이고 조선인 병사는 한 사람뿐이었다.

군대에서의 선배들의 위세는 대단하여 그네들이 지시하는 대로 따르지 않으면 무서운 기합을 받게 되었다. 나는 입대하여 내무반에 들어서면서부터 비위가 상할 정도로 고약한 냄새 때문에 고통이 심하였다. 2~3일간은 식사도 제대로 할 수가 없었다. 우리 신병에게는 모포와 군화 영내화 실내화도 지급되고 며칠 후에는 총기도 지급되었다. 개인별 지급품은 윤이 나도록 손질을 해야 했다. 손질이 소홀하면 따귀를 맞거나 엎드려뻗치게 하고 궁둥이를 곤봉으로 때렸다. 내무반 병영생활은 잠시도 한눈을 팔 수가 없었다. 우리 신참병들은 매일같이 고참병들에게서 기합을 받았다. 우리는 이들에게 고헤이도노(고참병님)라고 부르고, 그들은 우리에게 호랑이와 같이 두렵고 무서운 존재였다.

입대한 지 약 1주가 지난 후부터는 군사 훈련이 시작되었다. 부대 주위의 야산들은 각종의 연병장이었고 우리는 대동강변 밀림이라는 곳에 가서 포복, 돌격 등의 훈련을 받았다. 훈련장에 갈 때와 훈련을 끝내고 귀대할 때에는 언제나 보조를 맞추어 군가를 부르며 행진했다. 우리가 훈련을 마치고 귀대할 때에는 배도 고프고 기운도 빠져서 기진맥진하였다.

이때 군가를 힘차게 부르지 못하면 단체기합이 있었다. 물이 질퍽한 논에 박힌 전주를 돌아오라는 기합이다. 우리의 군화는 흙투성이가 될 수밖에 없었다. 내무반에 돌아와서는 흙이 묻은 군화를 즉시 손질해야 했다. 즉시 군화손질을 하지 않으면 기합을 받았다. 고참병들은 이따금 실내화(가죽으로 된 슬리퍼)로 신병들의 뺨을 사정없이 때려주었다. 기초훈련을 끝낸 고병에게는 사격훈련과 야전훈련이 실시되었다. 신병들은 내무반의 청소정돈 등 잠시도 한가한 때가 없었다.

그러나 우리는 언제나 흠을 지적당하고 기합을 받았다. 하루에 한 번만 기합을 받으면 재수 있는 날이고 어떤 날에는 세 번 이상의 기합을 받을 때가 있었다. 우리 신병들은 자존심이나 체면 따위는 생각할 여지조차 없었다. 고된 훈련과 내무반 생활도 견디기 힘들었지만 배가 고픈 것이 제일 큰 고통이었다. 내무반의 식사당번은 윤번제로 실시되었다.

식사 당번되는 신병들은 취사장에 밥을 가지러 갔다가 취사장에 쌓인 가마니에 담긴 누룽지를 훔쳐 먹다가 삽주걱으로 얻어맞기도 하였다. 어떤 신병은 종잇조각을 주머니에 준비하고 가서 남이 보지 않는 틈을 타서 밥통의 밥을 종이에 싸서 주머니에 넣고 와서는 빨리 변소에 들어가서 먹기도 하였다. 이러다가 고참병에게 발각되면 크게 기합을 받는다. 내무반에서 배식이 끝나면 모두 식탁 주위에 둘러서서 군인칙유(軍人勅諭)를 제창한 후에 식사를 하였다. 우리 신병들은 군인칙유를 제창할 때에 눈동자가 밥그릇을 향하여 두리번거렸다. 남의 밥이 더 많아 보였기 때문이다.

히도쓰. 군징와 쥬세쓰오 쓰꾸스오 혼분또 스베시(一. 군인은 충절을 다함을 본분으로 한다) 히도쓰. 군징와 레이기오 다다시꾸 스베시(一. 군인은 예의를 바르게 한다) 등 다섯 가지의 군인칙유를 제창하며 눈동자가 이 밥그릇에서 저 밥그릇으로 왔다 갔다 하였다. 병장과 상등병들은 흔히 밥이나 국을 남기었다. 신병들은 그들이 남긴 밥을 훔쳐 먹다가 고참병에게 발각되어 기합을 받았다. "고노야로 쟘방 굿따카"(이 새끼 잔반 먹었지) 하며 실내화로 사용하는 가죽 슬리퍼로 뺨을 때리곤 하였다.

저녁시간 내무반에는 사과 또는 앙꼬 모찌(찹쌀 떡)가 배급되는 날도 있었다. 어느 날 저녁 앙꼬 모찌가 배급되었는데 고참병 간노(勸農)라는 자가 찹쌀 모찌를 받아와서 내무반원에게 나누어 주었다. 그런데 간노 고참병이 찹쌀 모찌를 잘못 나누어 주어서 떡이 모자랐다. 간노 고참병은 대단히 흥분하여 두 개 먹은 놈이 누구냐고 고함을 쳤다. 간노 고참병은 신병들 이놈 저놈의 눈치를 보면서 눈치가 의심나는 놈에게 손가락으로 지적하면서 "오마에 후다쓰 굿타로?"(네놈 두 개 먹었지?) 하며 두 개씩 먹은 놈을 찾아내려고 애를 썼다. 그러나 두 개 먹은 놈이 나올 수가 없었다.

간노 고참병은 더욱 성이 났다. "고노야로 후다쓰 굿다 몽가 오로카"(이 새끼들 두 개 먹은 놈이 있잖아) 하고 고함쳤다. 찹쌀 떡은 인원수에 맞게 가져왔으니 두 개를 먹은 놈이 없고서야 모자랄 이유가 없는 것이었다. 이때 우리 신병들은 돌이라도 먹으면 소화가 될 만큼 식욕이 왕성하였기 때문에 신병 중에 어느 놈이 두 개를 받아서 꿀꺽 삼키고 시치미를 떼고 있는지 모를 일이었다. 이때 간노 고참병이 설치는 것이 무서웠지만 속으로는 웃음이 나서 참을 수가 없었다. 이 때문에 우리는 단체기합을 받았다.

고된 병영생활이 약 2개월이 지난 어느 날 우리에게도 백색 군복이 지급되고 휴대식량으로 건빵 3봉과 쌀 몇 되가 지급되고 평양에서 이동하게 되었다. 우리는 전선(戰線)으로 이동하는 것으로 생각하였다. 어두움이 깔릴 무렵 우리는 평양역에서 화물차 칸에 분승하고 기차는 어디론지 달리고 있었다. 기차는 밤을 새워 달렸다. 밤이 새고 먼동이 텄다. 기차는 천안, 조치원, 대전을 지나서 남으로 달렸다. 당일 오후 늦게 부산역에 도착하고 우리 부대는 부산의 어느 국민학교 교사에서 잠을 잤다.

다음날 우리는 질역(疾疫) 검진을 받은 후 부산항에서 연락선을 탔다. 처음 타 보는 연락선 객실에서는 좋지 않은 냄새가 코를 찔렀다. 우리는 몇 시간 후에 뱃멀미가 심하였다. 구토하는 놈도 있고, 어지러워서 녹초가 되는 놈도 있고, 배가 흔들리는 대로 이리저리 뒹굴며 서로의 얼굴이 맞닿기도 하고, 딴 놈의 냄새나는 발이 얼굴에 얹히기도 하고, 딴 놈의 엉덩이에 얼굴이 처박히기도 하는 뱃멀미를 하였다.

우리가 이동하는 병력은 약 300명으로 추산되었다. 연락선은 아홉 시간을 넉넉히 걸려서 일본 땅 시모노세키(下關)에 도착하였는데 우리 부대원을 인솔할 장교와 병사들이 기다리고 있었다. 시모노세키에서 특히 첫인상을 받은 것은 여자역부(女子驛夫)들이었다. 새까만 복장과 새까만 전투모의 젊은 여자들의 아름다움이 인상적이었다. 지금 생각하면 젊은 남자들은 대개가 군에 입대하고 여자들로 보충된 것 같다. 우리가 평양 42부대에 있을 때 50대의 늙은 병사가 소집되어 온 일이 있었는데 이 병사는 판사 출신이라고 들었다.

우리는 시모노세키(下關)에서 기차를 타고 고베(神戶), 오사카(大阪), 나고야(名古屋) 등 대도시를 거쳐 오카사키시(愛知縣岡崎市))에 도착하였고, 다시 트럭으로 벽해군(碧海郡), 무쓰미무라(六美村)라는 촌락으로 이동하였다. 기차로 오는 도중에 바라본 고베, 오사카, 나고야 등 대도시는 폭격을 받아 형편없이 파괴되어 있음을 목격할 수 있었다.

우리는 애지현 벽해군 육미촌에 있는 어느 소학교 교사를 병영으로 하여 주둔하였다. 이곳 소학교 복도에는 피가 많이 묻어 있는 침구 등이 많이 쌓여 있었다. 폭격에 의한 부상자들의 대피 또는 치료시설로 사용되었던 곳일지도 모른다. 이때 일본군은 중국의 남방과 북방을 대부분 점령하고 마닐라나 싱가포르, 태평양의 남양군도까지 진출하여 있었는데, 이와 같은 광활한 전선을 지키는 데는 많은 병력이 필요하였을 것이다. 때문에 젊은 남자들은 대부분 군인으로 동원되고 노인과 부녀자와 아이들이 본토(本土)를 지키고 있었다.

그 위에 연합군의 폭격은 잠시도 멈추지 않고 각 주요도시를 폭격하여 생산시설이 마비되고 도시민들의 농촌 소개가 계속되고 있는 시기이었다. 전쟁 후기인 이때는 사이판도를 포함하는 많은 섬과 오키나와 등도 연합군에 의하여 점령되고 일본 본토에는 언제 연합군이 상륙작전을 펼는지 모르는 절박한 상황이었다.

우리는 정규군이면서도 무기가 없는 군인이었다. 생산시설이 전파되어 무기의 생산도 불가능하고 군수품도 무기뿐 아니라 모두가 바닥이 나고 있었을 것이기 때문이었다. 우리는 액체증산(液體增産)을 위한 농경대(農耕隊)로 명명되고 이곳에서 제방공사 등에 투입되었다. 이때 일본은 만약 일본 본토가 적에게 점령된다 하더라도 끝까지 싸워서 이겨야 한다며 본토가 점령되어도 조선이 있고 만주가 있고 중국(지나)이 있다고 하였다. 그러나 그것은 완전히 허장성세에 지나지 않았다.

3-2
 일본 본토에서의 군대생활

우리 부대는 총기 대신 삽을 들고 무쓰미무라(六美村) 들판에 흐르는 하천의 제방을 쌓기 시작하였다. 도로꼬(흙을 담아 운반하는 바퀴 4개 달린 기구)에 흙을 싣고 밀어서 운반하여 제방을 쌓아갔다. 우리의 무기는 삽이요 전쟁은 제방 쌓기였다. 병영에 오가는 길에서는 소총 대신 삽을 메고 보조를 맞추어 군가를 불렀다.

어느 날 부대에서는 각 병사들에게 '농공대의 임무와 숭배하는 인물'을 기록하여 제출하게 하였다. 나는 전선에 참여하지 못하는 우리 부대의 임무는 액체를 충분히 증산하여 전선에서 부족함이 없도록 공급하는 데 있고 숭배하는 인물은 가나카와(金川大佐)라고 기록하여 제출하였다.

며칠 후에 도로꼬에 흙을 싣는 나에게 이시야마 대위(石山大尉)가 찾아왔다. 이시야마 대위는 나에게 '가나카와 대좌'와는 무슨 관계가 있느냐고 물었다. 나는 대답하기를 평양 42부대에 근무하는 분이며 그를 숭배한다고 대답하였다.

며칠 후 나는 평양 출신 도요카와(豊川) 초년병과 함께 오카사키에 있는 부대 본부에 차출되어 본부 근무를 하게 되었다. 본부 근무는 좀더 수월하여 화려하기도 하였다. 본부에는 계급장이 금줄로 누우런 장교들 투성이고 별 하나의 초년병은 도요카와와 나뿐이었다.

우리 두 초년병에게는 군복, 군화, 군모 등이 새 것으로 지급되었다. 우리가 하는 일은 각 촌락에 흩어져 있는 중대와의 연락을 전령하는 것과 장교들이 타고 다니는 군마들의 손질이었다. 당시 군마는 세 필이었다.

본부에 와서는 식생활의 질도 좋았다. 매주 젠사이(단팥죽), 사과, 술 등도 배식되고 있었다. 우리가 각 촌락에 있는 중대로 전령을 갈 때에는 흰 바탕에 붉게 전령(傳令)이라고 글자가 새겨진 완장을 두르고 가죽 가방을 어깨에 메고 다녔다. 오고 가는 길에는 버스 또는 전차를 무임으로 승차하였다. 전차 또는 버스를 타면 젊은 일본 여자(옥상)들의 친절이 대단하였다. 그들은 나를 보면 대단히 친절을 베풀어 주었다.

"헤이타이상 고쿠로. 도소 오스와리 나사이." (군인 아저씨 수고하십니다. 이리로 앉으십시오.) 하며 좌석을 양보하는 일이 많았다. 나는 "이에, 헤이타이와 다이죠부데스." (아니오, 군인은 괜찮습니다.) 라고 사양하고 웃음으로 답례하는 일이 많았다. 이때 나의 일본말 솜씨는 유창하였다. 나의 말을 듣고서는 조선 출신의 군인으로 생각할 수 없을 정도였다.

깨끗한 군복과 군화에 노란 별 무늬가 붙은 전투모에, 흰 바탕에 붉게 새겨진 완장, 어깨에 가방을 멘 멋진 이등병 시절이었고, 촌락에 있는 중대의 초년병들은 나를 부러워하였다.

나는 나름대로의 희망과 포부를 가지고 하사관(下士官) 시험에 응시하였다. 동향출신(同鄕出身) 초년병들도 나와 함께 응시하였고 개중에는 중학교 출신 초년병들도 많았다. 나는 시험에 합격하였다. 일본인 상등병들은 나의 합격을 칭찬해 주었다. 일본이 승리하면 일본도(日本刀)를 차고 아메리카 대륙에 말을 달리게 될 것이라며 부러워했다. 일본도는 하사관 이상이면 착용이 허용되었기 때문이다.

그러나 일본의 패색은 나날이 더하여 갔다. 매일 밤낮으로 B29 폭격기가 편대를 지어 일본 본토를 공습하여 웬만한 도시는 잿더미가 되고 있었다. 연합군의 전쟁은 인도적이며 신사적이었다. 공습할 때는 며칠 전에 예고를 하고 노인과 어린 아이 부녀자들은 대피하라고 경고한 후 공중 폭격을 개시하였다.

내가 있는 오카사키에서는 오사카와 나고야 등 큰 도시가 폭격되어 검은 연기가 치솟는 것이 멀리 보이기도 하였다. B29 폭격기들은 폭격을 마치고는 유유히 하늘을 날아가는데 일본의 고사포진지 여기 저기서 불을 뿜어대지만 B29 폭격기에 미치지 못하는 어림도 없는 일이었다. 연합군의 함재(艦載) 전투기들은 꼬리를 물고 날아와서 목표물에 기총소사를 하고 다녔다.

오카사키에도 B29의 폭격을 받은 일이 있었다. 야간 폭격이었다. 본부 장병들은 주요 대피물을 밖으로 운반하고 방공호에 대피하였다. 밤하늘에는 윙윙대는 비행기 소리가 굉음을 울리고 시내 이곳저곳에는 소이탄의 폭음과 함께 불기둥이 솟아올랐다. 순식간에 시내는 불바다로 변했다. 우리 부대 본부는 전기회사 건물을 임시로 이용하고 있었는데 요행히 폭격을 면하고 있었다.

본부 건물 앞뒤에는 우리 몸집 만한 소이탄이 불발로 떨어져 옆으로 누워 있음을 발견하였다. 소이탄은 여러 종류인데, 대형 소이탄은 큰 건물이나 공장 등에 투하되었고 중형 또는 소형 소이탄은 일반 시가지에 투하되었다. 소형 소이탄은 6각이고 길이 40센티미터에 직경 5센티미터의 탄피 속에는 빨강, 파랑, 노랑 등 여러 가지 색채로 된 천에 인화질 기름이 묻어 있어서 이놈이 폭발하여 밖으로 튀어나가면서 일반 건물에 불이 붙도록 장치되어 있었다. 시가지에는 소형 소이탄들이 불발된 채 전선 등에 걸려 있었고 그 색채가 눈길을 끌었다.

B29는 3대가 1조이고 3조는 1편대라고 하였다. 편대비행을 보면 선두에 1대 그 양쪽 뒤에 2대가 삼각형을 이루고, 이와 같은 조가 선두에 하나 그

양쪽 뒤에 각 하나씩 3각형의 편대를 이루고 비행하였다. 폭격할 때에는 1개 편대가 앞에서 폭격을 하고 지나가면 그 뒤를 이어 또 1개 편대가 뒤따라오며 폭격을 하는 모양으로 꼬리를 물고 이어졌다. B29가 소이탄을 발사할 때에는 번개 같은 섬광이 하늘에서 번쩍 비치고 난 후 소이탄 떨어지는 소리가 밤하늘의 공기를 가르고 '쏴아' 하고 들려온다.

나는 이럴 때마다 방공호에서 그것이 내 머리 위에 떨어지는 공포심을 느끼며 머리를 땅에 박고 꼼짝하지 못하였다. 그러나 다른 사람들은 용감하였다. 사방을 둘러보며 대형 건물들이 폭격되어 불기둥이 솟아오르고 있다고 소리치곤 하였다.

나는 얼마 후에 나고야에 있는 하사관학교(下士官學校)의 입교통지를 받았다. 넉넉히 남은 입교일자를 앞두고 특별히 준비할 것도 없었지만, 그래도 마음조리며 마음의 준비를 하지 않을 수 없었다. 그런데 이때 갑자기 부대가 야마나시껭(山梨縣)으로 이동하게 되었다. 부대의 주요 의류와 군수품 등을 이송하기 위하여 오카사키역에 가서 화물을 싣고 있다가 갑자기 함재기(艦載機)의 기총소사를 받았다.

나는 잽싸게 화물차 발통 밑으로 몸을 숨겼다. 자칫했더라면 인생을 끝낼 뻔하였다. 화물 곳간차에는 탄알이 뚫고 들어간 흔적이 서너 군데 있었고 우리가 서 있던 홈에도 기관총탄이 차고 간 흔적이 있었다. 우리가 화물을 싣고 있을 때 젊은 역부 한 사람이 나에게 다가왔다. 그는 나에게 울먹이는 소리로 질문하였다.

"헤이따이상, 니홍가 센소니마케단데스카?"(군인 아저씨, 일본이 전쟁에 진 겁니까?") 나는 그에게 "손나고토 나이데스 게레도."(그런 일이 없는데.)하며 답변하였다. 그 역부는 돌아서면서 "보꾸와 오구니노 다메니 있쇼겐메 얏다 게레도"(나는 나라를 위하여 열심히 하였는데.) 하며 눈물을 훔치며 떠나갔다. 나는 이 역부를 보고 일본 사람들의 애국심에 감명하면서 그 역부가 하는 말이 예사롭지 않게 여겨졌다.

이 때가 8월 12~13일쯤 되는 날이고 며칠 전 일본 천황은 중대 발표를 할 것이라는 예보가 있었다. 이 때 일본이 무조건 항복할 것이라는 비밀을 알고 있는 사람에 의하여 미리 그 비밀이 일반인에게 퍼져 있던 것이었다.

우리는 다음날 야마나시껭으로 이동하였다. 야마나시에서는 동경(東京)이 가깝고 일본인들이 자랑하는 후지산(富士山)의 웅장한 자태를 멀리 바라볼 수 있었다. 야마나시는 강원도와 비슷한 산골이었다. 각 촌락에 흩어져 있는 중대들이 이곳 야마나시에 이동하여 함께 있게 되었다. 지금 생각하면 일본은 패전의 여파로 본토에 있는 조선 출신 병사들의 소요 등 불상사를 예방하기 위하여 이곳 야마나시 산 속으로 이동시켰던 것이 아닌가도 생각하여 본다.

일본의 8.15 항복이 있은 후로는 우리 부대는 아무 일도 하지 않고 매일 놀고 지냈다. 이때에도 나는 도요카와와 함께 본부에 소속되어 있었다. 우리는 패전 후로는 무용지물이 되고 약 1개월이 가깝도록 할 일 없이 놀았다.

우리는 어느 날 귀국길에 올랐다. 군복 그대로, 내무반의 개인 소지품도 그대로 개인별로 짐을 꾸리어 부대 인솔자에 의하여 곳간차에 타고 시모노세키로 향하였다. 시모노세키로 가는 도중에 거쳐 가는 일본의 각 도시들은 완전한 폐허가 되어 있었고 환자 옷을 입고 목발을 한 부상자가 눈에 많이 띄었다. 시모노세키에 도착하고 항만광장에 이르렀을 때에는 나그네들이 인산인해를 이루고 보따리들을 옆에 내려놓고 자고 있는 사람, 밥을 지어 먹는 사람, 짐을 지고 떠나는 사람, 다시 오는 사람 등 가지각색의 아수라장을 이루고 있었다. 우리 한국 출신 부대원들도 항만광장의 한 구석을 차지하여 짐을 풀고 자리를 잡았다.

이때부터 우리에게도 식사가 공급되지 않고 아무런 통제도 없이 버려졌다. 우리는 출발할 때에 가지고 온 휴대 식량으로 저녁끼니를 때우고 그곳 노천에서 밤을 잤다. 아침이 되어 일어나 보니 이제는 인솔자도 자취를 감추고 보이질 않았다. 패전국의 군복을 입은 군인이었지만 인솔자도 없고 통제도 없는 군인 아닌 군인이었다.

이때부터는 개인행동에 맡겨진 고삐 풀린 송아지처럼 된 것이다. 우리는 자연적으로 동향 사람끼리 패를 지어 행동하게 되었다. 또 하루가 지났다. 휴대식량도 바닥이 나고 있었다. 우리 일행 중에는 항구에 가서 부산으로 건너갈 배편을 살피고 다니는 사람도 있었다. 요행히 모포 등 소지품의 일부를 팔아서 선임(船賃)을 마련하였다. 우리 충북 동향 친구들 약 20여 명이 한 배에 탔다.

우리가 배를 타게 된 시간은 밤중이었다. 배는 소형에 가까운 어선으로 보였다. 어선은 부산항을 향하여 출발하였다. 하늘에는 별들이 반짝이고 저 멀리 바다에 떠가는 배들의 불빛이 가물거렸다. 망망대해의 적막이 감돌았다. 우리들은 한 곳에 몰려 앉아서 팔고 남은 모포로 등을 덮고 웅크리고 있었다. 침묵의 시간과 공포의 시간이 계속되었다. 배의 고장이 생기든지 침몰하는 경우에는 우리는 고기밥이 되고 말 것이다. 부모형제에게 이곳에 죽노라는 소식도 전할 길이 없이 증발되고 말 것이다. 밤바다의 기온은 매우 차가웠다. 어선의 기관이 작동하는 소리가 은은히 고막을 스쳐가고 프로펠러가 물을 가르는 소리가 귓전을 스쳐갔다.

우리들은 고독과 공포가 교차하는 가운데 깜빡 잠이 들고 잠이 깨는 가운데 어선은 밤새워 망망대해를 달렸다. 드디어 밤이 새고 여명이 왔다. 동쪽 바다 저 멀리 붉게 솟아오르는 태양이 바다를 수놓았다. 적어도 대여섯 시간 이상을 달려온 것이다. 날이 밝아오자 우리의 공포와 고독도 덜하였다. 선원 한 사람은 어선의 뒷머리에서 낚시도 하였다. 물고기가 낚시에 달려올 때마다 선원의 얼굴에는 희색이 감돌곤 하였다.

아침 해는 어느덧 머리 위에 떠 있었다. 저 멀리 육지가 눈에 들어왔다. 우리는 육지 쪽에 눈을 돌리고 안도의 눈길을 주고 받았다. 부산항이 저 멀리 자태를 드러냈다. 고향을 눈앞에 두고 한없이 기뻐서 들뜨게 되었다. 잠시 후 어선은 부산항에 기착하였다. 배에서 하선할 때에 누군가가 계급장을 떼어내자는 제의가 있었다. 우리도 달고 왔던 군 계급장과 전투모의 별을 떼어 버렸다.

부산항 광장에는 귀국 동포를 위하여 식사와 안내를 담당하는 봉사단체가 운영되고 있었다. 우리 일행은 이들의 안내로 뜨끈뜨끈한 설렁탕을 대접받고 트럭으로 부산역에 안내되어 경성행 기차에 올랐다. 기차는 검은 연기를 토하며 큰 도시에만 쉬고 빠르게 달려 주었다. 오후 세시경 조치원에서 제천행 기차로 갈아탔다.

얼마 후에 청주역에 도착하고 잠시 후 기차는 떠났다. 정하역과 오근장역이 나타나면서 석화천(작은 내)과 화죽들이 눈에 들어왔다. 화죽들을 눈에 담고 있는 나는 마냥 즐겁기만 하였다. 드디어 그리던 내수역에 도착했다. 내수역에는 징병으로 징용으로 끌려간 자식들을 마중 나온 사람들이 혼잡을 이루고 있었다. 나에게도 어머님께서 마중 나와 계셨고 어머님은 나를 품에 안으시고 어찌 할 줄 모르시고 나도 가슴 속에 차오르는 감격을 억누를 수 없었다.

가족들은 모두 살아 있었다. 하지만 형님이 강제징용을 피하여 진남포에 가서 토목건설현장 인부로 고생한 것이 마음 아팠다. 곡식들은 모두 '공출'로 빼앗기고 조반석죽도 어려웠으며 가마니를 쳐서 바치고 참으로 힘들게 살아왔음이 역력하였다. 왜인들은 악독한 강도들이며 흡혈귀였다.

징병이나 징용에 끌려간 사람들이 하나둘 돌아오면서 그 가족들이 매일의 일과처럼 내수역에 나와서 기다린다고 하였다. 우리 어머님께서도 해방후 30여 일 간을 하루도 거르지 않으시고 내수역에 나오셔서 못난 자식을 기다리시다가 힘없이 집으로 돌아가셨다고 하였다. 만주 또는 중국지방으로 끌려간 친구들은 귀국하는 데 큰 고통이 있었다고 들었으나 나는 일본으로 끌려간 것이 그래도 다행이었다.

우리는 실험실의 모르모트와 같이 한정된 환경 속에서 일본의 황국신민화(皇國臣民化) 교육만을 철저히 받고 길들여지며 성장한 세대이었다. 조국을 모르고 민족을 모르고 일본 체제하에서 생각 없이 날뛴 젊은 시절이 부끄럽기만 할 따름이다.

이때 지원병 출신들은 만 3년간 만기로 제대하여 상등병이 되어 뽐내고 있었고, 나는 일본군 하사관이 되어 노란 금줄 위에 은색 별로 수놓은 계급장을 달고 허리에는 기다란 일본도를 차고 미국의 광활한 벌판에서 말을 달리겠다는 꿈을 꾸었으니 역적이나 다름없는 생각이었음을 뒤늦게 깨닫고 뉘우치게 되었다.

일본의 강점이라는 족쇄를 벗어나지 못하고 헤매던 나의 청춘은 어리석음과 무지와 만용의 극치였다고 자백하면서 참회의 눈물을 흘려야만 하였다.

3-3
도약의 꿈

19 45. 8.15 조국광복의 기쁨이 소용돌이치는 가운데 사회의 질서는 혼란하였다. 특히 일제 통제 경제의 후유증으로 갖가지 생활용품이 부족하고 생산도 정지되어 보따리 장사가 성행하고 있었다. 나는 20세가 넘은 청년으로서 부모님의 사랑과 보살핌에서 안주할 수만은 없었다.

이때는 지금과 같은 전국의 일일생활권 시대가 아니고 각 지방마다 물가의 차이가 심하고 이로 인하여 자연히 봇짐장사가 성행할 수밖에 없었다. 식량, 의류, 신발뿐만 아니라 갖가지 생활용품이 귀하고 물가는 하루가 다르게 치솟고 있었다. 따라서 주민들의 의식주 생활은 궁핍에서 벗어나지 못하고 빈곤한 생활은 해방 전이나 다름없었다.

사람들은 쌀을 등짐으로 지고 서울과 부산 등 대도시에 내다팔아서 이문을 남기고 돌아올 때는 다른 물건을 지고 와서 왕복장사를 하였다. 어떤 사람은 주안(朱安)에 가서 소금을 져다 팔고, 어떤 이는 인천에 가서 솜을 져다 팔기도 하였다.

나는 담배장사를 하고 싶었다. 쌀과 소금은 중량이 무겁고 솜은 부피가 커서 곤란하기 때문이었다. 나는 손수 권연을 말아내는 담배 틀을 만들었다. 엽연초를 잘게 썰어서 권연을 만들어 트렁크에 가득 채우면 200갑이 넘었고 200갑을 말아내는 데는 약 1주간의 시일이 소요되었다. 만들어진 권연을 트렁크에 담아가지고 대전역에 가서 도매로 넘겼다. 이윤이 30원 정도 남았다. 물가는 매일 상승하기 때문에 따지고 보면 아무 것도 아니었다.

소금장사가 이윤이 크다기에 인천 소사에 가서 소금 한 자루를 사다가 팔아 보았으나 힘만 들었지 별 것이 아니었다.

인천에 가서 솜뭉치를 한 짐 지고 오다가 내수역에서 그놈의 솜뭉치의 부피가 너무 커서 운임을 두 배나 지불한 일도 있으나, 이때 솜이 매우 귀한 때이어서 어머님이 대단히 기뻐하며 그것으로 실을 빼서 길쌈을 하신다고 팔지 못하게 하셨다.

우리가 각 도시로 장사하러 다니는 길은 기차를 이용하였다. 기차는 주로 화물 곳간차를 이용하였다. 곳간차에는 흑색 배낭 또는 자루 보따리를 멘 사람들로 초만원을 이루었다. 이들에게는 리크샤크라는 별명이 붙여졌다. 리크샤크들은 전라도 사람이 제일 많았기 때문에 리크샤크하면 전라도 지방 사람을 가리키는 말이기도 하였다.

이것저것 당시의 물정에 따라 봇짐장사를 해 보았지만 나로서는 입신할 묘책을 찾지 못했으며 또 자신도 잃었다. 무엇인가 해야 하겠다는 불타는 도약의 꿈은 왕성하였으나 갈 길을 선택하는 데는 어려움이 많았다. 청년이 된 나는 세상을 살아가는 데 두려움이 없었고 마음 같아서는 무엇인가 크게 웅비할 수 있다는 자신도 있었지만 모든 여건이 따라주지 않았다.

갈 길을 찾지 못하고 우왕좌왕하던 나는 아버님의 권고로 어느 날 아버님을 따라 청주에 가서 도청에 근무하는 먼 집안 일가가 되는 지영권 씨를 방문하고 나의 취직을 부탁한 일이 있으나 여의치 않았다.

다시 청주에서 한약건재 도매상을 하는 집안 형님뻘이 되는 지교성 형님께 취직을 부탁하니 때 마침 여행사를 창업 중이어서 나를 여행사에 근무할 수 있도록 받아 주었다.

교성 형님은 학벌이나 사회 경력이나 사업 경력이나 모두 훌륭하였다. 약국에서 처방전을 쓸 때 보면 수십 가지의 약재를 모필로 순식간에 기록하고, 매우 보기가 좋아서 나도 모르게 감탄이 쏟아졌다. 그리고 수없이 찾아오는 손님들과 상담(商談)을 나누는 모습을 보면 너무나 명쾌하여 부러울 정도였다. 더구나 언제 역사공부를 그렇게 많이 하였는지 한국사 교수보다도 훌륭하게 보였다. 키가 크고 시원시원한 성격에 남자다운 장점을 모두 갖춘 편이었다. 나는 형님 밑에서 배울 것이 너무나 많다고 생각하였다. 나는 형님이 자랑스럽게 생각되었다. 형님은 틀림없이 크게 성공할 인물이었다.

나는 다음날 교성 형님이 경영하는 태원약업사에 출근하였다. 교성 형님은 나에게 기차시간 일정표 등에 실을 광고를 수주하라며 청원군 북일면 초정리 소재 천연탄산수 사이다 공장을 다녀오라고 하였다. 나는 관내 유명회사 광고물 수주활동에 들어간 첫발의 성과 여하에 따라 나의 능력이 시험대에 오른 것 같아 마음의 불안을 느끼었다.

교성 형님은 나에게 차비와 점심값도 주지 않고 초정에 다녀오라는 것이었다. 나는 사비로 초정에 갔다. 때마침 초정 탄산수 사이다 공장에 큰 손님들이 와서 분주하였다. 나는 손님들의 용무가 끝나고 한가하여지기를 기다렸다가 손님이 가고 난 후에 책임자를 찾아 인사를 하고 용건을 말하였다.

그러나 회사 책임자는 검토해 보자며 다음 기회로 미루고 말았다. 나는 다음에 다시 찾아올 것을 약속하고 돌아서서 청주로 왔다. 나는 이날 점심도 굶었다. 태원약업사에 돌아와 보니 떡을 사서 먹고 있었다. 나는 배가 고파서 떡을 먹고 싶었지만 누구 한 사람도 나에게 떡을 먹으라고 권하지 않았다. 나는 속으로 소외감을 느꼈다.

그 후 나는 3일간을 태원약업사에 출근하였으나 아무것도 할 일 없이 소일만 하였다. 교성 형님이 창업하고자 하는 여행사는 간판도 사무실도 없는 형편이고, 되어도 안 되어도 그만인 것으로 밖에 보이지 않았다. 나는 매일 스스로의 경비로 오가는 차비와 점심식사를 해결하였다. 나는 약방에서 한약재도 썰고 약방 일을 돕는 식구들이 부러웠다. 나는 곰곰이 생각하여 보았다.

당시의 사회 형편은 지금처럼 관광을 즐기는 시절도 아니고 여행사라는 이름도 생소한 때이었다. 일 년에 한두 번 기차시간표와 여객자동차 시간표를 발행하고 이 시간표에 유명회사의 광고를 실어주고 광고료를 받는 것으로는 인건비도 충당할 수 없다고 생각되었다. 나는 이러한 상황에 얽매어 있을 수 없었다. 이리하여 내가 태원약업사에 나가지 않으면서 교성 형님의 여행사 창업 구상도 끝이 났다.

그 후 나는 또 무엇인가 할 일을 찾아보려고 무작정 집을 나섰다. 여비를 한 푼이라도 아껴 보려고 도보로 오창을 지나 황청리와 병천을 지나서 천안역에 도착하여 보니 하루 해가 저물었다. 천안역에서 인천역까지 차표를 끊었다. 인천에 가서는 이곳저곳을 헤매고 다녔다. 사고무친한 인천에서 뜨내기가 발붙일 곳은 없었다.

인천시장 근처에서 사람들이 운집하여 있는 곳에 다가가서 보니 눈깔사탕(아메다마)을 만드는 공장이었다. 엿가락처럼 길게 뽑은 엿가락을 가느다란 실끈으로 밤알처럼 잘게 잘라서 판 위에 놓고 손바닥으로 둥글둥글 돌려서 문지르면 동그란 눈깔사탕이 되었다. 나는 호기심으로 이곳을 떠나지 않고 눈여겨보고 있었다.

나는 그 아메다마 만드는 사람에게 다가가서 작은 소리로 나도 이곳에서 일 좀 할 수 없겠느냐고 물어 보았다. 그 사람은 나의 얼굴을 바라보고 빙긋이 웃으면서 일할 사람이 더 이상 필요 없다고 하였다. 인천에서 아무런 친지도 연고도 없는 나에게는 실현성이 없는 구상과 희망과 포부가 하나의 몽상에 지나지 않음을 느꼈다. 나는 홀로서기의 꿈을 포기하고 다시 고향으로 돌아왔다.

얼마동안 농촌에서 무익한 생활이 계속되고 있을 때 내수 영단 도정공장에서 나를 불러주었다. 내수 영단 도정공장은 화죽 사람인 노기창 씨가 경영하는 공장이며 20마력 디젤 원동기에 토매기, 정미기, 제분기 등 현대시설이 갖추어진 정미소이다. 이때 내수에도 전기동력이 들어와서 노기창 씨의 영단 도정공장을 전기동력으로 대치하고 디젤 20마력 원동기는 화죽으로 이전하여 또 하나의 정미소를 설치 운영하는 준비가 진행되고 있었다.

　나의 취업조건은 새로 설치할 화죽정미소의 운전기술자로 일하게 되는 것이었다. 때문에 나는 원동기 20마력이 화죽으로 이전하기까지의 기간에 원동기 운전기술을 익히는 것이었다.

　내가 이 자리에 가게 된 것은 어머님과 친분이 두터운 노기창 씨의 큰 부인이시던 '조산말 아주머니'의 배려가 있었기 때문이다. 노기창 씨는 화죽에 큰댁이 있고 내수에 작은댁을 두고 살림을 하고 있었다. 내수 영단공장에는 노기창 씨의 동생이 되는 노명우가 운전기술 책임자이며 그 밑에 10여 명의 일반 인부가 있었다. 노명우는 나와 동갑 되는 친구이었다. 노명우와 나 두 사람은 화죽에서 내수로 매일 걸어서 통근하게 되었다. 두 사람은 언제나 함께 일하고 식사도 함께 하며 저녁에는 헤어져 집으로 와서 자고 다음날 또 함께 출근하였다.

　영단 도정공장은 정부미를 도정하는 것이 주이고 개인의 정미도 곁들여 하였다. 원동기의 발동, 도정시설의 조정과 고장수리 등 여러 가지 일을 부지런히 익혔다. 몇 달 후에는 노명우가 없이도 나 자신만으로 모든 기계시설의 운전이 가능하여졌다. 그러나 제일 문제가 되는 것은 먼지 가운데에서 작업을 한다는 것이었다.

　약 1년 반의 세월이 지난 후에 20마력 디젤 원동기가 화죽의 신축 정미소로 옮겨졌다. 현미를 내리는 토매기와 현미를 정미로 빼는 정미기도 이전되었다. 화죽의 정미소가 모든 시설이 완비되어 도정작업이 시작되었다. 그러나 정미소의 일은 한가하였다. 화죽에는 기왕의 정미소가 세 군데나 있기 때문이었다. 나는 일하는 날보다 쉬는 날이 더 많도록 한가하였다. 이럴 때는 집에 가서 농사일을 거들기도 하였다.

이때가 1947~48년쯤으로 기억되며 내 나이도 22~23세의 청년이었다. 이때 동생 교헌이 청주사범학교에 합격되어 부모님 두 분이 청주 내덕동 '집 너머'라는 곳에 셋방을 얻어 동생 교헌의 학교 뒷바라지를 하고 계신 때이었다.

이때 나의 마음은 또 한 번 헷갈렸다. 내가 화죽정미소에 몸을 담고 있어 봤자 장래성이 없을 것임을 깨달은 나는 정미소를 그만두기로 했다. 나를 이곳에 주선하여 주신 조산말 아주머니(노기창 씨 부인)에게는 매우 죄송하였으나 나의 장래를 위하여 결단을 내렸다. 나는 우선 도시로 진출하여 할 일을 찾기로 마음을 굳히고 동생 공부 때문에 청주에 나가 계신 부모님을 집으로 모시고 나의 부부가 부모님을 대신하여 청주로 나가서 동생을 돌보기로 하였다.

막상 청주로 이사한 우리 부부는 본가에서 식량의 원조를 받는다 해도 생활비를 조달해야 했으며 땔나무도 당장에 시급하였다. 이때는 구공탄도 없고 장작 또는 낙엽 등으로 밥을 지어먹을 때이었다. 나는 동네 사람을 따라서 상당산성(上黨山城)이라는 곳에 가서 땔감을 지게에 져 날랐다. 장딴지에 딱딱한 알이 배었다. 각종 공사판에 막일도 하러 나갔다.

나는 초가삼간이라도 나의 집이 필요했다. 내가 보물로 귀중히 간직하고 있는 손목시계를 처분하였다. 내덕동 방죽마을에 사는 큰 4촌 동서에게 시계 판 돈을 주고 집 지을 목재를 구해달라고 부탁하였다. 그 다음 집터를 구하려고 애를 쓰던 중 내덕동 삼거리에서 내수 쪽으로 얼마 떨어지지 않은 곳에 집터를 구하게 되었다. 큰 길에서 한 집 뒤에 위치하는 밭을 얻어 작은 4촌 동서와 나, 이 씨, 경 씨 등 네 사람이 나란히 집을 짓기로 하였다. 나는 이때부터 매일 집터를 다듬고 흙벽돌을 만들었다. 머지않아 집을 세울 목재와 흙벽돌이 모두 준비되었다.

집을 세울 날짜를 정하고 벽돌 쌓는 기술자를 불러서 벽돌을 쌓기 시작하였다. 이때 화죽 본가에서는 아버님과 형님이 볏짚으로 이엉을 엮어두었다 가 소달구지에 싣고 오셨다. 동네 사람 몇 사람과 같이 오셨다. 벽돌이 다 쌓여진 후 서까래를 걸고 수수깡으로 새를 얽어 흙으로 새를 받고 이엉으로 지붕을 이었다. 초가삼간의 형태가 갖추어졌다. 다음날부터 아버님은 초벽 을 바르시고 나는 흙을 이겨서 뒷일을 했다. 초벽을 바르고 재새를 바르는 데 약 1주간이 걸렸다. 구들도 놓아졌다. 이제는 건조만 되면 새집으로 이 사가 가능했다. 보잘것없는 초가 흙벽돌집이지만 청주라는 도시 변두리에 나의 보금자리가 마련되어 마음이 흐뭇하였다.

우리 앞집엔 작은 4촌 동서인 이승우 씨가 살게 되고 약 200미터 떨어진 방죽말에는 큰 4촌 동서가 살기 때문에 서로 의지가 되었다. 나는 새 집으 로 이사 온 후에도 산성에 가서 나무를 져다 때고 공사판 막일도 하고 지냈 다.

이때 식량은 배급제가 되어 있었고 황설탕도 배급되어 집집마다 황설탕 이 있을 때이었다. 4촌 동서들은 황설탕 장사를 하였다. 동네로 다니며 황 설탕을 사다 모아서 조치원에 내다팔고 왔다. 나도 동서들을 따라서 설탕장 사를 했다. 한 때는 동서들과 서울에 가서 세탁비누를 떼다 팔기도 하였 다. 세탁비누가 귀한 때이었기 때문이다. 우리들 동서들은 서울에서 세탁비 누를 떼어가지고 조치원까지 기차로 왔다. 조치원에서는 청주로 가는 기차 가 없었다. 밤늦은 시간이며 막차가 떠났기 때문이다.

나와 동서들은 세탁비누를 소달구지 편에 싣고 청주로 향했다. 약 20리쯤 걷다 보니 다리도 아프고 허기도 지고 피로하여 견딜 수 없었다. 아무리 이 윤이 좋다고 해도 이런 짓은 못할 것 같았다. 그러나 계속 걸을 수밖에 없었 다. 나는 타달거리는 소달구지 뒤를 따라가는데 지쳤다.

밤을 새워 50리길을 걸어서 새벽녘에 청주에 도착하였다. 청주에 도착하 여서는 모든 것을 동서들에게 맡기고 집으로 와서 피로에 지친 몸으로 진종 일 꼼짝 못하고 누워 잤다. 다음날 나는 나에게 할당된 세탁비누를 지고 다니며 팔았다. 이 때문에 초평 외가 동리까지 세탁비누를 지고 갔던 일이 있다. 다음부터 나는 세탁비누 장사를 그만 두었다.

어느 날 나는 시내에 나갔다가 경찰관 모집광고를 보았다. 나는 합격여부를 가리지 않고 이에 응시할 준비를 하였다. 지원서와 이력서를 제출하였다. 이때 나의 이력서 학력란에는 북이공립보통학교 졸업으로 기록하고 있었다. 시험날짜는 약 1주 후가 되었고 나는 시험 준비로 공부도 하지 못한 채 시험 당일 청주경찰서에 나가서 시험을 치렀다.

지금도 기억되는 시험문제는 한문풀이의 '아비규환'과 논설문의 '경찰 시험 합격을 축하함'이 잊히지 않는다. 다음날 청주경찰서 게시판에 합격자 고시가 있었다. 합격자 명단에 나의 이름 석 자를 확인하고 대단히 기뻤다. 며칠 후에 나에 대한 신원조사가 실시되었다. 경찰학교 입교 통지서가 내덕파출소를 통하여 전달되었다.

나는 경찰학교 입교를 앞두고 고향에 계시는 어른들을 찾아뵙기 위하여 화죽으로 갔다. 아버님과 가족 앞에서 경찰관 시험 합격 사실을 말씀 드렸다. 합격을 칭찬해 주실 것으로 알았다. 그러나 나는 아버님께 꾸중을 들었다. 이때 마침 여수순천 반란사건이 나서 항간에 떠도는 말로는 경찰관들은 그 가족뿐 아니라 사돈의 팔촌까지 잡아 죽였다는 뜬 소문이 퍼져 있었다. 아버님은 이 사실을 나에게 전하며 난시에는 날뛰지 말고 조용히 집에 은거하여 난을 피하라고 일러주셨다.

나는 경찰관이 되겠다는 꿈을 버리고 지정된 날에 경찰학교 입교를 포기하고 말았다.

3-4

 도약에의 재시도

내가 경찰관이 되어 입신하고자 하던 청운의 꿈을 아버님의 만류와 훈계에 따라 포기할 수밖에 없었던 것은 난시에 처한 나 자신과 가족들의 안위에 관한 문제에서 선택된 결정이었다. 참으로 이때에는 여수순천 반란사건으로 어수선하였을 뿐 아니라 좌익운동이 농촌까지 파급되어 좌우익의 갈등이 말이 아니었다. 젊은이는 누구나 소용돌이치는 좌익세력에 동조하는 경향이 많았다.

나는 이 시기에 요행히 내수 영단 도정공장에 몸을 담고 있었기에 이를 모면할 수 있었고, 청주로 나와서는 대한청년회에 가입되고 있었다. 이때 월남한 이북 출신으로 조직된 서북청년회는 목숨을 걸고 좌익세력에 대항하고 있었다. 도시 농촌 가릴 것 없이 좌익과 우익으로 분열되어 집회, 시위, 테러 등으로 국가 기강이 바로 서지 못하고 혼란하였다.

나는 이와 같은 난시를 죽은 듯이 조용하게 지내며 한 해를 넘겼다. 그러나 무직상태로 집안에 머물러 있기에는 역겨운 생활이었다. 무엇인가 안정된 직업을 가지는 것이 큰 소망이기도 하였다. 때로는 경찰을 포기한 것이 후회도 되었다. 가을철 어느 날 부모님이 계신 화죽에 다녀오려고 길을 나섰다. 도보로 주중리(양생이) 고개를 넘어가는 길에서 백설같이 흰 제복을 입고 긴 백통칼(白銅으로 된 긴 칼 ; 일본刀 같은 것)을 차고 가는 청년을 보았다. 나는 이 청년이 해군인 것으로 알았다. 이 청년이 보기에 좋았고 부러웠다. 후에 알아보니 형무소에 근무하는 형무관이라 하였다. 그는 북일면 외평리에 살고 있는 최재홍이란 사람이었다.

내가 처음 보게 된 형무관(지금의 교도관)은 참으로 아름답고 화려하고 멋지고 훌륭하게 보였다. 그 후 청주 외덕동(지금 우암동)에 있는 팔촌 처남 되는 김홍철 씨를 방문한 일이 있었다. 김홍철 씨가 거처하는 방에도 어느 날 화죽 가는 길에서 보았던 멋진 제복이 걸려 있었다. 나는 더욱 형무관에 대한 호기심과 관심을 가지고 형무관이 되는 절차를 물어보았다. 김홍철 씨는 형무관 시험에 합격하고 형무관 학교를 나오면 된다고 설명해 주었다.

그 후부터는 백설같이 흰 제복과 백통칼이 언제나 머리에 떠올랐다. 나는 그 후로도 상당산성 등지에서 땔감을 져 나르고 날품팔이도 하며 어려운 살림을 꾸려가고 나의 처는 개미떡(쌀로 만든 절편)을 시중에 팔기도 하고 화장품을 떼어다가 시골로 다니며 팔기도 하였다. 이때 나에게는 두 살 된 어린 일호가 있었고 처는 어린 아들 일호를 등에 업고 다니며 행상을 하였다. 이때까지 경제적으로 빈곤한 생활에서 벗어나지 못하고 있는 나로서는, 처가 이러한 행상으로 생활을 돕는 것이 안쓰럽기도 하고 보처자(補妻子)를 못하는 수치감과 자괴심을 면할 수 없었다.

다음 해 2월 초에 우연히 청주시 탑동에 있는 형무소 옆을 지나게 되었고, 게시판에 게시된 '형무관 모집 공고'를 발견하게 되었다. 나는 마음이 설레었다. 시험 날이 며칠 전으로 박두하여 있었다. 나는 일단 응시하기로 결심하고, 응시원서를 급히 작성하여, 다음날 형무소에 제출하였다. 나의 이력서 학력에는 언제나 북이공립보통학교 졸업으로 기록하고 있었다.

시험 날 청주형무소에 나가 보니 응시자가 40여 명 정도 모여 있었다. 이들은 모두 미끈미끈한 청년들이고 어디를 보아도 이들과 겨루기에는 힘겨워 보였다. 우리 수험생들은 청주형무소에서 1차 시험을 치렀다. 오랜 세월이 흘러서 기억할 수 없으나, 이때 수학시험 중에는 식목산(植木算 : 산수방법의 하나)도 있었던 것 같다. 시험은 오전 중에 끝나고 1차 시험 합격자 발표가 있었다. 1차 시험에서 응시자의 3분의 2가 탈락하였지만, 나는 요행히 합격하였다. 1차 합격자는 다음날 대전교도소에 가서 본시험을 치러야 했다. 우리 1차 합격자들은 대전으로 가서 한 여관에 투숙하였다.

본시험 날 아침 9시에 대전형무소에 나가 보니 수백 명에 가까운 수험생들이 운집하여 있었다. 시험 실시 전에 시험 담당관은 이 수험생들에게 교도소 외벽을 한 바퀴 뛰어서 돌아오게 하고 선착순으로 백 명까지 따로 세워 놓고 나머지는 불합격시켜 돌려보냈다. 시험 당국은 그 많은 수험생들을 처리하기가 곤란하여 이러한 방법으로 탈락시킨 것으로 짐작된다.

대전형무소에서 실시한 본시험은 오후 3시에 끝이 났다. 우리 청주형무소에서 1차 시험을 치르고 이곳 대전에서 본시험을 치른 사람 중에는 4명이 합격하였는데, 나에게도 합격의 영예가 돌아왔다.

이때 대전에서는 형무소의 인기가 대단하였다고 한다. 매월 형무관들은 후생물자로 광목 한 필씩을 받았다고 들었다. 이때 광목이 대단히 귀하고 모든 직물들이 귀하였기 때문일 것이다. 대전에서 항간에 떠도는 말로는 형무관이 아니면 사위를 삼지 않겠다는 말이 있을 정도로 인기직이었다고 들었다. 그 때문에 형무관 공모 시험이 있을 때마다 응시자들이 운집한 것으로 생각된다.

우리 합격자는 1949년 2월 14일 서울 서대문구 현저동에 있는 국립형무관학교에 입교하였는데, 입교 후 소대 편성을 할 때에 나는 1소대에 편입되어 소대장이 되었다. 소대장에 뽑힌 것은 군 출신 입교생들을 앞으로 나오게 하여 총검술의 시범을 실시하게 하고 총검술이 가장 정확한 자들을 소대장으로 뽑은 것이다. 1개 소대는 30명이고 6개 소대가 있었다. 소대장들은 흰색 바탕에 녹색으로 두 줄이 그어진 가운데 '1소대장' 또는 '2소대장' 이라고 검은 천으로 수놓은 완장을 찼다.

형무관 학교의 교과목은 형법, 형사소송법, 행형법, 행형법시행령, 재정법, 개인식별법 등이고, 실무교육으로는 포승술, 총기조법, 도수훈련 등이 있었고, 특별 과목으로 저명인사의 특강 등이 있었다. 아침에는 언제나 인왕산에 오르고 오고가는 길에서는 보조에 맞추어 형무관의 노래 또는 군가를 불렀다. 우리는 형무관학교에 입교한 지 3개월 10여 일만에 수료하고, 1949년 5월 하순 경에 각 형무소로 부임했다.

나는 청주형무소 보안과에 근무하게 되었다. 보안과는 재소자들의 계호(戒護)를 담당하는 부서이고 전체 직원의 80%가 보안과에 근무하는 직원이다. 나는 근무 첫 날부터 형무관 생활의 고달픔에 회의를 느끼었다. 내가 생각하는 형무관 생활은 예상과는 달리 멋진 생활이 아니고 극히 고달프고 고적한 생활이었다.

나는 부임한 첫 날 1감시대에서 입초근무를 했다. 주위에는 누구 하나 대화할 상대도 없는 나 홀로 만의 근무가 그렇게 지루할 수 없었다. 새장 안의 새와 같이 자유로이 행동할 수 없는 한정된 장소에서 떠날 수 없었다. 형무소 앞길을 왕래하는 자유인들이 부러웠다. 1시간 30분을 근무하고 30분을 쉬는 근무였다. 우리 신참 형무관들은 야간에도 감시대 근무를 했다. 야간근무는 전야반과 후야반으로 나뉘어서 근무하게 되어 있다. 전야 근무자는 후야에 취침에 들어가고 후야 근무자는 전야에 자고 일어나서 후야에 근무하는 반야교대이었다.

야간 근무를 한 다음날 아침 9시가 되면 그 날 당번 되는 팀과 근무교대를 하고 비번이 되어 퇴근하였다가 다음날 아침 9시에 출근하는 격일 근무이었다. 나는 신참시절에는 매일같이 감시대 근무에 당하고 저녁에는 야근을 하고 다음날 아침에는 비번으로 퇴근하는 일과가 계속되었다. 아침에 출근하여 9시가 되면 당번자 40여 명은 아침 점검을 받고 지시와 훈시사항이 고

지된다. 아침점검은 복장의 단정과 3품(수첩, 경적, 포승)의 정비 휴대 등을 점검받는 일이다.

점검이 끝나면 각 사동(舍棟)의 수용자 및 거실의 수검(搜檢)과 점검이 실시되는데, 거실 수검은 냄새가 지독하여 비위가 상할 정도로 어려웠다. 나는 수용자들을 대할 때마다 측은한 생각이 들고 안쓰러운 생각이 들었다. 사회에 있을 때에는 아무리 지위가 높고 무시할 수 없었던 사람이라도 일단 형무소에 들어오면 그 죄명 여하를 불문하고 '도둑놈'으로 대칭되어 있었고, 형무관 면전에서 고개를 숙이고 허리까지 굽히고 다니며 모든 일에 순종이 있을 뿐이었다.

아침점검과 거실수검이 끝나면 배치판에 게시된 각자의 근무 배치에 따라서 근무교대를 하여 당일의 근무가 시작된다. 출근하여 제일 먼저 관심을 두는 것은 배치판이다. 배치판에는 직원들의 당일 근무를 배치하여 고시하고 있기 때문이다. 나는 언제나 감시대에 배치되고 있었다. 감시대 중에서도 제1 감시대가 가장 힘들었다. 각 공장, 기타 취업장, 사동, 출정 등에 근무하는 담당직원들이 부러웠다. 서무과, 용도과, 작업과, 교무과, 의무과에 근무하는 사무계 직원들은 더욱 부럽기만 하였다.

나는 감시대 근무에 당하고 있을 때마다 고달프고 고적하고 착잡한 심정이 교차하는 가운데 앞으로의 장래를 위하여 그 진로를 고민하기도 하였다. 내가 형무관이 되기 전에 화려하고 멋지게 생각하던 형무관 생활이 현실로 당하여 보니 그런 것이 아니었다. 나는 기회를 보아 직업을 바꾸기로 마음먹고 사직서를 작성하여 보기도 하였다. 이러한 마음의 혼동이 계속되는 가운데 세월은 흐르고, 나의 형무관 생활도 좀더 익숙하여 갔다.

몇 개월 뒤에 신임 형무관 5명이 부임하였다. 이들이 온 후에는 나의 근무 형편이 나아져 갔다. 그 후에 또 다시 신임형무관이 부임할 때마다 나는 감시대 근무를 면하여 교대근무, 보조근무 등으로 바뀌어갔다.

형무소에는 양재(洋裁)와 양화(洋靴)를 비롯하여 여러 가지 공장이 많았다.

때문에 우리 형무관들은 이러한 공장을 이용할 수 있어서 가정살림에도 도움이 되었던 것은 사실이다. 우리의 복장은 언제나 양재 공장에서 다려 입을 수 있고 구두는 양화 공장에서 윤이 나게 닦아 신었으며 매일 이발소에서 면도와 세발도 하였다. 그 때문에 형무관들의 용모는 언제나 단정하였다. 그러나 보수는 수입쌀 또는 보리쌀 등으로 지급되었고 현금은 각종 수당에 한하여 지급되었다.

우리의 생활은 넉넉하지 못하였고 궁색을 면할 수 없었다. 그러나 격일제 근무로 한 달에 15일 간은 집에 돌아와서 가사를 돌보는 것은 큰 도움이 되었다. 땔나무 감을 마련하기도 하고 고향에 계시는 부모님을 찾아뵙기도 할 수 있었다.

나에게는 또 하나의 시련이 다가왔다. 위장병이 있어서 구미를 잃고 미식미식하여 비위가 거슬리곤 하였다. 몸이 점점 쇠약하여 갔다. 나는 위장병에 특효라는 명암약수를 먹어보기로 했다. 비번 날을 이용하여 약수탕에 다녔다. 약수가 목에 차도록 많이 마시고 다녔다. 약 1개월이 되면서 잃었던 식욕을 되찾았다. 미식거림도 멈췄다. 그 후에는 시간이 허락하는 경우에만 약수탕에 갔다. 나는 명암약수가 위장병에 좋은 것을 체험하고 위장이 약한 주위 사람에게 권하기도 하였다.

나의 형무관 생활은 신참 시절이 지나고 그런대로 참고 견딜 만한 여건이 조성되었다. 신참 시절의 감시대 근무의 고적과 고통을 이기지 못하고 전직(轉職)을 꿈꾸기도 하였지만 근무배치가 향상됨에 따라 점점 정을 붙이고 매력을 느끼며 근무하게 되었다.

3-5
6·25 사변

국가의 형벌권을 집행하고 실현하는 형무소의 말단 형무관 생활이 어느덧 1년 2개월이 되면서 뜻하지 않았던 6·25 사변이 터졌다.

이로 인하여 내가 몸담고 있는 청주형무소는 비상경비로 들어가고 수형자들의 일체의 취업도 정지되었다. 내근, 외근, 비번이 없이 전 직원이 비상경비에 동원되고 있었다. 사변이 발발한 지 4~5일이 지나서는 거리에 피란민 행렬이 줄을 이었고 우리 형무관들은 집에 식구들이 어떻게 지내는지 궁금하지만 집에 다녀오지 못하고 형무소에서 비상근무를 할 수밖에 없었다.

인민군은 서울을 점령하고 남진하는 속도가 가속되고 있었다. 나는 기회를 보아 짬을 내서 궁금하기만 하였던 나의 집으로 달려갔다. 이때 나의 처는 맏딸인 순희를 임신하여 만삭이 되어 있었는데, 나는 지체할 겨를도 없이 처에게 당부하기를 여의치 못하면 화죽 또는 형동리 처가에 가서 피신하라는 당부를 하고, 나는 잘 알아서 처신할 것이니 안심하도록 말하고 형무소로 급히 되돌아왔다.

이때 청주형무소에 수용 중인 수형자 중 잔형기가 짧은 자는 가석방 또는 잔형 집행정지 처분으로 석방하고 장기수는 대전형무소로 이송하여 형무소는 텅 비어 있었다.

인민군은 충주와 진천 등지에까지 진격해 오고 있었다. 이때부터 형무소 간부들이 보이지 않았고 직원들도 그 모습을 보이지 않고 사라져 없어지고 있었다. 이때 최재홍, 김학래, 한기락 등과 나만 남아 있다가 급박하여 가는 위기감을 느끼고 네 사람이 한 조가 되어 남일면 쌍수리 김학래 집으로 피신했다.

진천 방면에서는 대포 소리가 요란히 들려왔다. 쌍수리에서는 무장을 한 국군 복장의 병사들이 오가는 것을 보고 이들이 국군 이탈자나 또는 낙오병으로 알았으나 실지로는 국군복장으로 변장한 인민군 척후병이었다. 우리는 적의 작전지역 내에서 벗어나고자 쌍수리에서 밤길을 걸어 가덕으로 가서 밤을 지내고 다음날 새벽 피반령을 넘어 회인으로 향했다. 지름길을 따라 산을 오르고 내려오느라 부상자도 생겼다.

우리는 배고픔도 피로도 생각할 겨를이 없었다. 해가 지면 동네에 들어가서 휴대식량으로 밥을 지어 소금밥을 먹었다. 우리가 가는 곳에는 어디서나 피란민들이 법석이고 있었다. 청주를 떠나 피란행렬에 휩싸여 일정한 목적지도 없이 무작정 남쪽을 향하여 걸어온 지 3일 만에 금산에 도착하였다. 발바닥이 아프고 발등이 붓고 속옷이 땀에 젖어서 견디기 어려웠으나 이를 해결할 방법이 없었다. 우리는 어느 날에는 한 끼, 때로는 두 끼의 소금밥을 먹으며 지냈다.

금산읍에 와서 정보를 들어보니 중앙정부가 대구에 가서 있다고 하였다. 우리는 어떻게 해서라도 정부가 머물러 있는 곳으로 가야 했다. 다음날 우리는 대구 방면으로 방향을 바꾸었다. 대구로 가기 위해서는 경부선 철도역이 있는 영동으로 가서 기차 편을 이용하거나 여의치 못하면 도보로 남하할 수밖에 없었다. 이때 우리들은 남하 도중에 어떠한 일을 당할는지 두려워서 복장을 평민복으로 바꾸어 입고 신분증을 신발 속에 감추어 넣고 있었다.

영동으로 가는 길에서 해가 저물고 우리는 어느 면 소재지 초등학교 교실에서 여러 피란민 무리에 섞여서 잠을 자게 되었는데 밤중에 수백 명이 자고 있는 교실에서 큰 소동이 일어났다. 누군가 잠자리에서 '억' 하고 소리지르며 밖으로 뛰어나가자 옆에 자던 피란민들이 연달아 뛰어나가고 전체 피란민들이 무슨 큰 일이 난 것으로 알고 다투어 뛰어나가는 바람에 부상자가 많이 발생하였다. 어느 얼띤 피란민 한 사람의 잠꼬대이거나 몽유병과 같은 행동으로 극도로 긴장하고 있는 여러 피란민들이 무슨 큰 일이 있는 것 같은 긴박한 위기감에서 웃지 못할 소동을 벌였던 것이다.

다음날 우리 일행은 영동역에 도착하여 공교롭게도 때맞추어 대구로 향하는 임시열차에 오를 수 있었다. 우리들은 김천역에서 군의 수송통제에 걸려서 더 이상 가지 못하고 내려야 했다. 우리는 기차에서 내려 즉시로 김천형무소를 찾아갔다. 이곳 김천형무소에서도 대피준비 중에 있어서 어수선하였고 후퇴중인 대피 직원들이 많이 머물고 있었다. 우리는 김천형무소의 이러한 형편 때문에 더 머물러 있을 수가 없었다.

다음날 도보로 김천을 떠났다. 도중에 과수원 등에 들어가서 주인으로부터 몇 알의 사과 등을 얻어먹고 끼니를 때우기도 하며 2일 만에 아포라는 역에 도착하여 보니 임시열차가 떠나려 하고 있었다. 우리는 운이 좋아서 무조건 기차에 올랐다. 우리가 타게 된 곳간차에는 남녀를 가리지 않고 사양과 염치도 모른 채 콩나물시루처럼 빈틈없이 밀착되어 타고 갈 수밖에 없었다. 발을 들면 다시 발을 디딜 수 없도록 복잡하였다. 우리는 약목역(若木驛)에서 또 한 번 군의 수송통제로 하차하게 되었다.

이곳 약목에 머무는 동안에 인심은 대단히 각박하였다. 도처에 피란민 천지를 이루고 있으니 그럴 수밖에 없었을 것이다. 우리는 약목역 화물 곳간(庫間)에서 휴대식량으로 밥을 지어 먹으며 대구행 기차편을 엿보고 있는 것이 일과이었다. 4~5일이 지나서 대구행 화물열차를 얻어 탔다. 대구역에 도착하여서는 즉시 대구형무소로 찾아갔다. 대구형무소에서는 피란 직원들을 변두리에 위치한 연와공장(煉瓦工場)에 임시로 머물게 하고 있었다.

연와공장에는 피란 직원과 그 가족들이 초만원을 이루고 있었고 우리보다 먼저 와 있는 청주형무소 직원들이 반가이 맞아주었다. 우리 일행은 연와를 굽는 요장(窯場 ; 벽돌 굽는 가마) 굴 속에 자리를 잡았다. 비록 요장 굴 속이지만 안방보다 편안하였다. 이때 중앙정부는 대구의 경상북도 도청에 머물고 있었다.

다음날 우리들은 중앙정부 법무부에 찾아갔다. 정부에서는 대피 공무원들에게 대피 보조금으로 천원씩을 지급하여 주었다. 이때에 천원이면 우리에게는 큰돈이었다. 우리는 천으로 전대를 만들어 돈을 그 전대 속에 넣고 허리에 매고 다녔다. 우리는 이 보조금으로 식량을 구입하여 자취하기도 하고 때로는 시내에 나가서 외식도 하였다. 그러나 절제하지 않고 헤프게 돈을 쓰는 사람들은 얼마 가지 않아서 바닥이 보이고 있었다.

이때 대구 시내에서는 젊은 청년들을 강제로 모병하고 있었고 형무관들도 강제 모병에 걸려 군에 입대했다. 나는 대구에서 대피하는 생활 속에서도 갖가지 소문을 들어가며 적진에 머물고 있는 가족들의 생활이 얼마나 고통스러운가를 생각하며 고민하는 때가 많았다.

들기로는 경찰관이나 형무관 가족들은 전부 끌려갔다는 풍설이 있었기 때문이다. 나 한 사람 때문이었다. 나 한 사람 때문에 무고한 가족들이 변을 당하고 있다고 생각되었다. 나만 살겠다고 피란하여 편안히 지내고 지금 가족들은 어떠한 처지에 있는지 혹시 희생되지나 않았는지 불안하였다.

이때 나는 가족들을 위하여 이대로 있을 수가 없다고 생각되어 총대라도 메고 있어야 한다는 것을 느꼈다. 나의 작은 힘을 보태어 전선에 참여하여 나라를 구하고 겨레와 가족을 지키는 것이 난시에 처한 국민의 의무이고 도리임을 생각하여 보았다. 만약 나 때문에 가족들이 희생되었다면 나 홀로 이 세상을 살아간다는 것이 무슨 의미가 있고 무슨 행복이 되겠는가 하는 마음에서 전투경찰에 참여할 것을 결심하였다.

며칠 후 청주형무소 출신들 4~5명이 대구경찰서 전투경찰에 자진 편입하여 경찰학교에서 2주간의 훈련을 마치고 대구 시내 요소에 배치되어 검문검색 근무에 임하고 있었다. 이때 적의 오열(五列)이 대구 시내에 준동하고 있었기 때문이다. 우리는 다시 1주일 후에 달성군 화원의 낙동강 경비에 동원되었다. 화원지방을 흐르는 낙동강 건너편에는 적군이 점거하고 낙동강을 도강하여 대구시의 일부를 점령하여 총공격전을 벌이고 있었고, 낙동강 이쪽 편에는 유엔군이 대치하고 있었다.

우리는 유엔군을 도와 낙동강 연안을 지키는 일이었다. 주간에는 조용하지만 야간이 되면 피아간에 포격이 요란하였다. 유엔군을 돕는 우리에게도 미군의 휴대식량인 레이숀 상자가 배급되었다. 주간에는 전우들이 한 자리에 모여 식사도 하고 잡담도 하고 취침도 하는 한가한 시간을 보낼 수 있었으나, 저녁이 되면 낙동강 연안에 일정한 간격으로 구축해 놓은 참호에 2~3명씩 배치되어 잠복 경계에 들어갔다.

칠흑 같은 밤의 잠복경계는 위험을 느끼게 했다. 어느 때 어떻게 적이 덮칠 줄 모르는 위험이 따랐다. 조용하다가도 급격히 대포 또는 기관총이 불을 뿜는 경우가 계속되기도 하였다. 이때 포탄이 머리 위에서 낙하하는 소리가 가깝게 느껴지면 머리 위에 떨어지는 것 같아서 많이 놀랐다. 번번이 강물을 건너오는 철벅거리는 소리가 들려오면 머리가 쭈뼛하며 공포를 느끼고 총사격을 가하였다. 공포의 밤이 지나고 해가 뜨면 평온을 되찾았다. 주간에는 유엔군들이 낙동강 건너편 적진의 부락과 시설물들을 향하여 포사격을 퍼부어 불바다를 만들어 놓았다.

민간인들이 완전히 소개되어 주민을 잃은 돼지 또는 소떼들이 우리 안에서 뛰어나와 무리를 이루고 우거져 있는 콩밭 등을 훑고 다니고 있었다. 참외 밭에는 과숙한 참외와 수박들이 달콤한 향기를 내뿜고 있었으나 거들떠보는 사람이 있을 수 없었다. 우리 전우들은 간혹 이것들을 발길로 차서 한 조각을 맛보기도 하였다.

우리가 지키는 낙동강 연안 뒤편으로는 유엔군들이 기관포 또는 박격포 등을 걸어놓고 대비하고 있었다. 이때에는 대구 시내까지 적의 박격포탄이 날아오고 있을 때이며 대구 시민들도 부산 등지로 피란하는 사람이 많고 중앙정부도 부산으로 후퇴하여 대구시가 언제 어떻게 될는지 모르는 형세이었다.

화원에 배치된 지 약 2주 후에 우리는 철수되고 옥포, 논공 등지로 투입되기 위하여 트럭에 올랐다. 옥포, 논공에서 적의 침공으로 희생이 많았기 때문이었다. 그러나 우리의 작은 경찰병력이 적진에 들어간다는 것은 역부족이었는지 방향을 바꾸어 대구로 철수하게 되었다. 우리 경찰병력은 30여 명에 불과하였다. 우리는 대구경찰서로 철수되어 잠시 대기 근무에 들어갔다. 대기 중 각 개인의 무기(소총)는 무기고에 보관하고 있었다.

이때 대구형무소에 임시 연락소를 두고 있던 각 대피 형무소에서는 소속 직원들의 인원점검을 실시하고 타직으로 무단전출하고 있는 자는 속히 복귀하라는 고시가 있었다. 이 때문에 전투경찰에 참여하고 있는 우리들은 본직으로 다시 복귀하였다.

우리는 정부가 머물러 있는 부산으로 가기 위하여 대구역에서 곳간차(화물차)를 타고 부산으로 갔다. 부산형무소 연무장에 수용되어 있는 대피 직원들이 우리를 반겨주었다. 이곳에서 다시 대피생활이 10여 일간 계속되었다. 추석 명절도 이곳에서 쓸쓸히 보내게 되었다. 우리는 매일 전황이 호전되기만을 기다리면서 착잡한 마음으로 초조한 시일을 보냈다.

어느 날 뉴스에서 아군이 낙동강 적진을 깨뜨리고 북진하고 있다는 소식이 전해졌다. 연무장 안의 대피 직원들은 크게 환호하며 기쁜 마음으로 뉴스시간마다 라디오에 귀를 기울이고 있었다. 또한 유엔군이 인천에 상륙하였다는 소식도 들려왔다. 얼마 후에 서울이 회복되고 서울 이남에 한하여 피란민들의 복귀가 가능하게 되었다. 서울 이남에 위치한 각 형무소 직원들은 복귀할 준비에 분주하였다. 이때 우리의 복장은 미군 작업복을 착용하고 군화를 신고, 전투모에 무궁화 모표를 달고 있었으며 계급장은 검정색 바탕에 무궁화로 표시된 것을 왼쪽 가슴에 달고 있었다.

우리 청주형무소 직원은 트럭 편으로 수복길에 올랐다. 신동과 왜관을 지나 낙동강을 건너서는 적군이 버리고 간 대포, 기관총, 군 트럭 등이 여기저기 수도 없이 흩어져 있었고 감색 인민군 복장에 머리를 삭발한 인민군의 시체가 널려 있는 것을 목격할 수 있었다. 국도변 나무 숲 사이에는 반질반질한 협로가 조성되어 있었다. 이 길은 적군들이 아군의 공습을 피하여 숨어 다니던 길이라고 생각되었다.

국도변 야산에는 군데군데 적군의 참호가 눈에 띄었고 민가와 교량 등이 폭격을 받아 파괴되어 있었다. 우리는 중간지점 어느 마을 민가에서 밤을 보내게 되었다. 이날 밤은 공포의 밤이었다. 적의 패잔병이 언제 어디서 출몰할는지 모르기 때문이다. 우리는 소총을 메고 교대로 보초를 서며 이날 밤을 자고 다음날 새벽에 출발하여 그리던 청주에 도착했다.

청주형무소 건물은 적연와 건물인 미결사와 5공장 취사장만 남아 있고 모두 잿더미가 되어 있었다. 그러나 외벽은 제 모습을 유지하고 있었다. 형무소 구내에는 인민군 포로가 가득히 수용되었고 유엔군에 의하여 감시되고 있었다. 우리 일행은 폐허가 된 형무소를 밖에서 한 번 훑어보고 다음날 집결할 것을 약속하고 흩어졌다.

나는 3킬로미터가 되는 내덕동에 있는 나의 집이 궁금하여 곧장 집으로 달려갔다. 이때에 처가 앞마당에 아기를 업고 서 있었다. 처를 만난 나는 어떻게 반가움을 표현할 수 없었다. 나의 처도 역시 나를 만난 반가움을 감추지 못하고 우리 부부는 감격의 눈물을 흘렸다. 나의 처는 등에 업고 있던 아기를 내 앞에 보이며 "아빠가 왔다"며 어쩔 줄 몰라 했다. 이때는 남녀 간의 감정표현을 행동으로 하지 않고 마음과 태도로 표현하고 있었으며 자중하는 것이 예의이고 도덕이었다.

나는 난시를 당하여 형무관이라는 직업 때문에 가족을 적지에 남겨두고 홀로 대피하여 가족들의 생사조차 모르던 고통에 있다가 무사한 처를 만나는 순간의 기쁜 감정을 어떻다고 표현하기 어려웠다. 전쟁 때문에 집을 비우고 피신하였기 때문에 우리 집 살림살이는 많이 없어지고 말이 아니었다. 이때 남하하여 피신하였던 사람들은 인민군이 점령하고 있는 동안 피신하지 못한 자기 가족들에게 박해를 가했거나 재산의 손실을 끼친 가해자들을 불안하게 하기도 하였으나 나는 그런 문제에 대하여 초연하였다.

가만히 살펴보면 온 마을은 침통한 분위기로 싸여 있었다. 보도연맹으로 희생된 집, 의용군으로 입대한 집, 국군으로 입대하여 전사한 집, 좌익에 가담하여 행방을 알 수 없는 집, …… . 형제처럼 터 놓고 지내던 마을 사람들이 서로 서로 응어리진 속을 풀지 못하고 있는 분위기를 자아내기도 하였다. 우리집에서는 나의 동생 교설이가 실종된 것이 큰 사건이었다. 커다란 비극이었다. 교설이는 일 잘 하고, 꿩 잘 잡고, 씨름 잘 하고, 책 잘 읽고, 피리 잘 불고, 못하는 것이 없었다. 일본어도 독학으로 공부하여 상당한 수준에 있었다.

우리 부부는 다시 어려운 살림을 시작하였다. 얼마 후 형무소 시설을 유엔군으로부터 되돌려 받고 출근도 하게 되었다. 직원들은 잿더미가 된 교도소에 매일 출근하여 청소하고 정리하고 정돈하였다. 미결수도 하나둘 수용하기 시작하고 우리들의 근무도 평상시로 되돌아갔다.

그러나 나에게는 예상하지 못했던 큰 일이 닥쳐 왔다. 사범학교에 다니는 동생 교헌이가 우연히 폭발물 사고 현장에 접근하다가 크게 부상을 당한 것이다. 폭발물을 가지고 놀던 세 아이들은 그 자리에서 즉사했다고 들었다. 동생은 청주도립병원에 입원했다. 처는 어린 것 때문에 간병이 곤란하고 동생의 간병을 누군가 하지 않을 수 없어서 나는 형무소에 결근계를 제출하고 동생 간병에 들어갔다. 후에 어머님이 청주에 나와 계셨으나 동생의 간호를 송두리째 맡을 수는 없었다.

어머님은 집에서 기거하시면서 아침저녁으로 우리들의 식사를 날라다

주셨다. 이 때문에 처는 매일 산으로 가서 땔감을 베어다 이고 와서 말리며 때야 했고 출생한 지 한 달도 되지 않은 어린 순희는 한 나절씩 혼자 울다가 지쳐서 잠이 들기도 하였다고 들었다. 또한 형무소에서는 직원들의 부족으로 나의 출근을 재촉하여 왔다. 동생은 한 달 이상의 입원치료 끝에 퇴원할 수 있었으나 다리가 아파서 한 달 이상이나 지팡이를 짚어야만 했다.

이때 나에게 딸린 식구는 동생을 합하여 5명이었다. 나는 무능한 가장이었는지 열심히 하여도 가족들의 고생을 덜어주지 못하고 궁색을 면치 못함이 속으로 부끄러웠다. 때문에 비번 날에는 체면과 자존심은 아랑곳없이 지개를 지고 나무를 했다.

서울이 수복된 후, 사회의 모든 질서도 안정되어 가고 아군은 계속하여 북진하여 평양을 거쳐 압록강 국경에 이르고 조국통일이 눈앞에 다가오는 듯하였다. 그러나 뜻밖에도 중공군이 한국전에 가담하여 아군들은 국경선으로부터 퇴각하게 되었다.

비극은 그치지 않고 이어지고 있었다.

3-6

1 · 4 후퇴

우리의 생활은 6 · 25 사변에 의한 여름 피란으로부터 복귀하여 안정을 찾기도 전에 중공군의 남침으로 또 다시 어려움을 겪어야만 했다. 중공군이 한국전에 가담하여 국경선까지 진출한 아군에게 반격을 시작하고 아군은 중공군에게 밀려서 서울까지 포기하고 남으로 퇴각하고 있었다.

이때에도 사변 초기와 같이 피란민들이 길을 메웠으며 청주형무소에서는 수용자들을 대전형무소로 이송하게 되어서 수용자의 대부분을 대전형무소로 이송하고 마지막 호송만을 남겨놓고 있었다. 이때 우리 가족들이 나를 따라 후퇴하겠다고 나섰다. 나는 이러지도 저러지도 못하고 고심한 끝에 식구들을 대동하고 후퇴하기로 결심하였다. 나에게 딸린 식구들은 내가 책임지며 죽어도 살아도 같이 한다는 가장으로서의 책임 때문이었다. ─가족들을 적진에 남겨두고 나만이 살겠다고 하기는 더욱 괴로웠기 때문이다.─ 다만 큰 놈은 아직 어려서 같이 행동할 수 없어서 처가에 피신시키고 태어난 지 몇 달 되지 않은 어린 딸 순희는 업고 갈 수 있어서 대동하기로 하였다.

다음날 청주형무소에서는 마지막 철수가 시작되었다. 잔류 수형자 약 100여 명을 도보로 대전형무소까지 이송하는 것이었다. 나에게 딸린 가족들은 우리 내외와 동생인 교헌, 인천에서 피란 온 사촌동생 교철, 처남, 처제, 어린 딸 순희까지 7명에 이르는 대가족이었다.

우리 형무소 직원들은 수형자를 포승하여 두 줄로 세워서 대전으로 출발하였다. 가족들은 침구 등 피란 보따리를 이고 지고 그 옆을 따랐다. 아침 9시에 출발한 우리들의 호송은 남일, 현도, 신탄진, 회덕을 진종일 걸어서 저녁 늦게 대전형무소에 도착할 수 있었다. 이송한 수형자는 대전형무소에 인계하고 우리 직원들은 그 가족을 위하여 임시로 머물 곳을 찾아 나섰다. 나는 형무소 뒤편 어느 촌락에 방 한 칸을 구하여 가족들을 머물게 했다. 가족들이 머물고 있는 동안 나는 매일 대전형무소에 나가서 어느 때 부산형무소로 수용자의 이송이 실시되는가를 알아보며 기다렸다. 이송하는 기차 편을 이용하여 가족과 함께 부산으로 가기 위해서였다.

대전에 머문 지 약 3일 후에 대전형무소에서 부산형무소로 수형자를 이송하게 되었다. 청주형무소 직원들은 호송 근무를 겸하여 가족들과 함께 호송차량(곳간차)에 타게 되었다. 기다랗게 연결된 곳간차마다 호송직원과 수형자 또는 가족들이 콩나물시루같이 초만원을 이루었다. 기차가 대전역을 출발하여 달렸다. 한겨울 차가운 날씨이지만 땀이 나도록 숨이 막혔다. 기차는 달려서 김천역에 도착하였다. 이때 가족들이 용변 때문에 곳간차에서 내렸다가 미군 MP(헌병)에 의하여 역 대기실로 연행되어 갔다. 나의 처도 대기실에 연행되어 있었다.

조금 후에 기차는 떠날 것인데 처 때문에 김천역에 남아 있어야 할 것인지 처를 버려두고 떠나야 할 것인지 엇갈리는 순간이었다. 또한 나는 호송 근무자이며 근무를 이탈할 수도 없거니와 처 외에 나에게 딸린 식구들이 곳간차에서 기다리고 있었기 때문에 이러지도 저러지도 못하고 방황하다가 MP에게 사정하여 보았다. 그러나 MP가 우리의 말을 알아듣지도 못할 뿐 아니라 우리가 타고 가는 기차는 수용자 호송을 위한 임시로 운행되는 특별 열차이며 형무관의 가족이라 하더라도 일반인은 승차할 수 없는 것이 원칙이었다.

때마침 MP가 자리를 떠났다. 그 순간 우리는 가족을 재빨리 끌고 나와서 여수형자가 타고 있는 곳간차로 올라가서 여수형자 뒤꽁무니에 앉게 하고 포승으로 묶어 놓았다. 만약에 MP가 오더라도 여수형자로 가장하기 위한 것이었다. 이 때문에 나의 처를 비롯하여 여러 가족들이 죄수 아닌 죄수가 되어 있었다.

기차는 김천역을 출발하여 달렸다. 곳간차 안은 사람이 너무 많아서 숨이 몹시 답답하고 땀이 났다. 그야말로 미칠 지경이었다. 이 때문에 쇠약한 자들의 희생이 생기기 시작하였다. 기차가 부산역에 도착하였을 때에는 이미 어두움이 깔려 있었다. 이때 우리들은 부산역에서 형무소까지 도보로 수형자를 호송할 수밖에 없었다. 대로변 밤거리에 수형자들과 호송 형무관과 그 가족들이 줄줄이 길게 행렬을 지어 몇 시간 만에 부산형무소에 도착하였다. 수형자를 부산형무소에 인계한 우리들은 가족들과 형무소 주위에서 머물 곳을 찾아 나섰다.

형무소 청사 앞 주위에는 각 형무소에서 우리보다 앞서 내려온 직원들과 그 가족들이 빈틈없이 점거하고 있었기 때문에 나는 가족들과 함께 외벽 근처의 돼지막 옆 노천에다 자리를 잡았다. 가지고 온 이불을 맨 땅 위에 깔고 덮고 겨울밤을 지냈다. 우리가 자리잡은 근방에는 곳간차에서 질식하여 희생된 시체가 있었다.

노숙생활은 3일간 계속되었다. 그러나 부산에서는 도저히 우리가 임시로 머무를 곳을 마련할 수가 없었다. 우리는 잠시라도 머물러 있기에 용이한 곳을 찾아가기 위하여 부산을 떠나야만 했다. 이때 전황은 호전되어 서울이 회복되었다는 뉴스가 있었다.

우리들은 부산역에서 무개 화물차를 타게 되었다. 겨울 날씨는 매우 차가웠다. 이불을 꺼내어 덮었다. 나는 이때 가족들이 불쌍히 보였다. 나를 믿고 의지하고 구세주처럼 여기며 적진에서의 두려움과 생명의 위협에서 벗어나려고 따라온 가족들이 아닌가. 그러나 나는 무력하였다. 가족들이 생각하는 것처럼 특별한 힘이 있는 자가 아니라 평범한 범부의 한 사람에 지나지 않았다. 대전에서 떠나온 후로는 끼니를 어떻게 넘겼는지 혹시 굶어 지냈는지 기억조차 없었다. 그동안에는 나 자신도 피로와 긴장과 초조의 연속으로 제 정신을 찾을 수 없었기 때문이다.

나는 달리는 무개 화물차에서 가족들의 얼굴을 하나하나 눈여겨 훑어보았다. 춥고 배고프고 떨고 있는 가족들에게 뜨끈뜨끈한 음식을 배불리 먹여주면 얼마나 좋을까. 부산에서 3일 밤이나 노숙으로 고생하다가 살 곳을 찾아가는 무개 화물차에서 가족들이 움츠리고 떨고 있는 것을 보고는 측은한 마음과 무력감이 교차하고 있었다. 우리는 만약을 위하여 삼랑진역에서 하차하였다. 너무 북상하였다가 어떠한 경우 다시 남하할 수밖에 없는 경우를 생각해서였다.

삼랑진역에서는 남부여대한 피란민 행렬이 역을 빠져 나갔다. 우리 가족들도 이 행렬에 끼어 나갔다. 우리는 시내 변두리로 임시 머물 곳을 찾아 나섰다. 천신만고 끝에 폐방하고 있는 방 한 칸을 구했다. 비상식량으로 밥을 지어 먹었다. 우리의 피란생활은 일종의 걸인 생활 같은 것이었다. 출생한 지 얼마 되지 않은 어린 순희는 그 추운 날씨에 아내와 처제의 등에 번갈아 가며 업히어 다녔고 기저귀도 다음 머물 곳에 가서야 갈아 끼워 주었다.

삼랑진에서 듣기에는 전황이 계속 호전되어 많은 피란민이 북상하고 있다고 하였다. 우리는 삼랑진에서 그동안 쌓인 피로와 고통으로 2일간을 쉬고 다시 도보로 밀양까지 걸었다. 삼랑진은 김천과 같이 철도가 3개 방면으로 갈라지는 곳이고 일반 피란민들에 대한 단속이 심하였기 때문이다.

밀양에서 며칠을 머물며 대구행 기차 편을 엿보았다. 우리는 언제라도 기차에 오를 수 있도록 역 근처에 머물며 대기상태로 있었다. 피란민들이 여기 저기 양지쪽 벽 밑에 모여서 기다렸다. 양지쪽에 모여 있는 피란민 무리들은 세수도 제대로 못하고 엉클어진 머리에 의복도 남루하여 누가 보아도 거지와 다름없는 모습이었다.

요행히 며칠만에 대구방면으로 가는 화물차를 타게 되었다. 우리가 오른 기차는 무개 화물차인데 석탄이 실려 있었다. 무개차이고 석탄차이고 가릴 것 없이 기차를 타는 것만으로도 다행이고 만족하여야 했다. 너나 할 것 없이 삶이 아닌 아비규환의 지경에서 벗어나지 못하는 고통이었다. 기차는 한동안 달려서 대구역을 한 정거장 앞에 둔 고모역에 도착하더니 더 이상 가지 않고 멈췄다.

우리는 고모역에서 하차할 수밖에 없었다. 기차에서 내려서 도보로 대구에 도착하여 형무소를 찾아갔다. 이때 대구형무소에서는 피란 직원들에 대한 아무런 대책도 없었다. 우리는 역시 식구들이 머물 곳을 구하는 것이 급선무이었다. 이때부터 피란 직원들은 친소에 따라 짝을 지어 머물 곳을 찾아 나서게 되었고, 나는 같은 내덕동에 거주하는 최옥석 씨와 동행하게 되었다. 이때 최옥석 씨는 부인만을 같이한 두 식구이고 나는 일곱 식구의 대가족이었다. 우리는 변두리에서 또 변두리로 임시 머물 곳을 찾아 헤맨 끝에 형무소에서 약 십리가 떨어진 황청동이라는 곳에서 임자 없는 토담집 작은 폐가를 발견하고 이곳에 짐을 풀었다.

우리는 주위 야산 등지에서 나무 부스러기 등 땔감을 구하여 군불을 때고 저녁 식사를 지어 먹었다. 비록 다 쓰러져가는 토담집 폐가이고 방바닥은 명석으로 깔린 굴왕신 같은 컴컴한 방이었지만 피란길에 들어서는 처음 맛보는 아늑함과 따스함을 맛보았다. 이때 우리 일곱 식구는 아랫목에, 최 씨 내외는 윗목에 잠자리를 잡고 잤는데 대단히 비좁았다.

이때 나에게는 큰 환란이 다가왔다. 다음날부터 처가 열병으로 앓아누웠기 때문이다. 열이 불등그럭같이 뜨겁게 달아올랐다. 고립무원한 피란길에서 처의 병 때문에 앞이 캄캄하고 하늘이 눌러 내리는 것 같았다. 가족들이 건강하여도 피란길의 고통이 말이 아닌데 설상가상으로 처의 질병으로 인하여 이제는 오도 가도 못하는 비참한 지경에 이른 것이다.

인근에는 약국이나 병원이 없는 변두리이었다. 나는 동네사람을 찾아다니며 수소문 끝에 인근에 있는 돌팔이 의사를 찾았다. 처의 병을 치료하기 위하여 그에게 찾아가서 처의 병세를 말하고 치료를 부탁하였다. 그 돌팔이 의사는 나를 따라와서 처의 병세를 살핀 후에 주사를 놓아주었다. 그러나 처의 병세는 더하여 갔다. 돌팔이 의사는 매일 찾아와서 주사를 놓아주고 갔다.

이때 대구형무소에서는 피란 직원 연락소가 설치되고 보리쌀 한 말씩을 보조해 주고 있었다. 우리는 이 보조받은 보리쌀이 큰 도움이 되었다. 처는 돌팔이 의사의 주사에 효력이 있었는지 앓아누운 지 5일 만에 열이 식어갔다. 나는 그간에 병으로 인하여 쇠약하여진 처를 위하여 쌀을 몇 됫박 구입하여 흰죽을 끓여서 먹게 했다. 어린 순희는 어미의 젖이 말라서 먹지 못하고 울기만 하는데 미음을 만들어서 먹였다.

이때만 하여도 열 네댓 살 밖에 되지 않는 철부지 동생들과 처남 처제는 이러한 고난 중에 배고픔의 고통이 말이 아니었을 것이다. 특히 교헌이는 폭발물에 의한 부상이 아문지 얼마 되지 않는 처지에서 더욱 고생이 심하였을 것이다. 한편 이러한 고통 중에서 동생들이나 처남이 가두모병에 끌려가지 않을까 두려워서 함부로 바깥출입을 하지 않도록 주의를 하게 되었다.

그럼에도 불구하고 하루는 동생이 마을의 공동우물로 세수하러 나갔다가 가두모병에 끌려가서 하루종일 있다가 해질녘에 돌아왔다. 폭발물 사고로 다친 상처의 덕으로 귀가 조치가 내려졌다고 한다.

우리에게는 다시 서운한 작별이 왔다. 최옥석 씨의 내외가 떠나간다는 것이었다. 그들은 먼저 고향으로 떠날 터이니 순희 어머니가 회복하는 대로 뒤에 천천히 오라는 것이었다. 이때 나는 대단히 허탈하였다. 고생은 되어도 서로가 큰 의지가 되었기 때문이다. 이때 들려오는 소식으로는 이종운 부장의 처남 되는 분이 우리와 같은 피란길에서 열병으로 사망하였고, 여러 사람들이 열병에 걸려서 누워 앓고 있다는 것이었다.

최 씨가 떠난 후 옆으로 포개다시피 비좁게 자던 우리 식구들의 잠자리는 좀더 나아졌지만 허전하기 이를 데 없었다. 이때 전황은, 경기도 평택까지 후퇴하였던 아군이 다시 북진하여 38선에서 적과 대치하는 국면이었기 때문에 서울 이남의 피란민들은 서둘러 복귀하고 있었으나 우리는 처가 회복되어 보행이 가능하여질 때까지는 떠날 수가 없었다. 우리가 머물고 있는 황청동에서 멀지 않은 동촌비행장에서는 전투기가 쉬지 않고 떠오르고 내리는 굉음 때문에 정신이 어지러울 정도로 심한 괴로움을 느꼈다.

처의 열병은 차차 회복되어 가고 나는 그 동안의 소식이 궁금하여 대구형무소 피란 직원 연락 사무실을 찾아갔다. 나는 연락 사무소 관계 직원에게 그간에 있었던 처의 질병으로 인한 고통을 털어 놓았다. 관계 직원은 나의 실정을 위로하고 압맥(押麥 ; 누른 보리쌀) 대두 한 말을 보조해 주었다. 또한 가능하면 빠른 시일 내에 복귀하여 고생을 덜도록 하라는 격려도 하여 주었다. 이때 보리쌀 한 말을 가지고 나서는 나의 기분은 하늘에 오르는 기분이었다. 이날 저녁은 보리밥을 넉넉히 지어 식구들의 굶주린 배를 채웠다.

나는 청주에서 떠날 때에 나의 수중에는 몇 푼의 비상금을 가지고 있을 뿐이었으나 여름 피란 때처럼 정부의 피란 공무원에 대한 보조금에 기대를 걸고 많은 가족을 이끌고 나오면서도 앞 일이 걱정되지 않았었다. 그러나 정부의 지원금이 없고 1·4 후퇴시의 비상금은 처의 질병으로 바닥이 나고 있었다. 대구 황청동에서 처의 질병 때문에 걱정하며 굶주림 속에서, 최 씨마저 떠난 후의 허탈감과 고적한 나날들이 2주간쯤 지났다. 다행히 처의 병세는 더욱 호전되어 갔다.

나는 이때 청주로 복귀하기를 서두르고 가족들은 나의 결심에 따라주었다. 쇠약하여진 처가 이것을 이겨낼지가 문제이었지만 처는 나의 의견에 따라 지체할 것 없이 떠나자고 하였다.

황천(黃泉)은 저승인데 우리가 황천과 발음이 비슷한 황청동(黃青洞)에 머문 것은 기이한 일이다. 황청동에서 빠져 나가는 것은 다시 살아나는 길인지도 모를 일이다. 어린 순희는 이모의 등에 업히어 가고 나와 동생과 처남은 각기 피란 짐을 등에 지고 나섰다. 처는 빈 몸으로 가면서도 매우 힘들어했고 몇 발자국 걸어가면 한숨을 지으며 쉬었다 가곤 하였다.

우리 일행은 처의 행보에 맞추어 처가 멈추면 멈추고 걸으면 다시 걸어갔다. 우리는 첫날 대구 시가지를 벗어나는 데도 힘에 겨웠다. 저녁 해가 질 무렵까지 십리 길을 걸어서 지천까지 갔다. 어린 순희는 이모의 등에 업혀서 진종일 울었다. 그럴 수밖에 없었다. 엄마는 그 동안의 병으로 젖이 말라서 한 방울의 젖도 먹지 못하고 진종일 등에 업히어 왔으니 어린 것이 얼마나 배가 고프면 그토록 울었겠는가.

우리는 지천에서 어렵게 머물러 갈 방 한 칸을 구했다. 짐을 풀자마자 우선 미음을 끓여서 어린 순희에게 먹이고 밥을 지어 먹었다. 찬도 없는 보리밥이 고작이지만 누구도 불만이 없었다. 잠자리에 들기 전에 피란민들에 대한 경찰의 가택 검문이 있었다. 이때 처남과 처제의 신분을 확인한다며 동행을 요구하였다. 나는 경찰에게 사정하여 나를 따라 피란 온 처남이고 처제임을 말하여 선처를 간청하였다.

그러나 경찰은 신분을 확인하고 즉시 돌려보낸다면서 따라 나서려는 나를 만류하였다. 잠시 후에 처남과 처제는 아무 일 없이 돌아왔다. 이때 나에게는 공무원증이 신분을 증명할 수 있고 두 동생들은 나의 성과 돌림자가 같음을 인정받을 수 있었으나, 성이 다른 처남과 처제에게는 좀더 확실한 신분파악이 필요하였던 모양이다. 이때 피란민 무리에 끼어 다니는 오열과 첩자 등, 불온 세력이 있었기 때문으로 알았다.

우리는 지천에서 밤을 자고 또 다시 국도와 지름길을 따라 걸었다. 이날도 얼마 되지 않는 십여 리를 힘겹게 걸어서 신동에 도착하여 밤을 잤다. 순희는 이모 등에 업히어 울면서 왔다. 말도 못하는 갓난 순희가 얼마나 배가 고파서 진종일 울고 왔을까. 순희가 울 때마다 나의 마음은 찢어지는 듯하였다. 짐을 내려놓자마자 서둘러 미음을 끓여서 순희에게 먹이고 나서 가족들도 밥을 지어 먹었다. 처는 병후의 피로가 심하여 지쳐 있고 동생들과 처남 그리고 처제에게도 기진함이 보였다. 우리가 이러한 느린 속도로 간다면 한 달 이상이 걸려야만 청주에 갈 것 같은 예측으로 마음이 침울하고 무거웠다.

다음날 아침 신동을 떠나서 또 걸었다. 오후 늦게 왜관에 도착하였다. 왜관에서는 낙동강 나루터에서 배를 타고 건너가야 했다. 그러나 가족들 때문에 낙동강을 건널 수 없었다. 일반 피란민의 도강이 허용되지 않았다. 배를 탈 때에 감시원의 감시가 너무나 철저하였다. 나는 머리를 굽혀 감시원에게 사정하였다. 감시원은 가족은 도강하지 못하니 나만이 건너갈 테면 건너가라며 가족들의 도강을 허락하지 않았다. 나는 이때 처음으로 소리를 내어 울면서 어린 식구들 앞에서 눈물을 보이고 말았다.

참으로 진퇴양난이었다. 이제는 여비도 탕진되고 식량도 없는데 왜관에서 더 이상 머물 수도 없고 도강은 불가능하며 더 이상 갈 수도 없기 때문이다. 이제는 진짜로 거지가 되어 남의 집 문전에서 구걸할 수밖에 없는 신세가 되었다. 나는 실의에 빠져서 나루터로부터 한 발자국도 오가지 못하고 큰 실의에 빠지게 되었다.

이때 주위에서 우리의 사정을 처음부터 지켜보고 있던 전경 한 사람이 있었다. 전경은 자기가 보기에도 우리 사정이 측은해 보였던 모양이다. 그 전경은 나에게 다가와서 자기가 타고 갈 기차가 곧 출발하게 될 것이니 그것을 이용하여 보라며 나에게 은밀히 귀띔하여 주었다. 나는 그 전경이 천사처럼 보이고 고마웠다.

나는 식구들을 이끌고 왜관역으로 갔다. 주위를 조심스럽게 살피면서 전경들이 타고 갈 곳간차에 식구들을 태웠다. 혹시 MP가 적발하고 차에서 끌어내리면 어찌 하나 하는 두려움 때문에 담요를 꺼내서 식구들 머리 위에 덮어 놓았다. 기차가 역에서 떠나기까지는 조마조마한 마음에 간이 녹는 것 같았다. 드디어 기차는 역에서 출발하였다. 나는 안도의 한숨을 쉬었다. 기차는 낙동강 철교를 지났다. 나의 마음은 한층 기뻤다. 건널 수 없는 낙동강을 건넜기 때문이다. 이제 어디에서 내려도 좋다는 기분이었다.

기차는 쉬지 않고 두 시간 가까이 달려서 김천역에 도착하였다. 나는 다시 식구들 머리 위에 담요를 덮었다. 그러나 기어이 MP에게 발각되고 MP는 '갓 뎀'이라고 욕을 하며 식구들을 끌어 내렸다. 나는 그래도 감사하였다. 겨우 낙동강을 건넜다 하더라도 이곳까지 우리가 걸어오는 속도로는 십여 일이 걸릴 것이기 때문이다.

나는 가족을 이끌고 김천형무소로 갔다. 김천형무소에서 관사의 빈 방 하나를 구하여 머물렀다. 우리가 머물게 된 관사의 빈 방은 그동안 폐방하여 두었던지 매우 차가웠다. 이곳에서도 역시 미음을 먼저 끓여서 어린 순희에게 먹이고 밥을 지어 먹었다. 이제는 식량도 두 끼만 지내면 없어질 정도로 여유가 없었다. 우리는 이날 밤 냉방에서 피로에 지쳐 떨며 지냈고 어린 순희는 밤새워 울고 보채었다.

다음날 아침 김천형무소장이 찾아와서 아기가 밤새도록 울어대었던 사연을 물어보고, 고생이 많다며 위로해 주었다. 우리는 길을 재촉하여 떠나야 했다. 나는 김천을 떠나기 전 여비와 식량의 원조를 받으려고 김천 소장에게 우리가 처한 딱한 사정을 이야기했다. 김천 소장은 나의 딱한 사정을 듣고 그동안 수없이 거쳐 간 피란 형무소 직원들을 약간씩 돕다 보니 여비를 보태줄 수 있는 여유가 없다며 어느 과장을 불러서 쌀 한 말을 원조하여 주도록 지시하였다.

나는 김천 소장이 베풀어 준 쌀 대두 한 말이 말할 수 없이 고맙고, 고향에 가기까지의 식량이 확보된 기쁨에서 더 이상 바랄 것이 없었다. 김천에서 떠난 우리 식구들은 상주와 영동의 갈림길 어느 철교 밑에서 미군에게 소지품 검색을 받았다. 나는 미군에게 "폴리스맨" 하고 영어의 단어를 내뱉었다. 미군은 나의 얼굴을 빤히 쳐다보더니 "노폴리스맨" 하며 째려 본 후에 상주로 통하는 길을 못가도록 막아서 우리는 영동 가는 길로 방향을 돌리었다.

정오가 지나서 영동군이라고 쓰인 군계의 표지판 말뚝을 보게 되었다. 대단히 반가웠다. 고향에 다가온 기분이었다. 우리는 때로는 철길을 따라 혹은 신작로와 소로의 지름길을 계속하여 걸었다. 이날은 김천을 떠나 추풍령에 당도할 수 있었다. 짐작으로는 약 20리를 걸어온 듯하였다. 우리가 추풍령에 머물고 있는 날이 음력 대보름날이었다. 우리에게 보름날은 외롭고 쓸쓸하고 고적하고 고통뿐이었다. 우리의 몸에서는 이가 기어다니는 가려움이 있었고 머리에까지 이가 기어다니는 험상궂은 거지와 같았다.

다시 날이 밝아와서 추풍령을 떠나 보은을 향하여 걸었다. 지름길을 찾아 보은으로 가다 보니 다시 경상북도 관내로 들어서게 되면서 아직도 고향이 멀리 있음을 느꼈다. 우리는 보은군과 상주군의 경계를 이루는 상주 땅 모서(牟西)에서 하루의 행보를 멈추고 시골 농가의 비워둔 방 한 칸을 얻어 쉬었다. 우리가 머무는 방에는 베틀이 놓여 있었고 불을 때지 않았던 폐방이었다. 이곳의 인심도 따뜻한 편은 아니었다. 도시와 농촌을 가릴 것 없이 피란민들이 통과하는 길목에서는 그럴 수밖에 없었을 것이다.

우리는 언제나 아침 9시 경에 길을 떠났고 오후 5시가 가까우면 길을 멈췄다. 다시 모서를 떠나 산길과 소로길을 걸어서 보은군 관기리에 도착하였다. 관기에서 우리가 머물게 된 집은 경찰가족이 살고 있는 집이었다. 다음 날 아침에 알아보니 내가 경찰관 시험에 응시할 때 함께 응시하여 합격하고 경찰관으로 복무하여 오던 동성동본 지창헌 씨의 처자가 머물고 있는 집이었다. 나는 피란길에서 처음으로 안면이라도 있는 지창헌 씨를 만난 것이 반가웠다. 그날 아침 관기에서 떠날 때 지창헌 씨는 보은으로 가는 길을 잘 알려주었고 격려의 인사를 나누어 주었다.

우리는 진종일 걸음을 재촉하여 걸었다. 발목이 아프고 발걸음은 무거웠다. 그러나 보은에 도착하면 보은경찰서에 근무하는 처의 고모부 되시는 김봉갑 씨를 만나게 되는 기대를 걸고 열심히 걸었다. 우리가 보은에 도착하였을 때는 벌써 해가 지고 있었다. 우리는 보은경찰서로 찾아가서 통신과장으로 근무하는 처의 고모부를 만났다. 고모부님은 우리를 반겨 주시고 저녁 식사(백반)를 사 주셨다. 잠자리도 주선하여 주셨다. 이날 밤은 피란길에서 마음 조리고 고달팠던 피로가 풀리고 마음의 안도를 찾을 수 있었다.

다음날 보은을 떠났다. 이제는 미원쯤 가서 하루저녁만 더 넘기면 다음날에는 처가인 형동리까지 갈 수 있다는 기쁨에서 발걸음이 가벼웠다.

이날도 고달픈 나그네의 길을 종일 걸어서 드디어 미원에 도착하였다. 내 고향 청원군 미원이었다. 우리는 고향집을 문턱에 두고 있는 기쁨의 설렘으로 긴장이 계속되던 얼굴이 미소의 얼굴로 바뀌었다. 미원에서는 만약을 위하여 지독히 아껴온 비상금을 털어 식구들이 이발을 하였다. 내 딴에는 거지꼴이 되어 고향에 나타나는 것이 창피하고 위신도 생각하지 않을 수 없기 때문이었다.

다음날 미원을 떠나 고향집으로 향하였다. 피란 생활을 벗어나는 마지막 길이며 처가인 형동리에 도착하는 날이다. 우리는 아침부터 길을 재촉하여 열심히 걸었고 오후 3시 경에 형동리 앞산인 새태재를 넘으니 형동리가 눈 안에 들어왔다. 우리에게는 콧노래가 저절로 나왔다.

드디어 처가에 도착하니 장모님께서 그동안 생사를 모르고 애태워하던 자녀들을 맞아 크게 반겨주셨다. 나는 무거운 짐을 벗어놓은 홀가분한 기분을 맛보았다. 처음으로 춥지 않은 방에서 잠을 자고 본가로 떠나게 되었다. 이제 처남과 처제는 지겹도록 쓰라린 겨울 피란의 여정이 끝나고 우리 부부와 동생들과 순희는 화죽으로 향하여 갔다.

형동에서 화죽까지는 20리 길이다. 화죽으로 가는 길은 평소에 오가던 낯익은 길이었으나 2개월여 간 같이하던 처남과 처제가 없는 것이 허전하기만 하였다. 이날은 정오가 지나서 부모 형제가 기다리는 고향집에 돌아왔다. 고향집에 돌아온 감격과 식구들의 반가움, 피란길에 겪었던 고통, 이 모든 사연을 어찌 필설로 모두 표현할 수 있을 것인가. 또한 평생을 두고 잊지 못할 추억이 될 것이며 태어나는 자녀들에게도 전하여질 것이다. 한편 이때 나와 같이 한 식구들은 내가 모르는 고통과 갖가지 사연들이 허다할 것이다.

지금에 와서도 나에게 특별한 후회가 있다면 가족들에게 큰 고생을 겪게 한 당시의 무력함이다. 피란길에서 병으로 고생하던 처와 아직 철부지였던 동생들과 처남 처제, 하루 종일 이모의 등에 업히어 다니면서 배고파 울던 순희, 모두가 지금에 와서도 가엾고 딱하게 여겨진다.

나는 이때의 배고픔과 추위에 떨던 가족들의 모습을 되새기며 이들과 한자리에 모여 당시의 어려웠던 경험을 서로 이야기하고 싶었다. 나는 역력히 기억하고 있다. 첫째로 식구들에 대한 감사함이다. 어떠한 추위와 굶주림에도 내색함이 없이 잘 참아준 것이다. 또한 전적으로 나의 의사에 묵묵히 순응하여 준 것이다. 가족들의 이와 같은 인고의 극복이 없었더라면 나의 힘만으로 2개월여에 걸친 피란 생활을 무사히 이겨낼 수 없었을 것이다.

1·4후퇴와 더불어 한 가지 덧붙인다면 교헌이의 질병이었다. 피란 기간에는 시장에 나가 식량도 팔아오고 개울에 나가 빨래도 하고 산에 가서 땔감도 구해 오면서 나름대로 건강한 모습을 보였으나 고향으로 돌아와서는 곧장 열병(인푸르엔자)에 걸려 몹시 앓았다. 대구에서 내자가 앓던 질병과 같은 증세였다.

그 후 사범학교를 졸업할 때까지 늘 신경쇠약 증세가 이어지고, 등잔불로 인한 시커먼 가래침이 심하고 아침마다 시뻘건 코피를 쏟았다. 그러면서도 대학입시에 전력을 투구하여 마침내 합격통지서를 받아쥐고 돌아왔다. 1953학년도 대학입학 등록금은 1,306,000환(13,060원)이었다.

3-7
혼비백산

19 51년, 1·4후퇴로부터 복귀하여 청주형무소 직원들은 그 동안 비워두어 엉망이 된 형무소를 청소하고 정돈하였다. 시일이 흐름에 따라 수용인원도 늘어갔다. 나는 야근팀 을부에 편입되어 격일 근무를 시작하였다. 나는 이때 내덕동 집에서 생활하지 못하고 비번 날에는 사천동에 있는 처가 큰댁으로, 또는 내덕동에 있는 일가 되는 지주호의 집으로, 내덕동에서 자취하고 있는 김영성의 집으로, 때로는 청주에서 약 30리가 되는 화죽으로 동가숙 서가식하며 당번 날에는 직장에 출근하고 있었다. 이때는 시국도 불안하고 전황도 어느 때 어떻게 될는지 불안하였고 또한 내덕동 나의 집은 그동안 피란민들이 머물다가 떠나고 빈 집으로 있었지만 피란길에서 열병을 앓아 쇠약하여진 내자가 살림을 감당하기는 어려웠다.

이러한 정착이 없는 불안한 생활 가운데 봄이 오면서 내덕동 나의 집에서 살림을 시작하게 되었다. 나는 당번 날에는 출근하여 야간까지 근무하고 다음날인 비번 날에는 퇴근하여 열심히 땔감을 져 날랐다. 처와 두 아이, 동생 교헌 등의 식솔을 거느리고 열심히 살았다. 차차 살림의 틀이 잡혀가고 여름이 왔다. 여름이 오기 전 늦은 봄까지는 우리 집은 외풍이 심한 한랭한 방이었다. 북쪽을 면한 벽에는 항상 성에꽃이 겨우내 피고 있었다.

동생 교헌이는 청주사범학교에 다니면서 윗방을 사용하고 있었는데 언제나 학생외투를 등에 걸치고 공부하고, 어린 아이들은 볼이 푸릇푸릇하게 얼어 있었다. 어떤 때는 동생의 책상 위에 있는 잉크병이 얼기도 하였다. 이러한 겨울철의 추위도 지나고 그래도 차가운 이른 봄을 지나 살림을 시작하게 된 것이고 이제는 초여름이 되어 가난하지만 추위만은 모면할 수 있었던 것은 다행한 일이었다.

이때에도 아군과 적군의 격전은 계속되고 있었다. 또한 동란(動亂) 초기에 남침하였던 인민군이 아군의 급격한 북진으로 퇴로가 막혀서 퇴각하지 못하고 지리산 등지로 잠입하여 은신하고 있다가 정부기관과 때로는 민가를 습격하는 빈도가 잦았다.

우리가 수복한 후 다음해 여름 어느 날 저녁, 공비(共匪)에 의하여 청주 시가지가 습격을 당하였다. 나는 공비습격이 있던 날 마침 비번이어서 집에서 쉬는 날이었다. 나는 이날 밤에도 평소와 다름없이 단잠에 빠져 있었는데 불시에 온 시가지에서 기관총 소리와 소총 소리가 요란하여 깜짝 놀라서 밖에 나가 보니 시내 곳곳에 불기둥이 솟고 있었다. 나는 이 순간 공비의 습격임을 직감하고 혼비백산되어 어찌할 줄을 모르고 나의 신분을 감추어 보려고 벽에 걸어놓은 관복을 보이지 않는 곳에 감추어 두려고 방황하였다. 나의 이러한 모습을 보고 있던 처는 정신을 차리고 침착하라며 나를 붙들어 주었다.

나는 처의 이러한 행동이 도움이 되지 않고 당장이라도 공비가 쳐들어오는 듯한 긴박한 위기의식에서 방에서 뛰어나가 집 옆에 무성히 자란 호밀밭 속으로 몸을 숨기고 쥐 죽은 듯이 숨을 죽이고 있는데 내가 있는 호밀밭 저편에서 내가 있는 곳을 향하여 쏜살같이 다가오는 정체불명의 물체를 발견하고 또 다시 크게 놀라며 이제는 끝장임을 느끼었다. 나는 이 정체불명의 상대방이 나를 살해 또는 납치하려는 괴한으로만 생각하며 정신을 완전히 잃은 순간이었다. 그러나 이 정체불명의 상대방도 나를 발견하고 "억" 하는 이상한 비명 같은 소리를 지르며 멈췄다. 나와 상대방은 피차간에 혼비백산되었다가 정신을 차리고 보니 그 상대방은 우리 집 밑에 살고 있는 박진성 씨이었다.

우리 두 사람은 서로가 상대방이 공비인 줄 알고 크게 놀랐던 것이다. 두 사람은 호밀밭에서 몸을 숨긴 채 조용하여지기를 기다리며 마음 조렸다. 잠시 후 총소리는 점점 줄어들다가 멈추었다. 그러나 시내 이곳저곳은 불기둥이 솟아 있었다. 나와 박진성 씨는 '청주시가지가 공비에게 점거되고 인민군 천지가 되었으면 어찌하나!' 하는 두려움 때문에 호밀밭에서 나갈 수가 없었다. 총소리가 멎은 후에는 계속하여 조용한 침묵이 흘렀다. 우리는 새벽이 되어 밭에서 나와 집으로 돌아갔다.

나는 집에서 관복을 갖추어 입고 형무소로 달려갔다. 형무소 차고는 광목을 가득 실어놓은 트럭과 함께 불타고 있었다. 미결사에도 공비들이 불을 질렀으나 연와조 건물이기 때문에 연소되지 않고 목조로 된 문틀만 소실되어 있었다. 수용 감방의 견고하고 육중한 시건장치도 그네들이 도끼로 부수고 수용자들을 탈옥시키고 그 일부의 수형자는 인솔하여 달아났다. 한 마디로 형무소는 엉망이 되어 있었다.

이날 낮이 되면서 탈옥하였던 일부의 수형자들이 자진하여 귀소하는 경우가 있었고, 청주를 습격한 공비들은 명암 약수터를 통하여 낭성면 산성리 산줄기를 타고 미원과 청천 방면으로 도주하였다. 우리 형무관들은 이들이 도주한 산맥의 각 요소에 비상 출동하여 탈옥수 체포에 나섰다. 1주간의 비상동원으로 탈옥수의 대부분을 수습하기에 이르렀다.

이때 공비의 습격을 받은 기관은 형무소, 검찰청, 법원, 도청, 경찰서 등이었다. 공비가 습격하던 밤 야근 직원들의 웃지 못할 사건들이 기억난다. 이날 비번으로 집에서 쉬고 있던 한이석 부장과 용도과 식량계원인 김대진 씨는 형무소에 비상 출동하다가 납치되어 갔고, 정문 옆의 3감시대에서 근무하던 홍종철 씨는 10여 미터가 되는 높은 감시대에서 뛰어내렸으나 허리만 약간 부상을 입었고, 전야 근무를 하고 후야에 취침하던 정문모 씨 등은 내의 바람으로 뛰어 달아나다가 철조망에 걸려서 다리에 심한 부상을 입었다. 유해석 부장과 윤호중 씨는 감방 변소에 숨어서 칼빈소총을 움켜쥐고 공비가 침입하면 사격하려고 칼빈총을 어찌나 힘차게 잡고 있었던지 총신에 땀이 흘렀다고 하였다.

특히 다행하였던 것은 공비에 의하여 납치되었던 한이석 부장과 김대진 씨가 도중에 공비들로부터 풀려나서 귀소한 것이었다.

나는 공비습격이 있었던 얼마 후에 보안과 잡무(보안서무)로 근무하게 되었다. 잡무가 하는 일은 보안과에 속한 잡다한 사무를 정리하고 관리하는 일이다. 어느 날 또 다시 공비들의 습격이 예상되는 밤중에 각 관사에 거주하는 간부들에게 비상소집통보를 하여야 했다. 당일 저녁 자정이 지난 시간이었다. 나는 우선 형무소에 가장 가까이 있는 법원(지금의 구 법원) 옆에 위치한 문화동 관사로 갔다.

문화동 관사에 이르기 전 법원 네거리에서는 경찰관들이 참호에서 기관총을 걸어놓고 비상근무를 하고 있어서 살벌한 분위기를 느꼈다. 문화동 관사에 도달하여 외문을 두드리며 과장님을 불렀다. 그러나 대답이 없었다. 깊이 잠이 들지 않았다면 대답이 없을 이유가 없어서 더 크게 두드리고 큰 소리로 과장님을 부르고 있었다. 이때에 나의 등 뒤에서 머리에 수건을 동이고 평복을 입은 청년이 권총을 들이대며 누구냐고 신분을 물었다.

나는 혼비백산했다. 틀림없는 공비계통의 괴한으로 생각되었다. 나는 절박한 위기 속에서 나의 신분을 경솔히 밝힐 수가 없었다. 이 괴한은 나의 복장을 보아도 형무관임을 알 것인데 형무관을 식별하지 못하는 것으로 미루어 볼 때 괴한임이 틀림없는 것으로 알고 더욱 당황할 수밖에 없었다. 괴한이 방아쇠만 당기면 나는 끝장이었다. 나는 어떠한 방법으로도 상대방에게

대처할 수 없었고 무기도 휴대하지 않은 처지에서 정신을 잃었다. 괴한은
잠시 나를 살펴본 후에 권총을 거두었다. 그는 나에게 '초비상'임을 말하고
함부로 시내를 오가지 말라며 놓아주었다. 나는 괴한으로 보았던 이 청년이
공비침공에 대비한 비상 잠복중인 경찰계통의 전투원으로 여겨졌다. 괴한
은 자신의 신분을 밝히지 않고 나에게서 사라졌다.

　나는 이 괴한에게 크게 혼쭐이 나고 관사 앞에서 더 이상 지체하지 않고
형무소로 돌아왔다. 형무소에 돌아온 나는 당직 주임에게 내가 당한 일을
보고하고 시내의 각 요소마다 비상경계로 살벌하여 함부로 오갈 수 없음을
전한 후 비상소집 전령을 중지하고 말았다. 이때만 하여도 관사에까지 전화
가 설치되어 있지 않은 형편이어서 모든 전령과 통보를 인편에 의지할 수밖
에 없는 때이었다.

　나는 그날 밤 괴한으로 보였던 그 청년에게 어찌나 혼이 났는지 평생을
두고 잊을 수 없으며 지금도 아찔하였던 그 때가 머릿속에 떠오르곤 한다.

3-8

호사다마

형무소 보안과에 근무하는 형무관들의 생활은 결코 화려한 생활이 아니었다. 재소자의 일거일동의 수용생활은 형무관의 관여 하에서만 가능한 것이다. 그 때문에 수용자가 있는 곳에 형무관이 존재한다. 외역(外役)에서도 형무관의 감시 하에 놓이게 된다.

수용자도 우리와 같은 인간이다. 아침에 일어나고 세수하고 식사하고 취업하고 운동하고 취침하는 하루의 삶 가운데 다양한 거동이 있기 마련이고 교도관들의 계호근무도 이들의 다양한 생활행동의 때와 장소에 따라 계호방법이 다양하게 전개되기 마련이다. 형무관들은 당번 날 아침에 출근하면 직원들의 근무처를 게시한 배치 판에 신경이 집중된다. 각각 배치된 근무개소에 따라 얼굴의 표정은 희비가 엇갈린다.

이러한 보안과 근무가 나의 취향은 아니지만 그런대로 어려움을 극복하며 고된 몇 해를 열심히 근무하여 왔다. 그러나 형무관의 보수만으로는 궁색한 생활을 모면하기 어려웠다. 어느 날 나에게는 을부(乙部) 잡무(雜務) 보안서무로 근무 명령이 내렸다. 보안과 사무실 안에서 의자에 앉아 사무를 취급하는지라 직간접의 계호근무를 면하게 된 것이다.

나는 잡무 근무에 열심을 경주하였다. 나의 잡무처리도 숙달되어 갔고 필적도 많이 향상하여 갔다. 잡무로 근무한 지 1년 남짓 지나서 나는 다시 작업과 사무직원으로 발탁되었다. 형무소의 기구로는 보안, 서무, 용도, 작업, 의무, 교무 등 6과가 있고 작업과는 형무작업을 계획하고 집행하고 관리하는 업무를 관장하는 부서이다. 이때부터 나는 완전한 사무직원이 되어 내근을 하게 되었다. 나는 이곳 작업과에서도 열심을 다하여 근무하였다.

내가 작업과로 자리를 옮긴 지 2년여가 되어서 법무부에서는 간수장 및 간수장보의 승진시험을 각 형무소에 고시하였다. 형무관의 직계를 경찰관과 비교하여 보면, 간수−순경, 간수부장−경사, 간수장보−경위, 간수장−경감과 같으나 초임자의 호봉은 경찰관보다 형무관이 한 등급 상위에 서고 형무관은 중앙정부 발령이며 경찰관은 지방정부 발령사항인 것이 차이가 났다. 이때에 경찰서 산하의 파출소장은 경사로 보직되고 을지 경찰서장은 경감으로 보직되어 있었다. 이때가 1955년이었으므로 지금(1997)으로부터 42년 전의 제도이다.

이때 청주형무소에서는 법무부로부터 간수장 및 간수장보 시험 고시에 따라 당시 실적이 인정되는 이근영, 이근우, 박면규, 김태영, 김대진, 박정규 등과 함께 나를 포함하여 7명을 응시자로 천거하였다. 이때의 형무소장은 하성도 씨이었는데, 나는 나의 학력과 실력을 나 자신이 잘 알고 있었기에 이들과 겨루기에는 너무나 힘이 벅차서 소속과장과 소장에게 응시대상자에서 제외하여 줄 것을 간청하였다. 그러나 소장은 나에게 근무지시를 거역하려면 사직서를 제출하라고 하였다. 승진 시험에 응시하는 것도 소장 명령이며 일종의 근무라는 것이다.

나는 승진시험에 대비하여 공부한 적도 없고 공연히 들러리만 섰다가 탈락하는 수치가 두려웠다. 승진시험 과목은 헌법, 국사, 재정법, 형법, 형사소송법, 행정법, 행형법, 행형법시행령 등 8개 과목이었다. 응시일까지는 약 6개월 정도의 기간이 있었다.

이때의 시험은 지금과 같은 객관식 OX가 아니고 주관식 논술형, 기술형 (記述型)이었다. 나는 소장님의 강력한 지시에 불복하여 사직서를 제출할 수도 없었다. 일단은 하는 데까지 열심히 하여 보겠다는 결심을 하고 시급히 승진시험에 필요한 서적들을 구비하여 공부하기 시작하였다.

잠을 자는 시간은 대폭적으로 줄이고 전력투구하였다. 잠자는 시간이나 식사시간 등에도 머릿속으로 책을 외고 이해하는 데 정력을 쏟았다. 아침 출근시간에는 넉넉한 시간에 집을 나서서 일부러 뒷길을 이리저리 돌아서 행보를 천천히 하여 문제를 외워갔다. 형무소에 도착하여서는 출근길에 암기한 문제들을 속필로 기술하여 보았다. 출근길에서 하는 공부는 큰 도움이 되었다. 어느 때는 논술형 가상 문제를, 많게는 세 문제까지 완전히 해결할 수 있었다. 나는 집무시간에도 시급한 사무처리가 끝나면 책을 펴 들었다. 집에 와서도 일체의 가사를 제쳐놓고 시험공부에 전력했다.

때로는 난해의 문제를 별도로 기록하여 두었다가 수험생끼리 토론하며 문제를 이해하고 정리하기도 하였다. 언제나 어디서나 나의 머릿속으로는 예상되는 시험문제를 이해하는 데 온 정신을 쏟았다. 시험날짜는 화살같이 빨리 다가왔다. 다급하고 당황할 수밖에 없었다. 우리 청주형무소 수험생들은 대전형무소로 집결하여 대전, 청주, 공주의 3개 교도소에서 응시하는 약 30여 명의 수험생이 일차 시험을 치렀다.

지금 기억되는 시험문제는 헌법에서 '대통령의 긴급재정명령을 논하라' 외 소문제 4종, 국사에서 '고려 태조의 북진정책을 논함' 외 소문제 '만적' 등 4문제, 행형법에서 '수형자의 지위를 논함' 등이었다.

나는 시험이 끝나면서 마음이 가벼웠다. 그러나 같은 수험생들의 문제풀이에 대한 의견교환을 들으며 그들이 시험을 잘 치른 것같이 여겨져서 매우 불안하였다. 수험이 끝나고 약 20여 일이 지난 후 나는 어느 일요일 날 일직 근무를 하였다. 이때 법무부에서 공문이 왔다. 전인식 부장이 문서가 들어 있는 피봉을 열었다. 일차 합격자 통보이었다. 합격자 이근영, 지교옥, 이근우 등 세 사람의 명단이 눈에 들어왔다.

나는 기쁜 내색을 감추고 제2차 시험(인물 및 구술고사)을 생각하였다. 구술시험은 1주일로 임박하고 있다. 구술시험 날에 당하여서는 이발도 하고 복장을 단정히 다듬고 남아다운 기품과 늠름함과 시험관의 질문에 명쾌한 핵심을 답변하는 태도가 있어야 하겠다고 생각하고 노력하였다.

약 2주 후에 법무부로부터 최종합격자 통보가 왔다. 청주형무소의 우리 1차 합격자 전원이 2차 시험을 통과하여 최종 합격이 되었다. 내가 교도관이 된 지 6년 만에 이룬 승리이었다. 일제 때부터 지금까지 말단 간수에서 또는 부장에서 승진하지 못한 분들이 많은데 그들에게는 대단히 미안한 일이었다.

전국에서 합격자는 모두 14명이었다. 서울, 마포, 춘천, 공주, 청주, 대전, 김천, 안동, 대구, 부산, 진주, 마산, 전주, 군산, 광주, 목포, 교도관학교 등 17개 크고 작은 형무소 중 청주형무소에서 3명이나 합격자가 배출된 것은 큰 자랑이었다. 나는 모자에 금테를 두르는 간부형무관이 될 것을 생각하니 대단히 기뻤고 모든 일에 자신을 가질 수가 있었다. 한때는 야망을 품고 공부하던 자신을 되돌아보기도 하였다.

내가 임관시험에 합격한 얼마 후에 다시 보안과로 소속을 옮기게 되었다. 처음에는 대단히 섭섭하였다. 보안과에서는 취사장 담당근무로 일근을 하였다. 나는 전 재소자의 취사를 담당하는 막중한 책임자가 되었다. 알뜰히, 정결히, 열심히 취사장을 관리하였다.

재소자들의 취사장 법칙을 철저히 관리하고 종전의 폐단을 시정하는 데 진력하였다. 재소자의 밥덩이가 훨씬 커졌다. 각공장(各工場)동 사동(舍棟) 등에서 끗발 있는 재소자들이 부정 거래하는 밥덩이를 완전히 차단하여 알뜰하고 공평히 배식을 하였기 때문이다. 이 때문에 끗발 없는 재소자들이 크게 좋아하며 이제는 살게 되었다고 하는 소문이 나의 귀에 들어왔다. 소장님도 취사장을 순시할 때마다 나를 칭찬하곤 하였다.

직장생활에서는 여러 가지 기쁨이 있었으나 한편 우리 가정에는 커다란 폭풍이 몰아쳤다.

어느 날 퇴근시간이 임박하여 나에게 '큰 놈 일호가 위독하여 병원으로 이송하였다' 는 급한 전갈이 왔다. 이때 소장님이 알고 급히 집에 가 보도록 하라며 지프차를 내어주었다. 나는 집으로 달려갔다. 집에는 딸 둘(순희와 어린 영희)을 남겨두고 처는 일호를 업고 시내병원에 가고 없었다. 나는 지프차를 타고 처를 찾아 시내로 가던 길에서 처를 만났다. 처는 얼굴이 파랗게 질려 있었으며 나에게 일호의 위독한 사연을 말하고 병원에서 받아주지 않는다는 것이었다. 이때만 하여도 지금처럼 의술이 발달하지 못하고 또한 병원도 많지 않았을 때다. 나는 급한 마음에 일호를 안고 태원 한약방의 집안 형님에게로 찾아갔다.

그러나 손쓸 사이도 없이 일호란 놈은 나의 품에 안겨 영원히 잠들어 깨어나지 못하였다. 순식간에 벌어진 비극이었다. 태원 한약방의 교성 형님은 딱하게 되었다며 위로하였고 나는 영원히 잠든 일호를 안고 집으로 돌아올 수밖에 없었다. 일호는 그날 밤 가족과 함께 지내고 다음날 흙으로 돌아갔다. 잔 주렵이 다 끝나고 덕성초등학교 3학년에 올라 성적도 우수하였는데 일호를 잃은 우리 내외가 입은 비통과 충격의 후유증은 대단하였다. 그러나 나는 처의 아픈 마음에 더한 상처가 될까 봐 비통함을 억누르고 견인지구(堅忍持久)하며 처를 위로하면서도 뜨거운 눈물을 감추기 힘들었다.

지금은 지나간 옛일이지만 어느 때는 문득문득 큰놈의 생각이 떠오른다. 일호가 그렇게 되지 않았으면 지금쯤은 훌륭한 일가를 이루고 나의 위치도 지금보다 달라졌을지 모른다는 생각을 가져보는 때도 있다.

제 4 장

노령(老齡)의 자존(自尊)

— 노년 시절

4-1

어느 노파(老婆)의 원려(遠慮)

만년의 무료함은 기약 없는 외출로 이어져 오늘도 버스를 탔다. 차내에는 이십여 명의 승객들이 한가로이 자리를 잡고 있었고 내가 선 옆자리에는 칠십 세 가까이 보이는 두 분의 노파가 담소를 이어가고 그들에게는 5~6세로 보이는 손녀인 듯한 어린 소녀가 딸려 있었다. 가정사로부터 세상사에 대한 주고받는 말들을 훔쳐 들어가며 나의 시선은 차창 밖에 전개되는 세계로 따라가는데 담소하던 한 노파가 그 어린 소녀를 귀여운 듯 무릎 위에 앉히고서 "아가야, 너는 이 험한 세상 어떻게 살래? 응. 어떻게 살래?" 하며 고사리같이 여린 소녀의 손을 어루만져 주고 있었다.

차내의 대중이 환시하는 가운데 이 노파가 소녀에게 던진 그 한 마디가 나에게는 예사롭지 않게 들렸고, 모진 세상의 험악함을 말해 주는 것 같아서, 마음 속 한 편으로는 '이 노파가 상서롭지 못한 말을 어린이에게 함부로 하는구나' 하는 생각에서 그 노파에게 못마땅한 눈초리를 쏘아 보냈다.

노파가 소녀를 생각하는 뜻은 충분히 이해되지만 상대가 세상물정에 물들지 않은 천진난만한 소녀라는 데 마음이 거슬렸다. 그날 저녁 나는 잠자리에 들어서도 그 노파가 지각없이 어린 소녀에게 던진 말이 마음에 쓰여 우와지노(雨蛙之怒)하듯 잡념이 들끓게 되었다.

어린이에 대한 학대, 유기, 유괴, 추행 등 어른들의 짐승만도 못한 비행을 생각하면 노파의 기우라고만 탓할 수 없는 일이다. 남이야 어찌 되든 내가 잘 되고 잘 살면 그만이라는 매정한 이기주의의 보편화, 재물 때문에 부모를 살해하는 패륜의 세계이고 보면 여타의 세상사를 말한들 무엇 하랴. 고위층이나 또는 범인옹부(凡人癰夫)와 시정잡배 등 각계 각층에서 염불위괴(恬不爲愧)란 비리가 자행되어 가는 경향을 보게 된다.

예의 도덕과 가치관을 망각하는 시대라고 하는데 이는 세장변다로 이유를 찾으나 하루가 다르게 변하는 일일변다(一日變多)의 시대라 함이 타당할 것 같다. 때문에 노령은 고루한 옛 사람의 사고를 가지고 홀로 청정하고 고상한 듯 세상사를 왈가왈부하며 탓하면 무엇 하겠나. 다만 우리에게 더불어 사는 공동체정신과 이타정신이 살아 있고, 면면히 이어오는 민족정서가 살아 숨 쉰다면, 재물 앞에 의로운가를 먼저 생각하는 견리사의(見利思義)의 정신과 재정의식이 앞선다면 세상이 이 지경에 이르지는 않았으리라는 잡념에 사로잡히게 된다.

한편 인생을 살 만큼 살아온 쓸모없는 소비성 만년인생의 허장성세(虛張聲勢)를 버리고, 뒤로 비켜야 하는 주제에 다음 세대가 해결해야 할 문제들에 대하여 무엇을 아는 체할까 만감이 교차한다. 옛 선현들의 훌륭한 교훈이 있고 서로가 더불어 살아가기 위한 계명과 율례가 있다. 하지만 노령자의 교과서적인 훈계가 젊은 세대에게는 고루하다는 인상만 남길 뿐이다. 그러나 우리는 노령을 자조 자탄(自嘲自嘆)하는 생활이 없어야 하겠다. 시대감각에 민첩하게 적응하는 삶으로 변화해야겠다.

그래도 우리 주위에는 선량한 양심이 있고 정당한 판단이 살아 숨 쉬고 있다. 현세를 험난하다고만 하는 편파적, 부정적인 사고에서 벗어나야 한다. 긍정적 합리적인 생활태도로 전환하는 것이 바람직한 생활이라 여겨진다.

옛날 정승까지 지냈다는 강대상(姜大尙) 옹의 식비철학(拭鼻哲學)이 떠오른다. 그는 주위 사람들과 어울려 시국문제나 당파문제로 이야기가 나오면 대응하지 않고 콧등을 만지작거리며 대담을 피하였다고 한다. 세상에는 악(惡)이 있고 흉(凶)이 있고 모(謀)가 있을지라도 그 존재 이유가 있을 것이며, 그것이 나의 소신에 맞고 안 맞고가 있을 뿐, 왈가왈부하는 것은 이치에 맞지 않는다는 주장이다.

어떻게 보면 반윤리적 사고 같기도 하다. 어떤 이는 이를 보신철학이라 했다. 세상사 선악간의 모두를 인정하고 수용하고 초연할 수 있는 경지에 이른다는 것이 현실적으로 어떻게 가능하며 그러한 경지는 무슨 경지라고 볼 수 있을까?

어쨌든 우리에게는 험악하고 복잡하며 무한경쟁의 시대를 살아가는 어려움이 있다. 인생의 어려움은 예나 지금이나 끊임없이 이어져 왔다.

돌이켜보면 평생을 교정직에 몸담아온 한 사람이 흘려 버릴 수 있는 그 노파의 원려(遠慮)가 삼 년여가 지난 오늘날까지 지워지지 않고 간헐적으로 되새겨지는 것은 전직(前職)과 연관되는 자그마한 양심과 책임의식이 살아 있기 때문인지, 아니면 나만의 성격 탓인지 모를 일이다.

4-2

낙엽추사(落葉秋思)

마른 잎 한 잎 두 잎 떨어져 가는
늦은 가을 서글픔은 인생이런가
너를 따라 내 마음 함께 가는데
너 갈 길 귀근(歸根)이면 내 갈 길 어드메냐

산사의 오솔길에 수놓는 낙엽
외로운 내 마음도 수놓았으면
염천풍우 험한 길 다 왔노라고
홍황색 단장하고 본향길 가나

금풍 타고 낙엽이 가야 한다면
청록후음 그 세월 춘몽이었나
허전한 너와 내가 동심(同心)인 것을
세상은 무심해도 나는 알리라

*가을은 깊어가고 내 마음 외로운데 반려자가 떠나간 지 한 돌이 돌아
오는 쓸쓸한 감회를 더듬으며 우암산록 광덕사 오솔길에 올랐다. 청
록과 후음을 자랑하던 수엽이 영고성쇠의 길을 따라 쇠락의 낙엽이
되어 한 잎 두 잎 떨어져 가는 애처로움이 인생길처럼 보였다.

(2000. 11. 3)

4-3
💙 노령(老齢)의 자존(自尊)

인생 여정의 후반인 노령에 이르면 고적감(孤寂感)과 소외감을 의식하며 건강마저 여의치 못하여 칩거하는 시간이 많다 보면 더욱 고독감을 느끼게 된다.

"옛날 젊은 시절에는 청운의 꿈이 있었는데 어느새 백발의 나이가 되었는가. 누가 맑은 거울이 나를 비쳐보고 있을 줄을 알기나 하였으랴. 나와 내 그림자가 서로 불쌍히 여기는구나"란 장구령(張九齡)의 시구(詩句)처럼 인생은 걷잡을 수 없는 세월 속에 노령에 이르고 화살 같은 세월을 한탄하게 마련인가 보다. 노령은 무기력과 위축이며 소외와 고독으로 연결되는 인생의 피할 수 없는 흐름인가 보다.

그러나 시각을 바꾸어 보면 인생의 기나긴 세월을 살아오며 쓴맛 단맛과 모진 풍상 속에 산전수전 다 겪은 원숙한 인생으로서 존경의 대상이요 백발이 휘날리는 백전노장처럼 경험이 풍부한 신의와 아름다움의 상징이다.

나아가 노당익장(老當益壯)하여 지역사회에서 유익하고 보람된 봉사자로서 아름답게 결실하는 시기라면 얼마나 멋진 인생의 삶이 되겠는가. 그러나 불행히도 노령의 대부분은 가족과 사회의 부담이 되고 있으며 본인은 노령이라는 자존심에서 '에헴!' 하는 고자세로 존경과 우대받기를 당연시하는 경향이 있고 그렇지 못할 경우에는 매우 서운하고 세상을 원망하는 경우가 있을 것이다. 흔히 볼 수 있는 예로, 차내에서 젊은이가 좌석을 차지하고 노령 앞에 거리낌없이 태연하거나 젊은이가 노령 앞에 담배를 태연히 물거나 백주에 공개된 장소에서 젊은 남녀가 노골적인 애정표현을 하는 모습은 지금의 젊은이들에게서 흔히 있을 수 있는 일이지만 노령들에게는 한심하고 눈에 거슬릴 수 있다.

이 때문에 노령이 못마땅한 표정을 짓기 쉽고 안색을 바꾸어 그들을 흘겨본들 그들에게서 수치스러워 하는 기색을 찾아볼 수 없는 경우도 있고, 나아가서는 그 행위를 꼬집어 훈계하려다가 도리어 모욕을 당하는 예가 있을 수 있다. 집성촌(集姓村)이 사라지고 대가족이 붕괴되고 핵가족화 하여 분산함으로써 가족간이나 또는 공동체간에 상하구조를 떠받치고 있던 장유유서(長幼有序)의 틀이 허물어지고 인의예지(仁義禮智)의 숭상과 경로효친 사상은 그 빛이 바래져서 지난날의 미풍양속일 뿐, 오늘날에는 실천 없는 구시대적 유물처럼 변화하고 있다. 노령은 은인자약(隱忍自若)하여 지나친 자존심과 아집과 탐욕에서 벗어나 때로는 빈곤도 즐겨 안빈낙도(安貧樂道)하며 안연히 노후의 생활을 정리하는 삶의 태도가 필요하다.

자존심 때문에 나의 주장만을 고집하여 빡빡하게 억지를 부리는 융통성 없는 옹고집이 되면 주위 사람들과 어울리지 못하게 되고, 지나친 탐욕을 챙기기만 하는 구두쇠가 되면 주위 사람들과 조화를 이루지 못할 것이다. 삼독심, 삼계(청년시절의 여색, 중년시절의 투쟁, 노년시절의 이욕) 등 노년층에 일어나기 쉬운 탐욕으로 노추(老醜)해서는 아니 될 것이다. 노령이 어른답지 못하고 경박하고 무례하게 행하면 노추함을 면치 못한다.

이를테면, 차내에서 젊은이가 좌석을 양보할 때 당연한 것처럼 감사의 인사도 없이 권하는 의자에 털썩 앉는다면 무례함을 면치 못할 것이다. 존경하고 사랑하고 베풀고 감사하며 권하고 사양하는 미덕은 상호적이고 교환적일 때에 빛이 나고 인정이 흐르고 뿌듯한 것이기 때문이다.

노령의 지난날의 굶주림과 헐벗음이 대단한 자랑거리가 되기는 어렵고, 옛 시절의 몸에 배인 예의범절이나 도덕률이 현대의 다변화, 다양화, 무한 경쟁화한 틀 속에 살아가는 젊은이들에게 고스란히 통용되기는 어렵다. 예를 들면 지난날에 노령들이 지켜오던 '남녀칠세부동석'(男女七歲不同席)이나 동온하청(冬溫夏淸)이라는 것들이 현세대에게 부합될 수 있을 것인가. 활자로 된 책을 읽고 배워 온 노령들과는 달리 TV를 보며 컴퓨터 자판을 두드리는 영상세대는 장유유서(長幼有序)의 질서가 중요하지 않고, 수직사고가 아닌 수평사고이고, 이성적이기보다 감성적이라 할 수 있다.

아날로그에서 디지털로 급변하는 시대의 흐름과 같이 삶의 질과 도덕률도 시류를 타고 급변한다. 노령들의 가치관과 사고방식도 과거에 머물지 말고 여시구진(與時具進)하여 시대에 적응해야 할 것이다. 노령은 모름지기 성숙함과 사면춘풍(四面春風)의 온화하고 고아한 품성을 지니고, 고적함도 사색으로 즐기며 신독(愼獨)하는 생활과 언행을 온당히 하여 젊은 세대에게 무언의 가르침과 감화를 주는 생활과 정중여산(靜重如山)하는 노령다운 무게가 있어야 좋아 보일 것이다.

세대간의 벽을 허물고 고립에서 벗어나기 위해서는 나의 설 자리를 찾아 역할을 되살려 감이 필요하다. 가정에서는 청소작업도 거들고 식탁차림까지라도 도와주는 모습이 바람직하며, 내 집앞 쓸기, 골목길 가꾸기, 휴지 줍기, 어린이 등굣길 돕기 등 가능한 것을 찾아서 봉사할 수 있다. 역할이 있으면 소외감과 고립감도 덜게 되고 가족과 더불어 또는 이웃과 더불어 즐겁게 생활하게 될 것이다. 노령생활의 즐거움은 인생의 가장 큰 행복이다.

인생은 소(少), 청(靑), 장(壯), 로(老)의 단계를 통한 또는 그 위치에 따라 나름대로의 역할이 있다. 자기에게 주어진 역할에 소홀하다면 문제의 인생이 되지 않을까. 건강관리도 소홀함이 없어야 가족과 주위 사람들에게 부담을 덜어줄 수 있다.

노령의 아집과 무례한 권위로 노회(老獪)하고 노광(老狂)되어 노추한 생활을 남기는 경우가 없도록 원숙한 노후생활로 자존심을 지켜 후회 없는 생을 마감함이 바람직하다. 노령이라고 인간사회에서 특별히 예외일 수 없다. 때문에 노령은 노령으로서의 역할이 중요하고 그 역할은 최선을 다하는 것이라야 후회를 남기지 않을 것이다.

인생은 출생과 더불어 인류사회의 구성원으로 출발하고 희로애락의 삶 속에 생로병사(生老病死)의 길을 따라 사망에 이르러 그 역할이 종결되고 인생의 발자취는 눈밭의 기러기 발자국처럼 가뭇없이 사라지고 만다.

북송(北宋)시대 소식(蘇軾)은 다음과 같이 읊었다.

人間到處如何似　　인간 오가는 것 무엇 같은가
應似飛鴻踏雪泥　　나는 기러기 눈 진흙 밟는 것 같으니
泥上偶然留指爪　　진흙 위에 우연히 남긴 발자국 얼마 가랴
鴻飛那復計東西　　기러기 날고 보면 그 동서를 누가 알랴

(2002. 3. 11)

4-4
🩵 청령포(清泠浦) 기행

교 정동우회 청주지회 회원 일동은 1999. 4. 29. 강원도 영월군에 있는
청령포와 장릉을 관광하게 되었다. 이곳 청령포는 조선조 6대왕 단
종(端宗)이 수양대군에게 찬탈 당한 후 상왕자리에 머물다가 다시 노산군으
로 강봉되고 이곳에 유배되었던 애환이 서려 있는 유적지이다. 그동안 역사
드라마 '용의 눈물'에 이어 '왕과 비'의 TV 연속극을 단 한 번이라도 놓칠
세라 지켜보고 있는 나로서는 이번 관광에 관심을 갖게 되었다.

우리 일행은 4월 29일 8시 30분에 동양관광 전세 버스 편으로 청주체육관
앞에서 관광길에 나섰다. 참가 인원은 35명이었고, 그 중에는 여자 회원과
회원의 부인들을 합하여 8명이 함께 하였다. 버스가 청주 시가지를 벗어나
면서 회장의 인사 및 사무장의 관광계획 등이 마이크를 타고 전달되었고 간
식도 회원들에게 분배되었다. 안면이 생소한 회원 부인들을 위하여 차례로
개인별 인사소개도 있었다.

우리 회원의 대부분이 청춘을 교정업무에 헌신한 사람들이다. 국법질서
를 파괴한 범법자들을 상대로 한 '교정복귀'(矯正復歸)라는 숭고한 사명을

띄고 평생을 남모르는 그늘진 곳에서 화려하지 못한 힘든 직업을 천직으로 알고 꿋꿋이 일생을 바쳐온 회원들과 훌륭한 내조와 고생을 참아온 부인들이 함께하는 관광이기에 더욱 의미 있는 나들이었다. 나는 36년(교정 30년 갱생보호 6년)이란 젊었을 때의 인생의 전부를 교정계에서 어려운 시련을 겪으며 살아왔기에 정년 퇴직하는 동료회원을 대하면 동기애로 애착하는 마음을 갖게 된다.

차내에서 이런 저런 생각에 젖으며 차창을 내어다보니 어느덧 관광버스는 증평, 음성, 충주를 지나 제천시를 향하여 다릿재 고개를 달리고 박달재가 눈앞에 전개되었다. 박달재는 옛날 한양(지금의 서울)으로 과거 보러 가던 한 선비도령과 금봉이라는 처녀가 사랑을 속삭이며 헤어지기 아쉬워 때마침 내리는 궂은비에 물항라 저고리가 젖어들던 애수어린 전설이 있는 유명한 고개이다. 그러나 이 유명한 박달재는 얼마 전까지만 해도 모든 차량이 정상을 통하여 운행되었으나 지금은 지하터널을 이용하기 때문에 정상을 넘지 못함이 자못 아쉽기도 하였다.

차내에서는 소주와 음료수, 인절미와 과자 등을 서로 권하고 마시며 즐거운 흥취가 돌고 차창 밖에는 4월말의 신록이 산봉우리마다 연한 녹색과 연분홍 철쭉으로 수놓고 있어서 아름다움과 시원함을 만끽할 수 있었다.

청령포는 충북 제천군과 접경하고 있는 강원도 초입에 위치하고 있어서 청주에서는 지루하지 않게 다녀올 수 있는 1일 코스의 적당한 관광지이다. 관광버스는 높고 낮은 산등성을 꼬불꼬불 도는 곡예운행을 거쳐 영월을 지나 정오 12시를 전후하여 목적지에 도착하였다. 청령포는 주위를 강물이 둘러 흐르고 남단의 일각만이 육지로 연결되어 있으나 워낙에 가파른 절벽을 이루고 있기 때문에 오갈 수 없는 험준한 절벽의 요새이었다. 청령포를 둘러싸고 흐르는 강물은 수심이 깊어 관광객들은 도강선을 이용하여 청령포에 들어갈 수 있었다.

청령포는 언뜻 보아 4,000여 평 내외의 아주 자그마한 내륙의 외로운 섬이었고 섬 중심에는 꽤 오래 되어 보이는 소나무들이 숲을 이루고 있었다. 이곳에 들어가면서 첫 번째로 맞이한 것이 1456년 6월 22일 단종이 노산군으로 강봉되어 57일간의 유배생활을 하던 유적지이다. 나는 단종이 이곳에서 기거하면서 온갖 시련과 비애에 잠겼던 그 옛날의 단종의 처지에 돌아가서 생각하니 마음이 무겁고 침울하기 그지없었다.

이곳에 세워진 '단묘재본부시유지' 라는 게시판에는 "이곳은 단종이 세조 2년(1456년) 노산군으로 강봉되어 처음 유배되었던 곳이다. 삼면이 깊은 강물로 둘러싸여 있고 한 쪽은 험준한 절벽으로 가로막혀 있어 배로 강을 건너지 않으면 나갈 수 없게 되어 있는 곳인데, 단종이 유배되었던 그 해 여름 홍수로 서강이 범람하여 단종은 청령포에서 영흥리에 있는 현청 객사인 관풍헌으로 옮겨 기거하였다. 이곳은 단종이 유배되었던 곳이므로 조정에서 영조 2년(1726년)에 일반 주민의 출입을 제한하기 위하여 금표비를 세웠고 단종이 기거하던 곳을 의미하는 단묘재본부시유지라는 비가 영조 39년(1763년)에 세워져 전하고 있다" 라고 기록되어 있었다.

이곳의 위치는 행정 구역상으로 강원도 영월군(寧越郡) 남면(南面) 광천리이고 유적은 강원도 기념물 제 5호로 지정된 곳이었다.

이곳에 세워진 금표비에는 "동서삼백척 남지사백구십척……" 이라고 새겨져 있는데, 오랜 세월 탓인지 퇴색하고 마모되어 고색이 역력한 자그마한 석비이었다.

또한 유배 당시 단종이 지은 시로 전해 오는 '자규시비(子規詩碑)' 에 보면 "한 마리 원한 맺힌 새가 궁중에서 나온 뒤로, 외로운 몸 짝 없는 그림자가 푸른 산속을 헤맨다. 밤이 가고 밤이 와도 잠을 못 이루고 해가 지고 해가 와도 한은 끝이 없구나. 두견새 소리 끊기고 새벽 멧뿌리엔 달빛만 희고, 피를 뿌린 듯한 봄 골짜기엔 지는 꽃만 붉구나. 하늘은 귀머거리인가 애달픈 이 하소연 어이 듣지 못하는지. 어이타 수심 많은 이 사람의 귀만 홀로 밝은고(一自冤禽出帝宮 孤身隻影碧山中 假眠夜夜眠無假 窮恨年年恨無窮 聲斷

曉岑殘月白 血流春谷落花紅 天聾尙未聞哀訴 何奈愁人耳獨聰)"라고 적고 있다. 이 시를 통하여 단종의 유배생활이 얼마나 고적하고 수심이 깊었는가를 짐작하게 된다.

청령포의 동북편은 평지를 이루고 있으나 서남쪽은 약간 가파른 암석이 박혀 있는 구릉을 이루고 있었다. 이곳 구릉에 오르면 강 건너 서북편 저 멀리 위치하고 있을 한양(지금의 서울)을 향한 작은 돌탑이 눈에 뜨인다. 이 작은 돌탑은 망향탑(望鄕塔)이라고 하는데, 단종이 한양에 두고 온 왕비 송씨를 생각하며 돌을 주워서 쌓아올린 탑이라 전하며, 그 조약돌 하나하나에 단종의 눈물이 맺힌 듯 보인다.

망향탑 근처에 노산대(魯山臺)가 있었는데 단종이 이곳에 올라 시름에 잠겼던 곳이라고 전한다. 이곳에서 다시 한 번 단종의 유배생활의 외로운 애환을 새겨 보게 한다. 청령포에서 좀더 머물며 이곳저곳을 살펴보지 못하고 예정된 시간 관계로 떠나야 할 아쉬움이 있었다.

생각하면 한 나라의 지존의 자리에서 폐서인(廢庶人)으로 몰락하여 타고난 수명을 다 살지 못한 채 저세상으로 사라진 단종의 애사를 통하여 볼 때 국가나 개인이나 흥망성쇠의 수레바퀴 속에서 제행무상(諸行無常)을 다시 한 번 느끼게 된다.

동우회 일행은 13시 35분 경, 청령포에서 약 5킬로미터 떨어진 문곡가든에서 점심식사를 하게 되었다. 문곡가든은 산에서 솟아나는 맑은 물이 가득한 송어 양식장을 갖추고 있었다. 객실에 들어서니 송어회 '1킬로 15,000원' 이라는 가격표가 벽에 붙어 있었다. 우리들은 미리 준비한 식탁에서 부드러운 야채 쌈에 송어회를 곁들여 소주잔을 기울였다. 송어회는 청하는 대로 추가하여 들어오고 소주의 안주로는 일품이었으나 남은 일정 때문에 주량을 채울 수 없었다.

일행은 오찬 후 쉴 여가도 없이 버스에 올라 장릉(莊陵 ; 단종묘)으로 향했다. 장릉의 위치는 청령포의 지근이어서 버스는 문곡가든으로 오던 길을 되돌아가야 했다. 장릉에 이르러 경내에 들어서니 엄흥도정려각(嚴興道旌閭閣)이 눈에 들어왔다.

정려각 게시판의 기록을 보면, "엄흥도가 영월호장으로 있을 때 단종이 노산군으로 강봉되어 유배 중에 사약을 받고 1457년 10월 24일 승하하니 그 시신을 수습하여 암장하였다. 이러한 행위는 삼족을 멸할 것이라는 준엄한 국법에도 굴하지 않은, 단종에 대한 충절을 높이 사서 선조 33년 충의공의 시호를 받다"라고 기록되어 있다.

이곳에서 서북편의 구릉에 위치한 단종의 묘에 올라 보니 좌우편으로 청룡백호를 이루고 묘의 배경인 조산은 허약하게 보였으나 주위의 산수풍치를 살펴보면 훌륭한 묘지가 분명했다. 나는 풍수지리설을 믿지는 않는다. 내가 오래 전 부모님 생전에 부모님의 사후를 생각하여 자식 된 도리로서 묘지에 대한 상식을 얻고자 '명당전서'를 몇 번 읽어보았던 탓인지 크게 보이는 묘에서는 알고 있는 상식 범위에서 이것저것 살펴보는 습성이 있다.

왕릉 전면에는 고색 짙은 각종 석물이 배열되어 있고 게시판에 전하는 단종에 대한 기록을 요약하면, "12세(1452년) 즉위, 1457년 노산군으로 강봉, 그 해 10월 24일 사약, 17세에 승하, 엄흥도가 시신을 수습하여 도을지산인 이곳에 암장, 숙종 24년(1698)에 복위, 단종묘를 장릉이라 하였다"라는 것이다.

또한 능 앞에 있는 장릉의 유래로 게시된 내용을 요약하면, "1457년 6월 21일 상왕께서 노산군으로 강봉, 청령포에 유배 중 2개월의 극심한 홍수로 인하여 관풍헌으로 옮김. 세조 3년 다섯째 삼촌 금성군이 단종의 복위를 꾀하다가 발각되어 폐서인으로 되고 그 해 10월 24일 사사(賜死). 나이 17세 중종 11년(1516년) 노산묘를 찾으라는 왕명이 있었고, 중종 36년 영월군수인 박중원의 현몽으로 단종묘를 찾고 숙종 24년 추복 수축되었다"는 것이다.

단종의 강봉, 유배, 사사(賜死)에 이르는 비극의 역사와 더불어 불사이군 (不事二君)의 충절을 지켜 단종 복위를 꾀하려다 발각되어 처참히 죽어간 성

삼문 등 사육신의 목숨은 이슬로 사라지고 김시습 등 생육신을 비롯한 단종을 따르던 많은 충신들이 일생을 폐인처럼 살다가 세상을 떠났으며, 강원도 정선의 '정선아리랑' 도 이와 연결된 한 맺힌 슬픈 가락으로 전하여 지금도 여전히 불리고 있다.

우리 일행은 오후 3시 30분, 단종의 원환이 담긴 역사의 현장을 떠나면서도 마음은 장릉에서 떠날 수 없는 아쉬움이 있었다. 돌아오는 길은 갈 때와는 달리 제천을 경유하지 않았다. 단양을 거쳐 수안보로 가서 온천욕을 하고 가기로 계획되어 있기 때문이다.

장릉을 떠나 가까운 거리에서 영월화력 발전소가 차창 밖으로 스쳐 지나갔다. 이곳 화력발전소는 과거 전력생산 50만 킬로와트의 중요한 발전소로 이름이 있었으나 지금은 원자력 발전소에 밀려 미미한 존재라고 한다. 우리가 단양을 향하여 달리는 도로 연변으로는 서강(西江) 연안의 청령포를 거쳐 흐르는 동강 물줄기가 단종의 애사를 아는지 모르는지 유유히 흐르며 숨었다가는 다시 나타나는 숨바꼭질을 계속하였다. 옛날에는 동강에서부터 뗏목으로 한양까지 화물을 실어 나르고 그 소요시간이 5일이나 걸렸다고 전한다. 이 동강은 단양을 거쳐 충주호로 이어지는 북한강의 상류이다.

저 멀리 계족산과 태화산의 자태가 스쳐 지나가고 산에서 산으로 이어지는 포장도로는 끊임없이 갈지(之)자로 이어지고 화창한 만춘 오후의 신록 사이로 달리는 기분은 차내에서 은은히 흘러나오는 경음악과 함께 매우 상쾌하였다. 수안보에 도착하여 조선호텔 부설온천에서 가볍게 젖은 땀을 씻어내고 경쾌한 몸으로 저녁 8시 30분 청주에 돌아왔다.

그런데 나는 우연히《충주지씨 문헌지》에서 나의 21세조와 16촌이 되시는 충청병마절제사를 지내신 종조부 지정(池淨)이 단종 복위를 꾀하다가 영암으로 유배당한 후 안평대군과 함께 사사당한 기록을 발견하고 청령포에 대하여 좀더 세심히 살펴보고 싶은 충동을 느꼈다.

(2001. 8. 4)

청령포 수심

청령포 굽이치며 흐르는 서강물
단종대왕 애통 실은 그 옛날을 잊었나
너의 모습 변함없이 흘러만 가는
고적한 청령포에 관음송만 외롭구나

청령포 망향탑은 말해 보려나
한양 천리 두고 온 님 잊을 수 없는
단종대왕 구곡간장 눈물에 녹는데
너만은 어찌하여 무심히도 흐르느냐

청령포 노산대는 옛 님을 기리지만
주인 없는 네 모습만 말없이 외롭구나
한양 천리 먼 하늘만 바라만 보던
단종대왕 슬픈 사연 너는 잊지 못하리

*1995.5.4 교정 동우회원 일동과 단종의 유배지이었던 청령포를 찾아
보고 한과 외로움과 애수에 젖었을 당시의 단종의 유배생활을 마음
속에 그려보며. 1999. 5. 6. 작사 하곡

4-5
♥ 노인들의 대화

몇 달 전 만하여도 매일처럼 우암산록의 산책길을 오르내리던 것이 지금은 옛일처럼 느껴진다. 오른쪽 무릎에 관절염이 생기면서 통증으로 인하여 산책을 하지 못하고 있기 때문이다. 그렇다고 집안에만 가만히 있게 되면 관절염이 더욱 악화된다며 무리 없는 평지산책을 지속하여 보라는 것이 친구들의 권유이다.

그리하여 오후에는 병원치료를 다니고 오전에는 10시부터 약 2㎞ 거리 되는 명암저수지 근처를 돌아서 용암 아파트 단지내 휴식공간에서 잠시 쉬었다가 다시 반대 방향으로 돌아 집으로 돌아오는 보행운동을 반복하는 것이 일과처럼 되었다. 그 날도 여느 때와 다름없이 산책길을 돌아 아파트 단지의 휴식공간에 이르렀을 때에 처음 보는 한 노옹(老翁)이 돋보기안경을 쓰고 자그마한 치부책 같은 것을 열심히 들여다보고 있었다. 그는 내가 옆으로 지나는 것도 모른 채 치부책에만 정신과 눈이 집중되고 있는 것 같았다.

그 휴식공간은 중앙에 사각정자가 서 있고 주위에는 3~4인이 앉아 쉴 수 있는 목조로 된 긴 벤치가 여기 저기 적당한 간격을 두고 설치되어 있고 변두리에는 잔디밭에 크고 작은 각종 관상수들이 어우러져서 잠깐 쉬어 가기에는 아주 좋은 환경을 이루고 있는 곳이다. 나는 그 노옹이 앉아있는 벤치로부터 두 개의 벤치가 띄워져 있는 곳에 자리잡고 앉아 양손으로 무릎을 주무르며 그 노옹이 무엇을 그토록 열심히 들여다보고 있을까 하는 호기심으로 힐끗힐끗 곁눈질로 훔쳐보고 있었다.

　노옹은 잠시 후 열심히 들여다보던 것을 멈추더니 얼굴을 돌려가며 안경 너머로 주위를 살펴보다가 나를 물끄러미 바라본 후 내가 앉아있는 의자로 천천히 걸어와서 동석하는 것이었다. 노옹은 잠시 나의 동정을 살펴보다가 말을 걸어왔다. "오늘 따라 날씨가 매우 화창합니다." "네, 그렇습니다." 드디어 대화가 시작되었다. (이하 노옹은 '노', 나는 '나' 로 표기한다.)

(노) : "댁은 어디에 살고 있습니까?"

(나) : "금천동 현대아파트에 살고 있습니다."

(노) : "좋은 곳에 살으십니다."

(나) : "뭘요."

　이처럼 자연스런 대화가 시작되면서 노옹은 나에게 조금씩 가까이 다가왔다.

(노) : "성씨는 어떻게 됩니까?"

(나) : "네! 저는 '충주 지' 가입니다."

(노) : "'충주 지' 씨라…(속말을 하며 다시) 고향은 어디신가요?"

(나) : "증평읍 송산이란 곳입니다. 속칭 삽사리라 부르지요."

(노) : "아! 그렇군요. 한 때 내가 증평에 살았기 때문에 삽사리를 잘 알고 있지요. 그곳은 지 씨들의 모자리판이지요."

(나) : "잘 아시네요. 그런데 지금은 젊은 사람들이 모두 직장과 생활에 따라 각지로 흩어지고 동네가 노인들만 사는 빈동으로 되어 있습니다."

(노) : "지금 세상 어느 촌락이나 다 그렇지 않습니까? 세상 좋아졌다고 해도 옛날처럼 살아가는 재미가 없어요."

대화가 여기까지 이르던 중 나는 슬그머니 이 노옹에 대하여 무례하다는 생각이 들었다. 자기의 신분을 밝혀주지 않고 상대방의 신상문제를 일방적으로 질문하는 것이 못마땅하였기 때문이다. 그리하여 나도 그 노옹의 성씨와 고향을 반문하였다.

(나) : "그런데 노인장께서는 성씨가 어떻게 되십니까?"

(노) : "나는 '오' 가입니다."

(나) : "그러시군요. '오' 씨라면 현도면에 '보성 오' 씨들이 많이 사시는데요."

(노) : "그렇지요. 내가 바로 현도의 '보성 오' 가입니다."

(나) : "그렇군요. 그러면 현재 살고 계신 곳은 어디입니까?"

(노) : "명암동 동물원 앞에 살고 있습니다."

(나) : "아! 그렇습니까? 그 근방에 범바위골이란 동네가 있습니까?"

(노) : "내가 바로 범바위골에 살아요. 옛날 범이 나타나던 곳이라 하여 범바위골이란 전설이 있지요."

(나) : "그러시면 곽웅영이란 분을 아십니까?"

(노) : "알다마다요. 그분이 명암약수의 주인이고, 그 사위 되는 분이 검사를 지낼 때는 한참 좋은 세월이었으나 저세상 사람이 된 지 꽤 오래 됐어요."

(나) : "그렇습니까? 지난 세월이 아득한 것 같으면서도 아주 빠른 것이라고 느껴집니다."

(노) : "그렇고 말고요. 그러기에 세월을 두고 말하기를 유수(流水)와 같다느니 쏜살과 같다느니, 인생을 초로(草露)와 같다는 말들이 있지 않습니까?"

　　이와 같은 평범한 대화가 오가는데 이번에는 노옹이 화제를 바꾸어 종교문제를 들어 말을 걸어왔다.

(노) : "종교를 가지고 있습니까?"

(나) : "예. 저는 기독교 신자입니다."

(노) : "나는 천주교 신자요. 그러면 신앙생활은 얼마나 되었습니까?"

(나) : "네! 한 20년 되지요."

(노) : "나는 35년쯤 됩니다."

나는 이 노옹이 무례한 노인으로 생각하였으나 대화과정을 통하여 그것은 나의 경솔한 선입견이었음을 느꼈다. 그러나 노옹이 열심히 들여다보던 그 치부책에 대한 궁금증은 풀리지 않았다. 그리하여 말문을 열었다.

(나) : "영감님 조금 전 저쪽 의자에서 열심히 들여다보시던 치부책은 무엇입니까?"

(노) : "응! 이 주위에 친구가 산다는데 그 친구의 주소와 전화번호를 찾으려고 그랬어요."

(나) : "그래요. 찾아내셨습니까?"

(노) : "찾기는 하였는데 그 집을 찾아야지……."

이때 노옹은 다시 화제를 종교문제로 돌렸다.

(노) : "그런데 어느 친구는 나에게 하나님을 믿는 것은 좋은데, 하나님이 있다는 것은 과학적인 증거가 없고 하나님을 보았다는 사람도 없다나요. 제기랄. 참!"

(나) : "그래서 무어라 대꾸하셨어요?"

(노) : "당신 집에 족보가 있소? 족보가 있다면 그 시조를 보았다는 사람이 있소? 하고 받았지."

(나) : "그러게 말이요."

나는 노옹이 잘 했다고 동조하는 듯이 싱긋 웃어 보였다. 노옹은 나의 동조하는 듯한 태도에 약간 기분이 상기된 표정을 짓더니 깊숙한 속주머니에서 담뱃갑을 꺼내어 담배 한 가치를 입술에 물고 라이터불을 켜서 붙이고 한 모금을 크게 빨아 내쉬면서 다시 말을 이어갔다.

(노) : "기독교 신자들은 담배를 피우지 않지요?"

(나) : "그렇습니다."

(노) : "천주교 신자는 담배도 피우고 술도 마십니다. 조상에게 제사도 지내지요."

(나) : "알고 있습니다."

(노) : "성경에는 담배를 피우지 말라는 구절이 없어요. 그런 것은 사람이 지어낸 계명이요."

(나) : "알고 있습니다."

  이때 나는 성도에게 담배를 피우지 못하게 한 유래를 내가 들어서 아는 대로 말하며 노옹의 주장에 대응하였다.

(나) : "기독교가 처음으로 우리나라에 들어올 때 지금과 같은 예배당 시설이 아닌 사랑방 등에서 예배를 드리고 설교도 하고 전도도 하게 되는데 사람들이 긴 장죽에 담뱃진이 꼬록꼬록하는 소리가 나도록 담배를 잇달아 털고 담으며 피우던 관계로 그 연기와 냄새 때문에 선교사들이 도저히 견딜 수 없어서 담배를 금하도록 하였다는 말을 들어본 적이 있습니다."

(노) : "그러기에 사람이 지어낸 계명이지 하나님의 계명은 아니라는 말이지요."

(나) : "담배는 믿지 않는 사람에게도 해로우니 피우지 말라고 하지 않습니까?"

(노) : "그것은 그렇다 해도 하나님의 계명은 아니라는 것이지요.(노옹은 계속 상기된 기분으로) 제사문제도 그렇지요. 아! 자기 조상에게 제사 지내는 것이 무엇이 잘못이란 말이요."

(나) : "그것은 그렇습니다. 그런데 조상의 기일에 추도 예배를 드리는 것은 형식은 다르지만 같은 의미라 할 수 있지요."

(노) : "아! 참 이상하시군. 조상에게 제물을 차려 놓고 절하며 제사 올리는 것과 하나님께 찬송 부르며 추도 예배를 드리는 것은 근본이 다른 것

인데."

　나는 이쯤하여 노옹의 주장을 반대하거나 이유를 달지 않고 화제를 바꾸었다.

(나) : "어르신 실례이지만 연세가 어떻게 되십니까? 대단히 건강하십니다."

(노) : "나 85세요. 댁은 몇이요?"

(나) : "저는 80입니다. 저보다 5년 위이시군요."

(노) : "그렇게 안 되어 보이는데. 자녀는 어떻게 두었소?"

(나) : "아들 둘, 딸 둘, 4남매입니다."

(노) : "그래요. 나도 4남매인데 아들 둘, 딸 둘이요. 그런데 요즘 자식 놈들 하는 꼴을 보면 기가차서 말이 안 나올 때가 많아요."

(나) : "요즘 젊은이들 그런 면이 많지요."

(노) : "제기랄. 교수란 자가 재산 때문에 자기 애비를 죽이질 않나. 늙은 어미를 멀리 데려다가 버리고 오질 않나. 이놈의 세상 어쩌려고 그런지…… 말세는 말세인가 봐."

(나) : "말할 수 없는 한심한 일들이 하나 둘이 아니지요."

(노) : "손발이 닳도록 일만 하고 굶주려 자식 놈들 공부시켜 길러봤자 다 허사요. 젊은 놈들 먹고 입고 하고 싶은 것 다 하면서 부모는 안중에도 없으니 세상 말세이지 무엇입니까?"

(나) : "요즘 젊은이들 중 그런 짓이 많지요. 문제는 문제입니다."

(노) : "나는 지금도 성당에 오갈 때 서운동까지 걸어 다닙니다. 버스가 있지만 타 보지 않았어요."

(나) : "그것도 건강하시기에 가능하시지요."

(노) : "그건 그래요. 그러나 주머니에 언제나 소주 한 잔 값은 꼭 넣고 다니지요."

　나는 대꾸 없이 묵묵히 노옹을 바라보았다.

(노) : "엉망진창인 세상살이 말해서 무엇 하오. 가슴만 답답하지…… 여기

어디 다찌노미(서서 술 한 잔 하는 것) 한 잔 하는 데 없나……."

(나) : "이곳에는 그런 곳 없을걸요."

(노) : "아 그러면 슈퍼에서 한 병 사다가 한 잔 해도 좋지."

이때 나는 그 노옹이 어디 가서 술 한 잔 하였으면 하는 의향을 눈치 채고 그 자리를 피해야겠다는 속셈으로 손목시계를 들여다보며 (혼잣말로) "아이고 벌써 12시 10분 전이네" 하며 일어서려는 거동을 하였다.

노옹은 말벗을 잃는구나 하는 눈빛으로 물끄러미 나를 바라보았다.

(나) : "말씀 잘 들었습니다. 저는 이제 먼저 가 보아야 하겠습니다."

(노) : "나도 가야 합니다. 같이 갑시다."

이때 노옹은 나의 옆에 나란히 걸으면서 대화를 이어갔다.

(노) : "아! 이곳 지리를 알아야 친구를 찾아가지. 어, 참."

(나) : "전화를 걸으시던지 구멍가게나 사람들에게 물어보면 될 것입니다."

(노) : "그럴까. 우리 슈퍼에 가서 길도 물을 겸 소주 한 병 사가지고 다찌노미 한 잔 합시다."

(나) : "감사합니다. 제가 시간이 없네요. 빨리 가 보아야겠는데……."

나는 이 말을 남기고 빠른 걸음으로 노옹을 따돌리고 발걸음을 재촉하였다.

그 후 나는 그 노옹의 순박해 보이는 노태와 주장하는 화제, 그 억양 등이 떠오르곤 하였다. 또한 그 노옹에게 소주 한 잔을 대접하지 못하고 길도 찾아주지 못하고 고의로 따돌리고 돌아온 것이 매우 마음에 걸리기도 하였다. 요즘 노인들이 자식의 눈치를 보며 용돈 몇 푼 받았으면 하는 노인층이 많다. 이 노옹도 그런 편의 노옹이 아닌지 추측하여 보기도 하였다. 또 이 노옹은 몇 푼의 주머닛돈이 비상금이 아니고 왜 하필 소주 한 잔 값인가. 이로 미루어 상당한 애주가인 듯한 생각도 들었다.

그 노옹은 종교적인 신념에 따라 주장하고 고집하고 확신하는 것 등은 그것대로 노옹 자신의 문제이나, 젊은 세대들의 경로효친의 문제점과 분수에 넘치는 낭비생활 등은 노령세대의 많은 층이 공감하는 면도 없지 않다.

반면 불효 망측한 사례는 예나 지금이나 인간사회에서 간혹 있어 온 사례이고 아직도 경로효친의 미풍은 그런대로 살아 숨 쉬고 있다. 또한 젊은 층의 낭비는 물질적으로 풍요로운 세상을 사는 그들에 대하여 빈곤시대를 살아온 노령들의 눈에 비쳐지는 갈등으로 여겨지기도 하였다. 여하튼 노령층은 빈곤시대에 태어나서 풍요시대를 이끌어 낸 주역들이다.

그 때문에 상전벽해(桑田碧海)로 변한 물질만능주의, 노소를 막론하고 인권이 존중되는 자유주의, 평등주의 등 전반적으로 급변한 현대생활에 갈등이 없을 수도 없을 것이다. 노인들의 불만은 거의가 한 목소리이고 같은 색깔이다. 그 대화는 죽이 맞아 맞장구치는 경우가 많다. 나도 또한 이에서 벗어나지 못하는 처지로 생각하며 초록(草綠)은 동색(同色)이요, 유유상종(類類相從)이란 고사성어가 머리를 스쳐갔다. 노옹의 예사로운 말들은 은연 중 험난한 세상의 단면을 말해 주는 것 같으며 노인들이 겪어 온 인생의 소망과 실망이 엇갈리는 갈등의 현상을 대변하는 것 같다.

생각해 보면 노령 층도 젊은 층도 그렇다. 젊은 층은 아무리 복잡한 현대를 살아가기에 여념이 없다고 해도 인간본연의 경로효친(敬老孝親)은 외면할 것이 아니다. 또한 노인들은 일방적으로 대우받아야 함을 당연시하는 존재로 군림하여서는 아니 될 것이며, 젊은 층을 이해하고 포용하고 더불어 즐겁게 살아가는 생활을 찾아야 할 것이다. 젊은이들은 우리의 자녀이다. 자녀에 대한 교훈의 책임도 노인들의 몫이다.

현대의 노인들은 일제 학정(日帝虐政) 하에서 태어나고 굶주림과 헐벗음의 생활고를 거쳐서 해방 후에는 빈곤을 이겨내고 오늘의 풍요를 이루어 낸 주역들이다. 거칠고 못 박힌 손발과 이마의 주름은 인생의 훈장이며 살구꽃처럼 피어난 흰 머리는 인생의 면류관으로 비유할 수 있다. 따라서 노령들은 오랜 생활경험을 토대로 젊은 세대의 사표(師表)로서 영예롭고 자랑스러운 노인상(老人像)을 간직하는 노력이 절실하다.

4-6
💙 현대의 노인상(老人像)과 노인회 운영

1. 머리말

현대사회는 너무도 급속도로 변화하고 있으며 무한경쟁의 틀 속에서 살아가는 어려움과 복잡함이 많은 세상이다. 과거의 농경사회에서 공업사회로 변화된 우리 사회는 대대로 이어 살던 집성촌(集姓村)이 분산되고 몇 대한 가정을 이루던 대가족제도는 핵가족화 하여 흩어져 살게 되었다. 이와 같은 변화는 종전의 장유유서(長幼有序)의 질서가 변화하고 인권사상이 극도로 신장되어 노유(老幼)를 막론하고 다 같이 존중되어야 하는 세상이다. 여기에 과학문명의 발전은 생명연장을 가져오고 노령 인구는 급속히 증가하여 사회문제로 대두하게 되었다.

이제 노령들은 종전과 같은 경로효친의 전통에 따른 고정관념으로 존경받아야 한다는 자존심과 자녀로부터 효도받기를 즐겨하고 당연시하는 사고방식은 새로운 각도에서 재검토되어야 한다. 그러나 노인은 오랜 삶 속의 모든 경험을 가지고 또는 삶 속 깊이 배어온 우리 민족 전통과 미풍양속 등을 후대에 이어주는 전수자로서, 나아가서는 가족과 사회의 구성원의 한 사람으로서 노령 나름의 합당한 역할을 다 하여야 한다.

필자는 이에 청주시립 노인종합복지관 정주남 복지사의 권고에 따라 노인의 한 사람으로서 내가 처하고 있는 입지(금천동 현대아파트 노인회장)에서 그 동안의 경험을 토대로 노령의 가정에서의 역할과 외부 생활의 장(場)이라 할 수 있는 경로당(금천동 현대아파트 노인회)의 운영 실태를 ―자문 또는 의견교환의 의미를 가지고― 소개하기로 한다.

2. 노인회 운영의 자성과 진로

지금까지의 노인회 대부분은 노인집단의 사랑방(노인정)과 같은 무질서와 무위로 안일하게 소일하며 존경받고 대접받기를 즐기는 경향이 짙어 가족과 주위 사람들에게 부담이 되는 존재로 머물러 왔다. 이제 시대의 흐름에 따라 우리의 노인상은 이에서 벗어나야 하고 적극적으로는 보람과 즐거움을 스스로 개척하는 의지와 긍지를 가지고 그 목적 달성에 치중하는 운영으로 진로를 전환함이 필요하다.

3. 운영목표

1) 우리는 노인이라는 자존심에 사로잡히지 말고 가족과 이웃을 돕는 생활에 적극적으로 참여하여 더불어 즐겁게 생활한다.

노인의 즐거운 생활은 얼마나 행복한 생활인가. 더불어 살기 위해서는 모든 일에 동참하는 것을 요체로 한다. 예를 든다면, 가사의 동참으로 집안 청소, 가정용품 등의 정리 정돈, 식사를 전후한 식탁차림 돕기 및 정리, 정원 또는 화분 가꾸기, 나아가서는 야채 다듬어 주기 등에 동참하는 계기를 통하여 가족간에 정담이 오가고 서로의 소중함을 알게 되고 서로의 의사가 소통되는 등으로 알게 모르게 일심동체가 되어 즐겁게 생활한다.

이웃 사이에도 양태는 다르지만 가정에서 동참하듯 서로 돕고 의지하는 가운데 신뢰가 두터워지고 정을 나누게 됨에 따라 이웃과 더불어 즐겁게 생활하게 된다. 더불어 살지 못하면 외로움이 오고 즐겁지 못하면 괴로움과 짜증이 온다. 더불어 즐겁게 살아가는 노후의 생활은 노인들의 지상목표가 되어도 지나침이 없다.

2) 우리는 민족 전통의 미풍양속을 계승 발전하여 청소년들에게 예(禮), 지(智), 덕(德)의 숭상과 경로효친 사상을 진작시킨다.

우리 민족만의 자랑이라 할 수 있는 전통의 미풍양속은 계속하여 유지되어야 한다는 필요성에서 청소년들을 지도하고 육성한다.

3) 우리는 준법정신과 사회질서 확립에 솔선수범하고 서로 돕는 사회풍조를 조성한다.

준법정신과 사회질서 확립을 위한 것은 노인 측에서 본보기가 되어야 하고, 서로 돕는 아름다운 사회풍조 역시 어른들이 본보기가 되어야 한다.

4. 운영세칙

1) 월례회 임원회 총회 등 각종 회의를 통하여 중요안건을 협의 처리한다.

2) 골목길 가꾸기 등 봉사활동(가로수와 화단 가꾸기, 오가는 길 쓰레기 줍기 등)을 일상화하고 매 월례회 개최일에는 회원 총동원으로 인근 골목길의 쓰레기 줍기를 실시한다. 이때에는 '현대아파트 노인회'라는 어깨띠를 두르고 쓰레받기와 빗자루를 들고 실시한다.

3) 각종 연수회, 강연회, 전시회 등에 참여하여 자기 계발 및 시대 적응에 노력한다.(노인의 시대생활의 낙후를 만회하기 위함)

4) 고적지, 유적지, 관광지 등을 참관하여 문화를 애호하고 견문을 넓힌다.

5) 모범적인 효자 효부를 발굴하여 표창하고 경로효친 사상을 고취한다.(전통의 미풍양속을 후세에 전수하기 위함)

6) 불우이웃돕기와 같은 환난상조를 통하여 상부상조의 정신을 실천한다.

7) 초 · 중등학교 방학기간을 통하여 한문교실을 개설하고 한문교육을 돕

는다.

8) 일상생활에서 항상 친절과 예의를 지키고 언행을 신중하고 온화하게 하여 존경받는 노인상(老人像)을 유지한다.

9) 회원 상호간의 친목을 돈독히 하기 위하여 계절풍속 행사를 실시한다.(윷놀이, 복달임 등 민족 전통 계절행사로 실시함)

5. 맺는 말

이상은 금천동 현대아파트 노인회의 운영목표와 운영세칙의 개략적인 내용을 소개한 것이다.

여기서 중요한 것은 그 목표와 세칙에 따른 실천이다. 그 실천은 전 회원의 적극적인 참여 없이는 실현될 수 없다. 이와 같은 문제점에서 시대적응에 필요한 연수회 · 강연회 · 전시회 · 노인대학에 참가한다. 특히 각종 강좌는 사회 지도층 인사를 초빙하여 실시하고 있다.

그리고 특기할 것은 노인회 활성화 추진 사업의 일환으로 시행하는 청주시 노인종합복지관(이하 복지관)의 지원이었다.

복지관에서는 우리에게 TV 1대를 기증하는 등 물질적으로 지원하는 한편, 매주 2회 노래교실, 레크리에이션, 수지침, 건강 체조, 발마사지, 종이접기, 생신잔치, 윷놀이 등 다양한 행사를 1년간에 걸쳐 지속적으로 실시하여 우리 노인회를 활성화로 이끄는 데 큰 힘이 되었다.

모든 행사의 과정에서 정주남 복지사(담당자)는 노인들과 어울려 마치 손녀처럼 정을 담아 유익하고 흥미롭게 모든 행사를 이끌어 주었다. 생일잔치에는 소박하면서도 생일 선물을 빼놓지 않고 챙겨서 축하해 주는 배려가 있었고 그 고마움이 마음 속 깊이 느끼게 하였다.

또 하나는 금천동 '새생명 교회' 어머니 팀의 발마사지 행사이었다. 어떤 어머니가 어린 아기를 등에 업고 와서 찌그러지고 냄새나는 노인들의 발을 정성껏 주무르고 만져가며 마사지하는 정은 부부간, 손녀간, 자녀간에서도 보기 드문 일이며 사랑의 실천이었다. '새생명 교회' 어린이 악단의 위로 연주에서는 앵두 같은 입술에 고사리 같은 손으로 악기를 다루던 귀여운 모습이 참으로 아름다웠다.

특히 빼놓을 수 없는 행사로는 복지관 주최로 열린 윷놀이 행사였다. 행사에 필요한 상품과 기타용품 음식물까지 주최 측에서 준비하고, 행사를 돕기 위한 부녀회원이 동원되고, 단지 내의 굿모닝 마트에서는 과일, 음료수 등의 지원이 있었다. 이러한 모든 행사 때마다 정주남 복지사의 준비된 역량으로 훌륭히 이루어졌음을 감사하며 노인회 지원에 협조한 모든 분들에게 감사의 인사를 드린다.

이러한 행사를 통하여 느껴지는 것은 아직도 우리 민족에게는 경로효친 사상과 상부상조하는 미덕이 살아 숨 쉬고 있다는 사실이며, 이러한 사회에 보답하기 위해서는 존경 받을 수 있는 노인의 모습을 다져가야 하겠다.

－필자 : 청주시 상당구 금천동 현대아파트 노인회장 지교옥－

4-7
💙 교정인(矯正人)의 업연(業緣)

인생은 직업과 연유하여 여러 모양으로 지워지지 않는 습성을 가지게 마련인가 보다. 초야에 묻혀 농업이 생업으로 길들여진 농부에게는 활동적인 등걸 잠방이를 입고 땀 흘려 농사짓는 소탈함이 그 생활 모습인데 어느 날 갑자기 양복에 구두를 신고 의자에 앉아 업무를 보게 한다면 견디기 어려운 고통이 따르게 될 것이고, 반대로 사무원에게 농복을 입고 농경 작업을 하도록 한다면 역시 고통이 따를 것이다.

이와 같이 누구에게나 나름대로의 그 직업과 인연하여 알게 모르게 길들여진 특성과 품성이 있을 것 같다.

8·15 광복 후 나는 젊은 나이에 눈같이 흰 정복에 긴 백통칼을 허리에 내려차고 다니는 교도관(당시에는 형무관으로 호칭되고 그 제복은 일제식민지 잔재하의 제복이었음)이 멋지게 보인다는 하나만의 이유로 교도관의 첫발을 들여놓게 된 후 이런저런 사연과 고달픔으로 사직원을 내고 그만두겠다는 결심도 하였으나 다시 망설이게 됨을 몇 번씩 되풀이하다가 평생을 교도관 생활에서 벗어나지 못하고 정년 퇴임에 이르렀고, 그 후 다시 광의의

교정(矯正)이라 할 수 있는 갱생보호 업무에서 6년간을 봉직하다 보니 만 36년이란 세월을 교도관(이하 교정인이라고 칭함)으로 살게 되었다.

그러나 인생을 후회한 일은 없었다. 오히려 무미건조하고 고달프고 빛을 볼 수 없는 음지에서 나름대로 묵묵히 교정에 몸 바쳐 온 것을 의지 굳고 인내심 강한 자랑스러운 것으로 자부함이 있었을 따름이다.

덕분에 나에게는 나 자신도 의식하지 못하는 지난날의 직업적 인습이 몸에 배어 있음을 느끼게 되고, 타인으로부터 지적당하는 경우도 있고, 때로는 교정과 연관하여 사소한 사회문제를 가지고도 심리적인 책임의식을 느껴 보는 경우도 있다.

이를테면, 외출할 때나 침상에 들기 전에는 규칙적으로 처에게 "베란다 창문 잘 닫혔는가?" 하고 묻게 되고 "닫혔어요"라는 처의 응답을 듣고서도 창문이 잘 닫혔는지를 직접 확인하게 되고, 가스레인지 밸브를 잘 잠갔는지 묻고 나서 잘 잠갔다는 응답을 듣고도 나 자신이 직접 확인하는 습성이 있다. 이럴 때마다 처는 자신이 한 일들을 믿지 못하고 사사건건 확인하는 나에게 기분 상한 눈초리를 보낸다.

이와 같이 매사에 확인하는 습성 때문에 주위 사람들을 믿지 못하는 소치로 여겨지고 때로는 교도관의 기질이 여전하다는 지적을 받거나 '붙박이' 같다는 말을 들을 때도 있다. 수용생에 대한 경비 업무는 순간순간마다, 장소가 옮겨질 때마다 눈과 마음 속으로 간단없는 인원 파악의 확인이 필수적이고 출입문 시정, 화기 검사 등 모든 업무를 확인 또 확인하는 것이 매우 중요하기 때문에 언제나 가정에서도 매사를 확인하는 버릇은 젊은 시절의 보안 업무의 습성에 연유하는 것으로 생각된다.

시설 내에 수용된 그들 간에는 그들 나름의 은어도 있었다. '경찰은 먹어 조지고, 검찰은 불러 조지고, 교도관은 헤아려 조진다'는 것이다. 3겟찌(3가지 트집쟁이)로 경찰, 신문기자, 세리(稅吏)를 들기도 하였다. 이러한 은어가 생기게 됨은 당하는 그들 쪽에서 해당 직업의 일면만을 보고, 토해내는 웃지 못할 표현이라고 생각할 수 있다.

썩 의롭지 못하고 불같이 조급한 성격을 지닌 사람도 교도관이 되고 나면 차분하고 무던히 참을 수 있는 성격으로 변한다는 말이 있다. 그 원인은 매일같이 수많은 수용생들의 비행을 듣고 보는 과정에서 인생의 참됨이 무엇인지를 터득할 수 있기 때문일 것이다.

때로는 비행집단이나 무지한 계층에서는 힘(완력)의 원리가 지배할 수 있고, 양심적이고 선량한 계층이 수모를 당하거나 손해를 보는 일이 있을 수 있다. 그러나 사필귀정으로 최후의 심판은 선량한 편에 손을 들어줄 것이다.

어린 묘목을 바르게 가꾸는 것이 사도(師道)라면 구부러진 나무를 바로잡아 주는 것은 교정인의 몫이라 생각할 때, 온화하고 고아한 품성 또는 누가 보지 않을지라도 도리에 벗어나지 아니 하며 말이 없어도 무언의 가르침이 되고 또는 산처럼 고요하고 신중함은 교정인이 지녀야 할 품성이며 인격이다. 세상 사람들은 말도 주장도 많다. 하지만 나의 주장만이 옳은 것이 아니다. 내가 주장하기보다 남의 말을 잘 경청하는 것이 예의이고 겸양이다.

오삼황금률(五三黃金律 ; 많이 듣고 적게 말하라)이란 선인들의 가르침이 있다. 어떠한 사람은 때와 장소를 가리지 않고 처음부터 끝까지 남에게는 말할 틈도 주지 않고, 일방적으로 자신만의 말만 쏟아 늘어놓는 것을 볼 수 있다.

말이 많으면 실수도 있게 마련이어서 구설자화환지문(口舌者禍患之門)이며 일언부중천어무용(一言不中千語無用)이라 했다. 짤막한 한 마디의 말로 사람을 감동시킬 수 있고 경고도 줄 수 있다는 비유로 촌철살인(寸鐵殺人)이란 말이 있다.

잘못된 말 한 마디 때문에 기분 상하고 고성이 오가고 주먹이 교환되는 경우도 있음을 생각할 때 언어생활은 가장 신중하고 아끼며 은인자중(隱忍自重)하는 생활모습은 비단 사회에서 뿐만 아니라 힘없는 수용생을 상대로

하는 교정인에게 필수적이며 이는 또한 그 인격의 반영이라 할 것이다.

인생은 청년, 중년, 노년으로, 그 연령 계층에 따라 언어생활과 행동양식도 변화한다. 피가 끓는 젊은 시절에는 나에게도 청운의 꿈이 있었고 불의를 보면 참지 못하는 기개도 있었다. 지금 생각하면 뜬 구름을 잡으려는 젊은이의 꿈이었지만, 국회의원에 출마하여 정치를 펴 보고 싶은 충동에 방황하던 시절도 있었고 간수부장(지금의 교사)이란 하급직에 있는 처지이면서도 당돌하게도 교도소쯤은 한 눈 안에 넣고 무엇 하나 두려움이나 못할 것이 없는 자신감으로 넘치던 때도 있었다.

어느 출장길에는 서울역에서 여객 운임의 끝전을 사사오입으로 취급하는 것을 보고 역 청사에 찾아가 책임자와 시비를 가리게 되었다. 당시 10전 단위의 끝전을 40전까지는 받지 않고 50전 이상은 1원으로 계산하여 받고 있음이 부당함을 주장하여 10전 위 동전일지라도 대한민국의 화폐이고 엄연히 통용되고 있는데 무슨 근거로 50전 이상 90전까지를 1원으로 받느냐며 그 근거의 제시를 주장하여 결국 그 잘못을 시인 받은 일이 기억에 남아 있다.

어느 때인가는 사사로운 개인적 사정으로 대전시청 건설과를 찾아가 건축허가 신청 첨부 서류의 열람을 청하다가 관계 직원으로부터 거절되었고, 그 이후에 과장으로 보이는 사람이 회전의자에 반쯤 누워 있는 자세로 "그것은 안 되는 것이오"라는 중복 거절을 당하여 대단히 마음이 상하였다. 그후 다시 문서에 의한 열람 신청을 하며 열람 불허 처분을 할 때에는 그 사유를 문서로 회시하여 달라는 단서를 달아 시비의 여지를 보임으로써 기어코 열람하고 말았다.

젊은 시절의 교정인으로 올바르고 합법적이고, 합리적인 것이 무엇인지 연구하고 공부하는 생활태도가 직무면에도 반영되고 큰 도움이 된다. 따라서 이러한 자신의 경험을 통하여 대인관계에 있어서는 예의 바르고 겸손해야 하며 가부(可否)에 대한 친절하고 충분한 설득이 선행되어야 할 것이다.

우리 인간은 불완전하면서도 완전하려고 노력하는 존재이다. 못자리판에는 벼를 닮은 피(가라지)가 섞여 있고 옥에도 티가 있다. 흰 쌀에 뉘도 섞여 있듯이 인간에게도 흠이 있게 마련이다.

김천교도소 서무과장으로 재직 당시 잊히지 않는 오해를 받은 일이 기억난다. 수용생 어머니가 그 전날 수용생에게 영치금을 차입한 일이 있었는데 그 다음날 면회 시간에 그 아들에게 영치금을 받았는지 물어 보니 받지 못했다는 아들의 답변을 듣게 되었다. 그 어머니는 관계 직원의 횡령으로 속단한 나머지 과장에게 찾아와서 그 사실을 지적하며 '왜 그런 짓거리를 하느냐'며 항의하는 것이었다.

그 사실 여부를 조사하여 보니 차입한 영치금은 그 절차와 영치금 대장에 이상 없이 차입되었으나 수용생 본인에게 필수적으로 고지해야 할 영치금 차입 통지가 아직 이루어지지 않고 있었다. 이로 인해 수용생은 영치금 차입 사실을 알 수 없었고, 그의 어머니는 부정행위로만 속단한 나머지 과장에게 항의하게 된 것이다.

오랜 세월이 흐른 지난날의 일이지만 '왜 그런 짓거리를 하느냐'는 부정의 누명이 있었던 일이 머릿속에서 지워지지 않는다. 생각해 보면 그 어머니가 자초지종(自初至終)을 알아보기도 전에 부정으로 속단한 것도 경솔하였지만 사소한 것으로 여겨지는 영치금 차입 통지가 얼마나 중요한 것임을 다시 한 번 뉘우쳐 보는 계기가 될 수 있었다.

이와 같이 사소한 일이지만 매사에 철저히 확인하는 습성은 교정인의 업연으로 생각해 보게 된다.

거리에 나서면 어른들이 담배꽁초를 아무렇게나 버리면서 거리낌이 없고 아동들도 과자의 포장을 뚝뚝 뜯어서 아무데나 버리고 먹고 다니는 것을 볼 때에 "그 아버지에 그 아들"(The father, The son)이라는 속담을 되뇌며 한심한 생각이 들 때가 많다. 어른들의 행동이 곧 어린이에게 반영된다고 생각하면 무엇 하나 소홀히 할 수 없다고 생각하며 교정인도 또한 모든 수용생 앞에 부끄러움이 없는 행동이 아쉽다.

지난 해 8월에 큰 수재가 있었다. 설상가상으로 초등학교 아동들에게 아폴로 눈병이 만연되고 전국적으로 하루 사이에 무려 12만여 명의 아동들에게 번져가는 상황으로 인하여 휴교하는 학교가 늘어간다는 보도가 있었다. 뒷이야기로는 그 원인이 눈병에 감염된 학생과 감염되지 않은 학생간에 눈을 맞대어 비비기도 하고 그 눈물을 발라 주는 등의 행위로 아폴로 눈병이 급속도로 번지게 되고 또한 눈병을 옮아 주는 과정에서 돈을 받기도 하였다는 항간의 소문을 듣고 아연하지 않을 수 없었다. 이와 같은 어린이들의 행동은 실컷 놀고 싶고 쉬고 싶다는 것이었다.

세상이 무한 경쟁시대라 하지만 자녀들의 가르침도 남보다 앞서야 되겠다는 어른들의 지나친 탐욕은 방과 후에도 몇 종류의 과외 공부를 강요당해야 하는 아동들이 오죽하면 눈병을 앓더라도 실컷 놀고 싶고 쉬고 싶어 했겠는가 하고 생각하며 철없는 아동들이 가여운 생각이 들었다.

세상 되어가는 현실 문제가 이뿐이겠는가. 가지가지 구석구석마다 문제가 있음이 현실이다.

자본주의하에서는 욕망은 발전의 동기가 된다고 하지만 과욕 때문에 선과 악이 혼동하고 때로는 허영도 도덕률이 될 수 있다고 보아 물신주의(物神主義)와 과욕에 의한 경쟁시대가 낳은 여러 가지 부작용이 걱정되지 않을 수 없다. 부와 명예만이 인생 최고의 축복으로 전제되는 것은 아니고 더불어 살아가는 윤리 도덕이 아쉬운 때이다.

끝없는 탐욕은 나 자신은 말할 것도 없고 사회를 파멸로 몰아가는 경우가 있음을 생각할 때 자신에게 이익이 될지라도 그것이 공동사회 면에 비추어 의로운 것인가를 생각하라는 선인들의 가르침과 같이 우리 민족의 뿌리 깊은 도덕률의 전통을 연면히 되살려 가는 우리 모두의 각성과 노력이 아쉽다.

교정 업무는 국가 형벌권의 집행이라는 위치보다는 낙오된 이웃을 선량한 국민 대열에 다시 설 수 있게 이끌어 주는 선도자로서의 부차적인 사명이 중시되고 있다. 교정인에게는 모든 면에서 신의(信義)와 성실(誠實)을 바탕에 두고 강직하고 민첩한 행동 양식과 기지가 필요한 반면, 유연하고 정서적인 성품이 겸비된, 강직과 유연이 조화를 이루는 융통성이 요구된다.

교정인들의 모든 근무 여건은 일일이 거론하지 않더라도 타직에 비추어 그 어려움이 많다. 우선 교정의 대상이 되는 수용생과의 관계도 선도자로서의 모든 몸가짐이 솔선수범이 될 수 있는 특별한 품격이 필요하고 활동 범위는 사회와 격리된 시설과 공간내로 한정되어 빛을 볼 수 없는 음지에 서게 되고 업무 내용이나 성격 등이 공안직(公安職)으로서 또는 지도자로서의 입지와 책무가 겸하여진 다원적이며 소외된 환경에 서 있는 느낌을 체험할 수 있다.

이러한 여건 때문에 사생활 면에서도 뒤떨어지기 쉽고 검소하고 절제하지 않으면 생계를 이어가는 데 어려움이 많으며 너무 우직하게 보이고 어딘가가 좀 모자라는 것같이 보이기 쉽다. 어려움을 딛고 선 교정인들은 현직 또는 재야를 막론하고 남다른 동지요, 형제요, 선후배요, 더 나아가서는 교정 가족이라는 동기애의 애착을 가지게 된다.

이와 같이 어려움을 헤쳐 가며 공복으로서의 사명을 다하려는 교정인의 인내와 자부심은 국민의 귀감이요, 등불이요, 자랑이라고 하여도 부족함이 없다. 따라서 현직에서 봉직하는 교정인들은 국민의 공복으로서의 사명을 다하여 국가 발전과 선진(先進) 교정(矯正)을 향하여 봉직하는 사명의식이 불타야 하고 재야 교정인들은 이에 못지않게 무엇이 재야 교정인들의 사명인가를 찾아서 일반 국민 앞에 한 점의 부끄러움도 없는 사회봉사의 역군이 되어야 할 것이다.

이제 우리나라도 선진 제국처럼 고령화 사회로 근접하여가는 시점에 서 있다. 노령은 국가와 사회에 부담이 되고 노동인구는 부족하여 국가 활성력이 쇠퇴하여 갈 수밖에 없는 사회 문제로 다가오고 있다.

그러므로 재야 교정인 형제들은 다른 사람에 앞장서서 국가사회에 이바지할 수 있는 역할을 찾아서 봉사함이 긴요하다. 이는 집안일을 돕는 것은 말할 것도 없고 내 집앞 쓸기, 골목길 가꾸기, 휴지 줍기, 어린이 등굣길 돕기, 쓰레기 분리수거의 솔선, 지역 사회의 효부 효녀 표창 추천 등 윤리 도덕의 진작, 학교 방학 기간을 이용한 한문교실 운영 등등 주위에서 할 일은 얼마든지 있고 개발도 가능하다. 따라서 교양과 신지식을 계발하기 위한 강연회, 전시회 등에 적극적으로 참여하고 신문과 교양서적도 열심히 읽으며 시대에 뒤처지는 일이 없도록 노력하는 일이야말로 노후를 아름답고 멋지게 살아가는 재야 교정인의 삶이다.

이상과 같이 일반적이고 상식적인 몇 가지를 나열하고 주장하면서 한 편으로는 교정인 자신의 무력감을 전혀 배제할 수 없으나, 이러한 습성까지도 알게 모르게 얻어진 교정인의 업연이라고 생각한다.

우암산록 소슬길에서

삭풍이 스며드는 산록 소슬길
앙상하게 헐벗은 외로운 나무
온갖 시련 담고서 고적에 잠겨
영고성쇠 드나든 지난 세월의
그 모습 그리는 자태이런가.

짙푸른 그 모습은 어이 버리고
메마른 가지 끝에 이파리 하나
각박한 세상살이 세월 따라온

울고 웃던 세월을 마음에 싣고
수많은 사연들을 새겨가는가

광덕사 소슬길의 찬 바람 타고
이승길에 걸어온 종착역 같은
허탈함 너와 내가 동연인 것은
세상사 돌고 돌아 무상함이여
창조주 섭리 따라 엮어가는가

*2002. 12 하순 우암산록의 소슬한 오슬길에서 앙상히 헐벗은 나무를
인생과 비교하면서

4-8

♥ 한문교실

한 문교실은 나의 어린 시절 글방을 연상하게 한다. 철부지 어린 나이로 선생님의 가르침에 따라 《천자문》 한 자 한 자의 훈음(訓音)을 소리 내어 읽고 다음에는 자음(字音)만 이어 읽으며 배우던 시절이 기억에 떠오른다. 또한 자신도 모르는 사이에 하품을 내어쉬다가 선생님으로부터 "이놈, 공부시간에 졸리는가 보다"라고 꾸중을 들으며 회초리로 등을 얻어맞던 일이 잊히지 않는다. 《천자문》을 뗀 후 《계몽편》(啓蒙篇)을 배우면서 글귀의 뜻도 모른 채 글을 읽던 경우가 많았다.

노령의 내가 한문교실을 열고 학생들에게 한문을 가르친다는 것은 일찍이 생각해 본 일이 없으나 어느 날 우연히 만난 친구의 권유로 노인정에 놀러 다니다가 노인회장을 맡아보게 된 후부터 내 나름의 여력을 봉사활동으로 사회에 도움이 되었으면 하는 생각에서 매년 여름과 겨울, 학교의 방학 기간을 이용하여 두 차례씩 무료로 한문교실을 열고 학생들에게 한문을 가르쳐 온 것이 벌써 5년차가 된다.

나는 왜정 말기에 문맹퇴치의 일환으로 실시하던 야학(夜學)을 가르쳐 본

경험 이외에는 교육의 경험이 없고 한문에 능통하지도 못하다. 다만 젊은 시절을 공직에 몸담아 오면서 여러 가지 문헌과 고전을 읽으며 쌓아온 미약한 한문지식을 토대로 한문교실을 열고 훈장(?)이 된 것이다.

남을 가르친다는 것은 매우 조심스럽고 어려운 일이다. 자칫 잘못하여 교육내용의 오류나 실수가 있다면 그 책임이 중대하다고 여겨지기 때문이다. 한문교실에서 그날의 지도 과제를 미리미리 준비하여 교재를 작성함에 있어서는 한자(漢字)의 자의(字義), 자음(字音), 부수(部首), 필순(筆順) 등을 정확히 하고 글자의 한 획일지라도 소홀함이 없이 정확해야 하며 문장 또는 한자 용어에 따라서는 자의와 자음을 달리하는 경우가 있을 수 있고 이를 알기 쉽게 풀이하고 비유하기 위한 준비 자료도 소홀함이 없도록 사전을 몇 번이고 들추어 보며 확인해야 한다.

'한자 용어' 또는 '고사성어' 등을 가르치기 위하여 학습문제를 칠판에 쓰게 될 때에도 글자의 균형을 이루도록 정자(해서 ; 楷書)로 정성껏 써야 한다. 학습의 시작과 끝을 수업시간마다 정확히 하고 시작과 끝인사도 깍듯이 하는 것은 학생들의 올바른 규칙생활과 예의범절의 가르침이기 때문에 소홀히 할 수 없었다.

그러나 학생들 중에는 선생의 말에 고분고분 따르지 않고 학업시간에도 딴 짓하며 장난치고 떠드는 경우가 있으나 옛날처럼 회초리로 종아리를 치거나 과격하게 꾸짖을 수도 없는 것이 시대의 흐름이다. 다만 이들에게는 조용히 타이르고 열심히 배우도록 유도하며 말썽부리는 만큼 성숙하였으면 하는 마음이었다. 하지만 방학기간 영어, 수학, 미술 등 많은 과외공부 때문에 마음껏 놀지 못하고도 한문을 배우러 찾아오는 학생들이 마냥 대견하고 귀엽기도 하고 한 편으로는 안쓰러운 생각도 들었다.

한문교실에서 종전에는 《사자소학》, 상용한자, 《명심보감》 등을 가르쳐 오던 것을 '상용 한자용어', '고사성어' 등으로 바꾸어 가르치게 된 이유는 우리의 통상 용어 중에는 한문용어가 허다하나 그 참뜻을 모르고 사용하는 경우가 많고, 고사성어는 선조들의 오랜 생활체험에서 얻어진 인생의 다양한 슬기와 문화가 깃들어 있고, 또한 '한자능력검정시험' 은 이러한 문제들이 주를 이루고 있기 때문에 학생들의 현실적 학습에도 큰 도움이 되기 때문이다.

어느 날 휴식시간을 이용하여 다음 시간을 위하여 칠판에 학습문제를 쓰고 있을 때 초등학교 4학년 쯤 되는 어린 학생이 옆에 다가와서 귀여운 음성으로 "선생님, 참 힘드시지요?" 하며 얼굴을 들어 나를 바라볼 때 그 어린이가 얼마나 귀엽고 대견한지 마음 속으로 감사하며 보람을 느껴 보았다. 나도 그 학생에게 "민지야! 너도 공부하느라 힘들지?" 하며 등을 가볍게 다독여 주었다. 그 후로 민지 학생과 마주치면 "민지, 공부하느라 힘들지?" 하면 민지 학생도 흐뭇해 하는 모습을 드러내고 생긋 웃으며 돌아서곤 하였다. 생각해 보면 이 어린 학생의 마음에 내가 많이 힘들어 보였는가 보다. 이로 인하여 나는 언제나 민지 학생에게 관심이 쏠리었다.

한문교실 운영은 학생들의 여러 가지 과외공부를 고려하여 이번 학기에는 하루에 10시부터 12시까지 10일간을 실시하여 학습시간 20시간에 상용한자용어 및 고사성어 등 87문제, 한자 수 247자가 되었다. 학생들에게 매 교시마다 가르쳐 준 문제들은 빠짐없이 복사하여 나누어 주고 여가 있을 때마다 꾸준히 복습하여 '마스터' 하라는 당부도 하였다.

이번 학기 수료날에는 지금까지 없었던 흐뭇한 일이 있었다. 한 여중 학생으로부터 케이크가 들어 있는 작은 선물 두 개와 손으로 만든 꽃봉투를 받은 것이다. 봉투 속에는 다음과 같은 글이 들어 있었다.

"할아버지 안녕하세요? 권나래, 권찬웅이에요. 저희들이 떠들고 장난치고 말 안 들어서 힘드셨지요? 그래도 저희들을 가르쳐 주셔서 감사합니다. 칭찬 많이 해 주셔서 감사하구요. 다음에 커서 꼭 훌륭한 사람이 되겠습니다. 건강하게 오래오래 사세요. 감사합니다. 할아버지 선생님께. 권나래, 권찬웅 올림."

　나는 이처럼 착하고 성실한 학생들이 선생님의 수고를 알고 고마움을 알고 성장하여 훌륭한 사람이 되겠다는 것에 흐뭇한 보람을 느낄 수 있었다.

　이 학생으로부터 받은 케이크는 노인정 총무님에게 부탁하여 과자와 음료수를 더 마련하여 한문교실 종료 후 모든 학생들에게 나누어 먹게 하고 꽃봉투는 한문교실 자료집에 간직하여 두었다. 한문교실 출신 학생들은 어느 때 어느 곳에서 만나도 정답게 인사하며 사제간의 정이 흐르는 보람을 가진다. 나에게 꿈이 있다면 이 학생들이 한문교실을 통하여 학습과 인격형성에 도움이 되어 사회에 큰 일꾼이 되는 것이다.

　나는 수고스럽고 힘들지만 그것이 사회봉사에 조금이라도 도움이 된다면 정성을 기울여 한문교실을 계속하는 것으로 보람을 삼겠다고 다짐하였다.

(2005. 3. 7)

4-9
♥ 계절의 풍정(風情)

계절은 삶의 기습(氣習)과 정서를 형성하여 주고 봄, 여름, 가을, 겨울의 계절 따라 풍정을 바꾸어 준다. 봄에는 봄의 전령 매화가 눈 속에서 피어나서 천리에 향기를 뿜으면 사람들은 그 고상한 정조를 군자의 기상에 비유하여 찬사의 노래를 부른다.

봄은 엄동에 움츠렸던 생명체들이 화창한 봄볕과 훈풍 속에 단비를 맞으며 준동하는 희망과 약동의 계절이다. 매화를 시샘하여 살구꽃, 진달래, 개나리 등 온갖 꽃들이 이어서 피어나 아름다움을 견주고, 산야의 초목들도 연록의 새싹이 돋아 움트면 온갖 새들이 왕래하며 즐거운 듯 지저귀며 노래 부른다.

봄은 새 생명을 움틔워서 번식케 하고 풍요의 꿈을 실어주며 사랑을 속삭이게 하는 계절이다.

꽃마다 아름다운 정조를 품겨 주니 그중 조팝나무 꽃은 고산 평야 다 버리고 낮고 천한 산기슭과 밭두렁에서 결백을 드러내어 피어나는 순백한 꽃이다. 이는 마치 초야에 묻혀 있는 티 없이 맑고 깨끗한 선비 모습을 상징하는 감흥에 젖어 들게 한다.

조팝나무 꽃은 낮은 지대에 군락을 이루고 자생하여 가늘고 깔죽한 줄기의 밑동부터 윗동까지 자디잔 흰 꽃을 빈틈없이 가득 채워 눈부시게 피어나는 그 자태로 시선을 끌어준다. 교외 산야를 달리는 차창 밖의 노변 저쪽에 오순도순 군락을 이루고 눈부시도록 희게 피어난 모습이 시야에 들어오면 그 결백의 아름다움에 매혹되고 시선 밖으로 사라지면 아쉬움만 남는다. 진달래, 개나리 등과 어우러져 피어나는 초봄의 아름다운 꽃이 허다하지만 그 중에도 나는 조팝나무 꽃의 결백을 좋아한다.

배꽃도 백색의 순결함과 아름다움의 감동을 주는 꽃으로 알려져 있으나 더부룩한 짜임새나 운치는 조팝나무 꽃에 비교가 되지 않는다. 춘심의 정서를 노래한 "이화에 월백하고 은한은 삼경인데, 일지춘심을 자규야 알랴만은, 다정도 병인 양하여 잠 못 들어 하노라"(단종 작시)를 감상하면 춘정에 젖어드는 동심을 이끌어준다.

오월은 계절의 여왕이라 했다. 온갖 산야가 산뜻한 연록으로 단장할 때 흰 뭉게구름이 수려한 산등성에 머물러 걸치면 한 폭의 그림같이 아름다운 풍치를 이루며 초여름을 알린다.

작열하는 태양열, 찌는 듯한 열습(熱濕)의 더위 속에 산야는 짙푸르게 물들어가며 여름은 짙어간다. 어느 날 산등성 너머 먹구름 몰려오면 우레가 성내어 울며 한 줄기 눈물인 양 소낙비를 쏟아 타오르는 대지를 적셔주면 온갖 초목들이 검푸르게 물들어가고 삼복염천의 시련 속에 새 생명의 씨앗을 잉태하여 부지런히 여물어간다. 염천의 기승도 입추의 고별사로 수그러들면 하늘은 높고 말도 살찌는 청량한 결실의 가을임을 알려준다.

가을밤 맑은 하늘 수놓아 반짝이는 뭇별을 거느린 거울 같은 밝은 달은 누리에 비추고 풀벌레 소리 요란하니 힘들게 살아온 지난 세월 노래인 양 감상에 젖어들게 된다.

하늘은 계절에 따라 봄에는 새, 여름에는 우레, 가을에는 풀벌레, 겨울에는 바람으로 울게 하였으니 계절 따라 걸맞게 정서를 일깨우려 함인가 보다. "깊어가는 가을 찬 바람에, 단풍잎 붉게 취하고, 담담한 달빛에 갈꽃은 자취를 감추네"라는 풍월을 절로 실감케 한다.

늦가을 차디찬 서리를 업신여기는 국화꽃을 빗대어 "국화야 너는 어이 삼월춘풍 다 지나고, 낙목한천에 너 홀로 피었나니, 아마도 오상고절은 너뿐인가 하노라"(이정보의 시)라고 한 이 감상적인 노래는, 국화의 불굴의 지조와 고결과 향취를 들어 읊은 것이다. 늦은 가을은 낙엽 지고 찬바람 스며드는 쓸쓸한 계절이다. 푸르던 나뭇잎, 그 자랑 간 데 없고, 황색 낙엽 되어 한 잎 두 잎 떨어져 땅 위에 뒹군다. 우리 인생도 때가 되면 낙엽처럼 흔적 없이 버려질 수밖에 없는 서글픔에 인생의 무상함을 낙엽에 견주어 우수의 상념에 젖어들게 된다.

가을이 가면 찬바람 품속 깊이 스며들고 낙엽 진 앙상한 나뭇가지에 삭풍이 우는 겨울을 맞는다. 계절 따라 산야의 아름다움 속절없이 변하여도 굳은 지조 꺾이지 않는 송백은 흐려진 세상에 청담한 지조가 깃들어 있는 군자의 표상이라 할 것이다.

겨울에는 굳센 지조를 지키는 세한삼우(歲寒三友)가 있으니 송(松)·죽(竹)·매(梅)를 가리킨다. 북풍 몰아치는 겨울 산정에 우뚝 서 있는 소나무 한 그루, 그 청아하고 굳은 지조에 시선을 쏠리게 한다. "금강산 높다 해도 소나무 아래 서고, 한강물 깊다 해도 모래 위에 흐른다"라는 시는 오만함을 경계하는 뜻이 담겨 있으나, 위 구절만 떼어서 따로 본다면 소나무의 높은 기상을 찬양하는 정서적인 의미가 담겨 있다.

산정 암벽 사이에 외로이 서 있는 소나무의 형체를 보면 수령에 따라 가지의 계층을 이룬 멋스러운 경우와 설한 풍우에 시달림을 받아 구부러지고 일그러지고 가지가 찢기는 등 온갖 시련을 겪어온 흔적을 지니고, 굳은 지조를 꺾이지 않고 버티어 서 있는 모습이 자랑스러우며 이들 고송을 바라보며 배워야 할 점이 너무나 많다는 것을 깨우치게 한다.

어느 겨울날, 솜 같은 함박눈이 펄펄 쏟아지면 때 묻어 찌든 세상을 온통 깨끗이 덮어 감싸 포옹하는 대자연의 높고 깊은 섭리를 마음에 새겨 보게 된다.

이어서 춘, 하, 추, 동 사계절의 독특한 품정을 담은 시 한 수(도연명 시)를 음미하여 보자.

　　　　춘수만사택(春水滿四澤)
　　　　하운다기봉(夏雲多奇峰)
　　　　추월양명휘(秋月揚明輝)
　　　　동령수고송(冬嶺秀孤松)

"물은 생명의 근원이라 할 수 있다. 봄철의 단비 내려 사면 못에 가득 채워 희망 넘치는 봄의 경관을 연상하여 보자. 청록산수 수려한 산등성에 뭉게구름 걸쳐 있는 풍치를 상념하여 보자. 가을 하늘 뭇별 반짝이고 거울같이 밝은 달 누리에 비추는 풍정을 마음 속에 그려보자. 삭풍 몰아치는 겨울 산정에 독야청청 외로이 서 있는 송절을 감상하여 보자."

우리나라를 사계절이 뚜렷한 금수강산이라 일컬음은 계절에 따라 독특한 아름다운 풍정을 형성하여 주기 때문일 것이다.

(2004. 6. 23)

4-10

❤ 피아(彼我)의 갈등과 조화

우리 인생은 안으로는 가족들과 밖으로는 이웃들과 더불어 살며 활동 범위에 따라 여러 지역 사람들과 접촉하고 교류하며 서로 어울리어 살아간다. 더불어 살아가는 공동사회에서는 개인 또는 집단적인 교류와 어울림을 통해서 연합하고 의지하고 상생하고 연마하여 삶을 발전시키고 빛을 내게 된다. 그러나 저마다의 사유, 가치판단, 욕구, 이해, 성격, 환경 등에 따른 차이로 의합하고 상반되며, 투합하고 갈등하는 양상을 보인다.

나와는 상반됨을 불용하고 반목하여 융합하지 못하고 자신의 주장만을 고집하고 조화를 이루지 못한다면 서로가 불편하고 적대하는 경향도 나타나게 되고 심하면 심할수록 갈등은 격화된다. 갈등은 서로를 불화하게 하고 분열하여 파멸로 몰아갈 수 있는 씨앗이 될 수 있다.

갈등은 어떠한 방법으로라도 이성적이고 합리적인 수단에 의하여 극복되어야 할 문제이다. 우리의 하나하나의 행동이나 언사는 잠재하고 있는 내심의 표출이며 자신의 소양이고 인격의 표현이라 할 수 있다. 서로의 관계에서 갈등을 극복하고 원만한 관계를 유지하고 즐기는 것도 자신의 아량과 도량이고 삶의 슬기로운 지혜라 할 수 있다. 타협적 또는 합리적이지 못하고 일방적이라면 남에 대한 최소한의 예의나 배려도 없게 되고 갈등은 심화할 수밖에 없다.

예를 들면 고음, 중음, 저음 등이 조화를 이루어 어우러졌을 때는 아름다운 화음으로 나타난다. 반면 조화를 이루지 못하는 음이나 엇박자는 듣기에도 역겨운 소음이 될 수밖에 없다.

우리의 삶의 과정에 있어서도 서로의 주장이 다르고 목소리가 다를 수 있으나 이를 조화롭게 융합하면 아름답고 행복하고 살맛나는 생활이 될 수 있지만 그렇지 못하면 불행하고 분열되어 갈등이 올 수밖에 없을 것이다. 피아의 갈등 요인은 다양하여 일일이 거론하기 어려우나 이와 관련한 우리 겨레의 삶의 슬기와 본을 삼았던 고사 등을 참고로 살펴보는 것도 도움이 될 것으로 생각된다.

"두 사람의 마음이 합하면 쇠라도 자를 수 있는 힘이 되고 두 사람의 화기 어린 말들은 난초보다 향기롭다"(二人同心其利斷金 同心之言其臭如蘭)는 가르침은 인류역사의 생활체험에서 얻어진 것으로 화합은 더불어 살아가는 전제라고 할 수 있음을 시사하여 준다. 어떤 경우 마땅히 말해야 할 때에는 묵묵히 있다가 뒷자리에서는 불평을 늘어놓고 험담하는 것은 매우 잘못된 일로서 서로의 불화와 갈등 요인이 될 수밖에 없다. 중지를 모아 합리적인 결론에 따르기 위해서는 자신의 주장을 접을 줄 알아야하고 중론을 존중할 줄도 알아야 한다.

자신의 소신 또는 주관도 없이 어떠한 관계로 이해관계에 치우쳐서 그른 것을 옳다 하고, 옳은 것을 그르다 함은 개인윤리나 사회윤리에 배반된 행위로서 심한 갈등이나 혼란을 조성할 수밖에 없다.

도덕률이 타락한 오늘날 자신의 이해에 따라서는 부끄러움도 모르고 아무 짓이나 서슴지 않는 경향이 많다. 욕구는 발전의 요인이라는 이론이 있으나 지나친 욕구는 선과 악의 혼동을 가져올 수 있으며 사람이 어떠한 성취욕에 집착하는 것과는 달리 양심을 저버리고 비위(非違)까지도 서슴지 않는 탐욕은 자신뿐만 아니라 타인까지 파멸케 하는 경우도 있을 수 있다.

인간사회에는 더불어 살기 위한 규범이 있다. 규범이 지켜지지 않으면 혼란이 오고 잘못된 사리를 일리가 있다고 인정한다면 그것은 기존질서나 규범을 뒤엎는 것일 수밖에 없다. 나의 모든 태도를 타인의 눈으로 바라보며 과격·치우침·사나움·거칠음을 느긋함·너그러움·온화함으로 가다듬고 과격한 마음을 참기 위해서는 가슴 위에 칼을 놓고 마음의 충동을 제압하는 자세와 인내가 따라야 한다.

자기의 주장과 고집을 접고 중론(衆論)에 의합하는 것은 패배나 수치가 아니며 이는 마치 풍랑을 잠재우는 것과 같은 것이고, 한 발 물러섬은 바다보다 넓고 광활한 도량을 보이는 것이다.

우리의 민족 정서가 담긴 순박한 민요 '아리랑타령'의 한 구절을 들어보자. "아리 아리 쓰리 쓰리 아라리요. 아리 아리 고개로 넘어간다. 흙물의 연꽃은 곱기만 하다. 세상이 흐려도 나 살 탓이지"에서 후절은 간명하면서도 겨레의 순결과 곧은 의지가 숨겨져 있다.

남도 민요의 춘향가 중 "본관 사또 괄시 마라, 사또 아니면 열녀 춘향 어데서 날까"라는 대목은 우리 민족의 관후한 정서와 포용력의 풍성함이 담겨 있으며, 이 밖에도 겨레가 즐겨 부르던 민요 속에는 여러 곳에서 이와 같은 정취가 담겨 있음을 발견할 수 있다.

나의 속마음을 채우기 위하여 남을 무시하고 비난하고 공격하는 행위 등은 마치 도적이 주인을 미워하는 것과 같은 무도한 삶이다.

"남을 사랑하고 불쌍히 여기기를 내 몸같이 하라. 남을 탓하지 말고 자신에게서 그 원인을 찾으라"는 것은 민족의 풍부한 애린(愛隣) 정서와 모든 잘못을 남의 탓으로 여기지 않고 스스로 부족함을 자책하는 관용과 포용력의 정서이다.

주위 사람을 배려하지 못하는 옹색한 마음을 '새가슴'이라고 하는데, 이는 자신의 이익에 따라서만 행동하고 주위에 대하여는 조금도 배려가 없는 외골수 인간을 비유하는 말인 것 같다. 강물은 흘러흘러 낮은 곳으로 흐르며 온갖 시냇물을 포용하여 우두머리가 되는 것은 자기를 낮추기 때문이다. 도랑물은 밤낮없이 소리 내어 흐르고 강물은 말없이 유유히 흐른다.

속 좁은 소인들이 진실과는 다르게 껍데기의 어느 일부분을 확대하고 어림잡아 짐작으로 말하는 경우를 보는데 이러한 경망스런 언동은 스스로를 비하하는 짓이요, 관련자들을 불쾌하게 하고 듣는 사람들을 힘들게 할 수 있다. 잘 알고 있을지라도 침묵하는 것은 경박스런 말들을 상대로 왈가왈부함을 피하려는 깊은 생각과 신중하는 중후함이다. 말이 많으면 실수도 하게 되고 일단 발설하면 주워 담을 수 없게 되는 것이 말이다.

연합하고 상생하는 말과 불화하고 갈등하는 말이 있다면 어느 편에 설 것인가. 말에는 예사로우면서도 뼈가 있음을 상기할 때 모름지기 '실없는 말 송사 건다'는 속담도 있듯이 가리어 해야 할 것이다. '입과 혀는 일신을 멸하는 도끼'라는 경구가 있다. 축복된 말은 축복으로 저주의 말은 저주로 되돌아오는 것을 알고 있다면 한 마디의 말이라도 아무렇지 않게 함부로 할 것이 아니고 인정과 덕의 향내가 넘치게 해야 할 것이다.

행복한 삶과 불행한 삶이 엇갈리어 교차하는 전환점은 피아간의 의사소통 방법인 언동이 될 것이라 여겨진다. 남을 칭찬하기에는 백 마디의 말도 부족하나 남을 비방하는 말은 반 마디의 말도 남음이 있다는 경구가 있다.

공손, 너그러움, 믿음, 민첩, 은혜를 신중히 한다면 경시되지 않고, 관대한 자에게는 사람이 모이고, 진실한 자는 신뢰를 받고, 근면한 자는 실적이 오르고, 자애로이 대하며 사랑하는 자에게는 사람들이 기꺼이 따른다.

남이 자기를 사랑하기를 원한다면 먼저 남을 사랑하라. 삶의 나눔과 상처를 감싸주고 마음을 터놓고 대화할 수 있는 공동체의 삶은 우리의 바람이요, 갈등을 극복하는 아름다운 삶이다. 우리의 삶의 태도는 언제나 정의의 편에 서고, 청렴을 지키고, 부끄러움을 알며, 남에 대하여는 완전무결하기를 바라지 말고 자신에게 모자람이 없는지를 살펴보고 서로의 차이를 인정하고 보다 높은 차원에서 이해하고 포용한다면 삶에서 나타나는 갈등을 극복할 수 있다.

현대 젊은 층에는 땀 흘리는 것을 멸시하는 경향이 짙고 개인의 향락이나 나만의 만족 또는 행복만을 추구하는 개인주의가 만연하고 있다. 일반 시정(市井)은 물론이고 정가에 이르기까지 갈등과 분열이 심각하고 부끄러운 숨은 거래가 성행되고 있는 현실을 보게 된다. 이 때문에 개인윤리와 사회윤리가 깨어지고 사회가 혼돈된다.

인생은 헌신하는 가운데 아름다움과 명예가 나타나고 땀 흘리고 수고하는 가운데 풍성함이 오고 은혜와 사랑 가운데 감사가 나타난다. 이런 가운데 피아의 갈등은 극복되고 조화가 이루어진다.

(2004. 6. 5)

4-11
💙 한문교실을 통한 인성계발

나는 자신의 힘으로 해결할 수 없는 문제를 쓸데없이 공상하고 마음 쓰며 지내던 중, 생각지도 않았던 경로당의 노인 회장직을 맡게 되었다. 이때 먼저 떠오른 것은 '보람차고 도움 주는 경로당'을 만드는 것이고 그러기 위해서는 한문교실 운영을 생각하게 되었다. 이때부터 한문교실은 경로당의 하나의 중요한 기본목표가 되었고 온갖 정성을 쏟아온 것이 금년 들어 9년차에 이르렀다.

한문교실을 통한 인성계발의 내용은 첫째, 시대의 변화에 따라 거칠고 모난 인성을 바로잡아 주기 위하여 조상들이 금과옥조(金科玉條)로 소중히 지켜온 민족 특유의 자랑스러운 전통사상과 미풍양속에 순화(馴化)하도록 유도하고 둘째, 한자(漢字) 문맹(文盲)을 극복하기 위한 한자 학습지도라고 요약할 수 있다. 이를 좀더 구체적으로 말한다면 다음과 같다.

첫째, 우리나라의 전통적인 충효사상은, 나라와 민족을 위해서는 나의 심신을 모두 바친다는 충절과, 부모의 은혜를 하늘보다 높게 여기며 효성을 다하고 자신의 조상을 받들어 숭배하는 숭조사상과 인·의·예·지·신

등, 오상(五常)을 사람으로서 갖추어야 할 덕목으로 실천하는 것이다.

둘째, 한자 문화권 국가와의 긴밀한 교류로 한문지식이 필요하게 됨에 따라 대학입시, 사원모집 시험 등에서 요구되는 한자 학습지도이다. 한자 용어의 독음은 같으면서도 뜻이 다름을 모르는 등, 한자문맹을 시급히 퇴치해야 한다.

한문교실의 교재로는 《사자소학》, 《상용한자》, 《명심보감》, 《상용한자용어》, 《사자성어》 등이 이용되었는데 《명심보감》은 계선, 효행, 정기, 성심, 치정, 언어, 교우, 염의 등 24편에 걸쳐서 제시된 금언들은 인격수양과 더불어 가정, 사회, 국가에 참여할 수 있는 원칙 등이 담겨져 있고, 《고사성어》는 선인들의 오랜 생활경험에서 이루어진 금언이 많아서 인격수양과 인성계발에 도움이 되었다.

위와 같은 학습 성과는 단기적으로 나타날 수 있는 문제가 아니고 마치 한강에 돌 던지기 같지만, 작은 물방울이 바위를 뚫는다는 격언처럼 한문교실의 효과가 작은 물방울이 되어 적어도 수백 명 이상의 수강생들에게 깨우침의 씨앗이 되어 우리 사회가 전통과 미풍을 중시하고 어문분야(語文分野)의 능력을 기르는 데 크게 기여할 수 있기를 바라는 것이다.

한문교실에서는 여러 가지 미담이 나타나고 있다.

1. 선생님의 수고와 고마움을 알고 "선생님, 참 힘드시죠?" 하면서 위로하는 모습

2. 선생님의 필요한 사역에 앞 다투어 참여하고 도와주는 모습

3. 부모에게 순종하고 가사 돕기의 향상(수강생 부모의 실증)

4. 한자쓰기의 현저한 향상

5. 숙연하고 진지한 학습태도

6. 자라서 훌륭한 사람 되겠다는 다짐

7. 노인에 대한 친절, 공손, 인사하기의 적극성

8. 학습시간의 시작과 끝을 확실히 하는 절차와 질서생활의 습관화 등등

이다.

인성(Personality)은 대개 6세 이전에 많이 발달하고 그 후 25세까지도 발달한다고 한다. 그러나 어리면 어릴수록 인성발달의 가능성 또는 가소성(可塑性)이 크기 때문에 어린이들에 대한 인성계발교육은 중요한 것이다. 이런 점에서 '한문교실'의 운영이 결코 헛되지 않다고 생각되며 전국의 모든 노인회에서 '한문교실'을 운영하는 것이 바람직하다고 하겠다.

*이 글은 본인이 대한노인회 청주시지회 금천동 현대아파트 노인회장을 맡아 '한문교실'을 운영한 사례를 대한노인회 충북연합회 주관 우수 경로당 성공사례 발표회에서 발표한 내용을 간략히 정리한 것이다.

제 5 장

세모(歲暮)의 상념(想念)

5-1

개망초 꽃

명암(明岩) 호반(湖畔) 산책 길에
새하얗게 수놓은 개망초
낮고 가느다란 줄기줄기
눈송이처럼 희디희게 가득 피웠네.

지금 여기 나직한 언덕길 따라
밑으로 다소곳이 낮아지면서
이곳저곳 다보록한 군락(群落) 이루고
남 모르게 활짝 피운 티 없는 순결

그대 이름 어이하여 개망초인가
청백하게 꽃 피는 본성 따라서
청백화(淸白花)라 부름이 마땅하련만
이름마저 스스로 낮추어 가며
희디흰 꽃 피고 피어
마음 설렌다.

(2012. 7. 15)

5-2 나의 산책길

나는 몇 년 전만 하여도 우암산(牛岩山)을 오르내리는 산책을 즐겼으나 이제는 평지를 따라서 명암저수지(明岩貯水池)를 돌아오는 것이 유일한 산책이다. 이 산책길은 우암산 및 산영산정(山影山頂)의 상당산성(上黨山城) 골짜기에서 흐르는 물이 명암저수지를 거쳐 무심천(無心川)으로 합류하는 개천 등이 배경을 이룬다.

옛날에는 이 개천에서 금이 나온다 하여 이곳 지명을 쇠내골(金川洞)이라 하였다는 전설이 있으나 오늘날에는 이 개천이 도시개발로 인하여 복개도로로 변모하였고, 명암저수지 쪽으로만 일부가 남아 있다.

이 개천을 따라 명암저수지로 가는 도로 북측 변두리에는 멀고 가까이 나무숲이 우거진 우암산 자락이 이어지고, 우암산 북측 저 멀리 산영산 정상에는 상당산성의 모습이 아련히 드러난다.

상당산성 동쪽에서는 선두산(先頭山) 자락이 명암저수지 동편으로 뻗어내려 이곳 산책길 주위는 녹수청산으로 둘러싸인 상쾌한 환경을 이루고 있다. 이 산책길에는 언제나 이른 새벽부터 산책에 나선 여러 스타일의 남녀노소의 발걸음이 이어진다.

내가 거주하는 금천동 현대아파트 북측 통용문 옆의 횡단보도를 건너 상가지역을 벗어나서 명암저수지 쪽으로 약 500미터 쯤 걸어가면 초양교회가 있고, 이 교회 뒤로 복개되지 않은 옛 모습의 개천이 명암저수지로부터 이어져 흐르고 이로부터 무심천까지 이어져 흐르는 개천은 복개도로에 묻혀서 그 흔적을 볼 수가 없다.

초양교회 뒤로 복개되지 않은 개천에는 푸른 갈대와 이름 모르는 잡초들이 어우러지고, 실버들나무 등 작달막한 나무들이 시원스레 어우러져 개천을 가득 채우고 있다. 이 개천 옆의 4차선 차도를 따라가는 넓은 보도에는 2중(二重) 또는 3중(三重)으로 가로수가 조성되어 있고, 개천쪽 둔턱으로는 감나무들이 줄을 잇고, 노변에는 꽃길이 이어지고, 일부 구간에는 장미꽃 인공터널이 조성되어 그 경관이 매우 쾌적하다.

이 개천 밑바닥에 졸졸 흐르는 물줄기와 시원스레 우거진 푸른 숲과 3중으로 조성된 가로수 도로변 꽃밭에 이끌려 잠시 걸어가면 명암저수지로 갈라서는 횡단보도에 이르고 이 횡단보도를 건너서 잔디밭에 각종 수목이 우거진 숲길을 따라가면 여러 가지 운동기구가 설치된 소공원에 이른다. 산책에 나선 남녀노소들은 이곳 소공원에서 여러 가지 운동기구를 이용하여 자유로이 운동을 즐긴다.

이 소공원 바로 위쪽에 상당산성과 우암산 골짜기에서 흘러오는 물로 가득 찬 명암저수지가 있고, 저수지 주변에는 여기 저기 두세 사람이 앉아서 쉴 수 있는 벤치들이 설치되어 있다. 이 벤치에 앉아서 푸른 수면에 눈길을 돌려보면 물 위로 떠다니는 물오리들, 물 위로 뛰어오르는 물고기들, 때로는 작은 자라가 물 위로 솟구쳤다 들어가는 등, 이색적인 광경이 나타난다.

이 저수지의 물이 하류로 흐르는 수문 교각 밑에는 크고 작은 여러가지 물고기들이 수백 마리나 떼를 지어 맴돌고 산책하는 사람들이 이곳에 발걸음을 멈추고 먹을 것을 던져주면 이 물고기들이 서로 먹으려고 요동친다.

나는 언제나 아내와 함께 저수지 주변의 벤치에 앉아 쉬면서 멀고 가까이 전개되는 푸른 산하를 바라보며 시원한 쾌감을 만끽하면서 때로는 풍취에 젖어 흉내만 낼 수 있는 시조를 읊조려 볼 때도 있다. 맑은 공기 푸른 산하, 말 그대로 일촌산하 일촌금(一寸山下 一寸金)이다.

과거 20여 년 전 대전에서 고향땅인 이곳 청주로 이주할 때에는 낯설고 서이하였던 금천동이 그동안 많이 발전되고, 정이 들어서 이제는 나의 인생을 마감할 때까지 뿌리 내리는 삶의 터전이 될 것 같다.

금천동은 청주시에서도 환경이 좋은 동(洞)으로 알려져 있다. 쾌적한 환경에 각급 학교가 10여 곳이 인접한 학사마을(學舍村)이며, 소위 퇴폐적인 시설이 없는 청신함과 원활한 교통망, 다양한 상가, 각종 은행, 병원 등이 고루 갖추어져 생활하기에 불편이 없는 마을이다.

과거 10여 년 전만 하여도 금천동은 청주시 변두리의 궁벽한 마을이었으나 상전벽해(桑田碧海)처럼 변화한 오늘날의 금천동은 더 바랄 것 없이 안온하고 편리한 터전이다.

(2010. 8. 25)

5-3
석양길의 후회

찰칵찰칵 시계 초침 멈추지 않는
나그네 인생길 초침 따라 온
초조한 발걸음 재촉하면서
저물은 석양 따라 어디로 가나

나그네 인생길에 나와 어울린
소중한 그대들을 아랑곳 없이
나와 그들 사이에 쓰고 달던 맛
서로가 주고받던 여정이런가

사람이 외로우면 어이 살거나
홀로는 살 수 없는 숙명이런가
너와 나 아웅다웅 멍들어가며
그들과 함께하던 나그네의 길

뜻 없이 걸어온 허전한 여정
내 모습 내 그림자 원망스러워
인생길 함께 하던 임들 그리며
실 없는 지난 인생 아쉬워한들?

(2011. 2. 24.)

5-4
세모(歲暮)의 상념(想念)

어느새 신묘년(辛卯年) 한 해가 눈 깜짝할 사이에 저물어 가고 있다. 누가 말했던가, 세월의 흐르는 속도가 20대에는 20킬로, 40대에는 40킬로, 60대에는 60킬로, 80대에는 80킬로미터로 달리듯 나이가 더하여 갈수록 점점 빨라진다고. 그렇다면 나는 85킬로미터의 속도로 신묘년 한해를 달려 온 것일까? 하지만 세월의 빠르고 느린 차이가 아니라 나이에 따른 마음의 느낌일 것이다.

아무래도 젊었을 때에는 빨리 성숙하고자 하는 기대와 희망과 초조감에서 세월 가는 것이 느리다는 느낌이 있을 수 있고, 노령에 이르면 할 일은 못다 이루었는데 해는 저물고 점점 노화가 더하여 간다는 조바심에서 세월 가는 것이 빠르다는 느낌이 있을 것이다.

어느 정치인이 자신은 아침에 떠오르는 해요 상대방은 서산에 지는 해로 비유하던 기억이 떠오른다. 이 말은 연령의 많고 적음을 이르는 것 같고 한편 세력의 차이를 말하는 것 같기도 하였다. 덧없는 세월은 흐르고 흘러 어느새 이 해가 저물어 가니 이루어 놓은 것 없고 아쉬움만 남는다.

어느 선현(莊子)은 말하기를 "여름 매미는 봄도 없고 가을도 모른다. 여름 뿐인 짧은 수명이다. 인생도 그렇게 짧은 것이다"라고 하였다.

여름 한 철 무성하던 나무는 세월 따라 가을에 이르고 된 서리 맞아 시들어 간다. 우수수 떨어지는 낙엽들, 아직도 앙상한 가지에 힘겹게 매달려 있는 이파리, 그 모습 안쓰럽고 처량하다.

나도 한 때 젊은 시절을 지나 세월 따라 노령에 이른 낙엽 인생처럼 애처롭고 외로운 운명을 이어가는 존재일까?

산골짜기 흐르는 물은 졸졸 소리 내며 흐르고 돌 같은 장애물에 부딪치면 더 큰 소리 내며 흐른다. 물은 흘러 흘러 개울을 이루고 강하를 이룬다. 강물은 이 물 저 물 가리지 않고 모든 물을 어울러서 함께 안고 가며 겸허하게 아래로 아래로 흘러간다.

강물은 흘러 흘러 어디로 가나? 그 종착점은 위대하고 넓은 바다이다.

물의 흐름을 인생과 견주어 보면 산골짜기 흐르는 물은 아직 미숙한 인생처럼 말도 많고 탈도 많지만 대하(大河)는 성숙한 인생처럼 모든 것을 포용할 줄 알고 이해할 줄 알며 말없이 조용하고 의젓하게 낮은 곳으로 흘러간다. 물 흐름의 생활은 하나의 교훈이고 본보기가 될 수 있을까?

흐르는 물 같은 생활이 최고의 선(上善若水)이라는 말이 있기는 하다.

인생의 길이 험준한 산길이라면 땀 흘리고 눈물겨운 갖은 신고를 겪으며 힘들게 힘들게 한 계단 한 계단 가파른 산길을 밟고 올라서 준령에 이르는 세월 속에 노령에 이르고 더 이상 나아갈 수 없는 체력의 쇠퇴와 한계에 이르러 이제는 행진 대열에서 옆으로 밀려나고 또는 뒤로 처져서 떨어질 수밖에 없다. 대하를 이룬 물이 겸허한 자세로 낮은 데로 낮은 데로 흘러가듯 우리도 밑으로 밑으로 처지고 떨어져 보자. 그러나 인생은 대하처럼 포용력이 부족한 경우가 많다. 어느 경우에는 의젓하고 겸허하지만 신실한 멋이 없는 노회(老獪)스럽고 성을 내고 성숙하지 못한 경우가 없지 않다.

이처럼 경망스러운 노령은 알맹이 없는 쭉정이 결실인가?

성경 말씀은 "백발은 영화의 면류관이라 공의로운 길에서 얻으리라. 노하기를 더디 하는 자는 용사보다 낫고 자기 마음을 다스리는 자는 성을 빼앗은 자보다 나으니라(잠 16:31∼32)"라고 하였다.

벼는 익어갈수록 머리를 숙이고, 거칠고 모난 돌은 다듬고 또 다듬어야 보물(옥)이 된다. 우리 인간도 인생을 살아가면서 보고 듣고 배우고 실천하고 사물의 이치를 깨우치고 연단하여 완성된 인생을 성취할 수 있을 것이다.

문득 조오현 스님의 〈내가 나를 바라보며〉라는 시상이 떠오른다.

"무금 선원에 앉아/ 내가 나를 바라보니/ 기는 벌레 한 마리가/ 몸을 폈다 오므렸다 하며/ 온갖 것 다 갉아 먹고/ 배설하고 알을 슬기도 하더라."

이 시의 내용은 인생의 육체적 삶의 대강을 실감나게 그린 것으로 느껴진다. 그러나 사람은 이성을 지닌 만물의 영장이라 했다. 나의 삶은 나 자신을 위한 삶 이상으로 가족과 더불어, 이웃과 더불어, 나아가서는 전 인류와 더불어, 우리 모두의 상생 발전을 위한 더 나은 인간 사회를 위하여 연구개발하고 노력하는 것이 참된 모습이다.

성경 말씀은 노인을 백관(白冠)이라 하고, 한문 문화권에서는 노인을 백운(白雲) 또는 학발(鶴髮)이라 존칭한다.

사람은 무엇으로 사는가? 노인은 품위를 갖추고 내가 있어야 할 자리를 알아야 할 것이다. 성숙하고 세련된 모습으로 젊은이의 길잡이가 되어야 할 것이다. 비속어의 남발과 무분별한 언행은 품위 없는 속된 행위이다. 가장 쓸모없는 인간은 지혜 없는 노인들에게서 나타난다고 한다. 이러한 연유에서 그러했는지 알 수 없으나 고대 로마에는 기로(棄老) 풍습이 있었다 한다.(한국에는 '고려장'이라는 전설도 전하고 있으나 다만 전설에 그칠 뿐, 근거는 없다는 것이 전문가의 주장이다. 고구려가 아닌 변방민족의 설화가 유입된 것이라고 한다.)

노령에 이르면 비록 체력으로는 젊은이에게 달릴지라도 지혜롭게 교훈하고 존엄한 충고도 할 줄 알아야 한다. 인간이 백발이라 해도 육신의 소욕대로만 따라서 살아간다면 금수 같은 삶에서 벗어날 수 없다. 매미와 같은 날벌레도 청렴이 있고 글 읽기를 즐기며, 까마귀도 효성이 있고, 제비에게도 보은의 의리가 있다고 한다. 송백죽(松柏竹) 같은 식물에게도 절개와 지조가 있고 감나무도 다섯 가지 덕이 있다고 한다. 우리 조상들은 새와 벌레와 초목들도 지각이 있고 윤리 도덕이 지켜진다고 여겨왔던 것이다.

이 해도 저물어 가는 세밑에서 허전하고 쓸쓸한 심정으로 노령에 이른 인생의 이모저모를 생각하며 한편으로는 허전함을 느낀다.

뒤돌아보면 일제 식민치하에서 굶주리고 헐벗음이 극에 달했던 힘겨운 삶을 경험하고, 해방 후에는 대혼란을 겪으면서, 동족상잔(6·25사변)을 경험하고, 조국의 눈부신 근대화를 경험하였다.

그러나 오늘날의 세태는 정치인의 부패, 흑백논리, 세대간 갈등과 분열, 빈부의 양극화, 무분별한 자기주장 등이 여과 없이 횡행하고 있다. 다만 이와 같은 현상이 사회가 더 발전하여 가는 과도기의 일시적 현상이기를 바랄 뿐이다.

우리 인생은 완전하려고 노력해도 어딘가 부족한 면이 없지 않으나 인간사회는 서로 돕고 보충하고 발전하여 가는 노력이 끊이지 않는다.

이제 노인들이 살아오던 문자시대는 영상시대로 변화하여 가고 나아가서는 우주 공간까지 개발하는 문명의 첨단을 달리고 있다. 이러한 와중에서 노인들이 새로운 세계에 눈을 돌리고 새로운 가치관과 세계관을 창조해야 함은 다시 말할 나위 없다.

(2011. 12. 12)

5-5

향수(鄕愁)

고즈넉한 시골풍경
사랑과 정이 숨겨진
지난 시절 그리움
가슴을 스친다

시골집 논과 밭 산자락
길게 이어진 구부러진 좁은 길
오가는 속내 모를 발걸음 뚜벅뚜벅
나그네 인생길

저녁노을 짙어가는 외로움
아련히 떠오르는 고운 정 미운 정
짓궂은 철부지 옛 벗들
하나 둘 그리는
마음 아리다

(2012. 10. 5)

5-6
옛 시골 풍경

옛 시골 텃논에
개골개골 개구리 울고
안산의 장끼 꿩꿩하고 울며
푸두둑 푸두둑 날갯짓한다!
어른들 논밭에 일손 바쁜데
철부지 아이들은 들로 산으로……
산새들은 날아올라 짹짹거린다

노고지리 하늘 높이 지지배배
백로 왜가리들
긴 목덜미 빼어들고 먹이 찾는다
아이들 둠벙 찾아 마름을 캐고
논갈이 쟁기 따라 올무 주우며
이리저리 떼지어 장난을 친다

매미들 시끄럽게 날마다 울부짖고
검게 탄 철부지들 잠방이 걸친 채
냇물 봇물 미역 감는다

먹구름 천둥번개 소낙비 오면
불볕더위 사라지고 생기가 난다

초가을 소 뜯기는 철부지 목동들
냇가 풀밭에 쇠고삐 풀어놓고
콩서리에 정신 잃고 얼굴에는 환칠한다
서산에 노을 지면
백로 왜가리들
날갯짓 바쁘고
음매애! 하는 어미 소에 송아지 달려간다

꽁보리밥 푸성귀나물 장국 고추장 곁들여
썩썩 비벼 먹는 저녁밥 꿀맛이고
게 눈 감추듯 비운 그릇에
밥 한 술 듬뿍 떠서 보태주던 어머니!
……
안마당 멍석자리 모깃불 옆에 누워
부엉이 우는 소리 가슴 조이다
어느새 꿈나라를 헤매인다네

(2011. 3. 9)

5-7

제4기 인생(第四期人生)
−노인회의 발전을 위하여−

인생을 출생으로부터 종말에 이르기까지 그 살아온 과정을 단계별로 나누어볼 때 −저마다의 살아온 형편과 처지가 같을 수 없지만− 필자의 경우를 보면, 인생 제1기(人生 第一期)는 출생하여 부모님 양육하에 교육을 받으며 성장한 시기이며, 제2기는 결혼하여 스스로 독립하여 살아온 시기이고, 제3기는 젊은 시절을 지난 초로(初老)의 단계에 있던 생활과정이고, 제4기는 직업 활동에서 밀려나 무직으로 노령생활에 이른 단계로 나누어 볼 수 있다.

그 중 제4기(第四期) 인생은 자신의 무위(無爲)한 생활 모습 또는 사회 원로(元老)로서의 자존심과 자책감 같은 부담스러움 때문에 어떤 경우에는 내심으로 부끄러움 같은 자격지심을 느껴보는 경우도 있었다. 나는 한때 교정동우회(전직 교도관 모임) 회장을 4년에 걸쳐 연임하면서도 여건의 미비를 이유로 그 조직 활동의 사회적 기여 등 진취적 발전을 이루지 못한 채 물러나고, 또한 지역 노인회의 회장을 10여 년간 이어오면서 미흡하였던 점과 무엇인가 채우지 못한 아쉬움이 있고, 또한 여러 가지 시련 등 얽히고설킨 사연들이 뇌리에 짙게 남아 있다.

제5기 인생은 앞으로의 일이거니와 제 1~4기는 이미 지나간 과거인지라 자신의 인생을 회고하여 보면 세월을 허송하고, 무엇인지 이루지 못한 허탈감 같은 후회스러움이 하나 둘이 아니고, 이제는 돌이킬 수 없는 아쉬움 속에 80대 중반을 넘어서는 노쇠기에 이르고 보니 인생은 너무나 짧고 소중함을 느끼게 된다.

하지만 '신로심불로(身老心不老)'라는 고사성어처럼 아직 자신의 당당한 자부심과 포부와는 달리 어디를 가거나, 또는 무엇을 하거나, 주위로부터 노인 취급을 받고, 자신도 모르게 시력과 청력, 기억력 등의 쇠퇴현상을 느끼게 된다.

이제 나는 자신의 제4기 인생의 한 측면이라 할 수 있는 노인회장으로서 겪은 생활 경험을 토대로 지나간 인생을 되새겨 본다.

사람은 어떠한 일에 당하여 '해야 할 때와 그만 두어야 할 때가 있다'는 격언처럼 지난 연말에 10여 년의 장기간 이끌어온 노인회장직을 임기 전에 (전임회장 잔여임기 3년, 본인임기 4년, 연임 4년, 계 11년) 자진 사퇴하고, 노후를 한가하게 지내보려 하였으나 회원들의 집요한 만류로 어찌 할 수 없이 그대로 머물렀고, 그 후 1년을 지나는 동안 교육계 원로이신 분과 공직에 몸담았던 분들을 회원으로 영입하고 나니 천군만마(千軍萬馬)의 원군을 얻은 것 같은 흐뭇함에서 회장직도 부담 없이 내어놓을 수 있었다.

내가 지역 노인회(경로당)에 발을 들여 놓게 된 것은 1999년 위암의 재발로 인하여 처와 사별한 후 쓸쓸히 지내는 나에게 과거 직장 선배인 유흥순(柳興淳) 씨가 여가 시간을 함께 하자고 유인함에 따라 경로당에 드나들게 된 것인데 그 후 노인회장인 안중경(安重炅) 씨가 노환으로 인하여 병석에 눕게 되자 나에게 회장직을 맡기고, 나는 이를 이어온 지 어언 10여 년의 세월이 흘러갔다.

10년이면 강산도 변한다는데 회장직에 머물고 있던 나의 경우는 번개처럼 스쳐간 순간 같기도 하였다. 이는 10여 년간에 이르는 노인회장으로서 노인회 운영과 발전이 기대했던 의욕만큼의 성과를 이루지 못한 아쉬움 때문일 것이다.

경로당(노인회)이 그 기본이 되는 '대한노인회' 정관의 목적과 취지를 실현하고, 떳떳하고 자랑스러운 공조직으로 발전하기 위해서는 우선 회원들의 융화 단결한 일체감과, 경로당에 대한 마뜩찮은 이미지의 개선 등, 과거(음주, 소란, 고성, 다툼, 화투)와 같은 난잡하고 부담스러움에 대한 주민의 눈초리에서 벗어나 새롭게 변화하는 것이 선결문제였다. 단계적으로는

1. 존경 받는 노인상 구현
2. 사회봉사 활동 등으로 보람된 생활 추진
3. 건전한 여가선용 개발 운영
4. 회원들의 자질 향상에 필요한 교양강좌(사회 지도층 인사 초청 강연 등)
5. 방학기간 한문교실 운영 등으로 청소년 인성계발
6. 민족 전통문화 계승 발전을 위한 효자 효부 등 발굴 표창
7. 미풍양속인 상부상조(相扶相助)의 이웃돕기 및 환난구조의 동참 등 바람직한 노인회 운영방침을 체계적인 사업으로 개발하고 실천하는 데 힘을 쏟아야 했고, 살기 좋은 주거환경 조성(거리청소, 화단 또는 꽃길 가꾸기 등) 및 캠페인(선전 현수막 게시)도 전개하고, 지역 유관단체(아파트 주민 대표회, 부녀회, 관리사무소) 등과의 유대 협력 등으로 '존경스러운 노인회' '도와주고 싶은 노인회'(현재 여러모로 도움 받고 있음)로 변화하고 발전하는 노력이 필요하였다.

이와 같이 노인회 운영을 계속 발전시켜 나가기 위하여 전 회원들의 일치된 노력이 우선되었고, 점차 변화 발전의 빛을 보아 2003년에 청주시장으로부터 우수 경로당의 표창을 받고, 이어서 대한노인회 충청북도 연합회장으로부터는 모범 경로당 표창을 받게 되었다.

아울러 효부 등도 발굴하여 표창을 받는 효부수가 늘어가고, 유공인사 모범회원, 한문교실 우수학생 등의 표창으로 선행을 격려하는(권선장려 ; 勸善獎勵)일에 힘을 기울였다.

2005년부터는 청주시립 노인종합 복지회관 주관으로 실시하는 '경로당 활성화 추진사업'에 참여하여 진력한 결과 성공사례 경로당으로 선정되어 2005년 8월 29일 회장인 나는 서울에서 개최하는 성공사례 발표회에 출연한 바 있고, 2006년 8월 24일에는 대한노인회 충청북도 연합회에서 주최하는 성공사례 발표회에 청주시 대표로 '한문교실을 통한 인성계발'이란 주제로 출연한 바 있다.

한편 회원들의 친목과, 즐겁고 보람 있는 운영을 위하여 윷놀이, 꽃놀이, 복달임 등 전통 민속놀이를 실시하고, 문화 유적지를 비롯한 각종 명소 등을 참관하여 회원들의 견문(見聞)과 식견(識見)도 높이며 노인대학 각종 강연회, 전시회 등에 적극 참여하여 시대 적응에 힘써 왔다.

또한 회원들의 건전한 여가시간 선용을 위하여 청주시립 노인복지관의 지도하에 노래교실, 생활체조, 요가, 종이접기, 풍선교실 등을 매주 정기적으로 실시하고, 복지관에서 개최하는 '노래 부르기 대회'에 출연하여 1등상을 받기도 하였다.

당시 우리 경로당의 구호는 "앞서 가자 우리 노인회(경로당)"이었고, 생활지표는 "가족과 더불어 이웃과 더불어 즐겁게 생활하자"이었으며 노인회 휘장(마크)도 제정하여 회원들의 모자와 단체복에 표시하기도 하였다.

필자는 노인회장으로 활동한 제4기 인생을 내가 할 수 있는, 나에게 부과된, 내가 봉사할 수 있는 절호의 기회로 알고 온힘을 쏟았다.

하지만 능력의 한계와 무력감으로 시련도 겪으며 때로는 보람도 느끼는 얼룩진 10여 년의 세월을 보냈다. 이제 회원들과 고락을 함께한 인생의 단면을 가감 없이 되새겨 보며 한 편으로는 우리나라의 고령화 문제가 급속한 사회 문제로 다가서는 현실을 생각할 때 사회 원로로서 젊은 세대의 모범이 되고, 국가사회의 짐스러운 부담을 덜기 위한 특단의 대책이 절실하다는 점을 생각해 보면서 노인회 활동에 좀더 노력을 쏟지 못하고 성의를 다하지 못한 것을 자성한다. 노인회의 진정한 발전을 기원한다.

(2010. 12. 28)

5-8
추억의 보문산(寶文山)

어느 날 나는 내자와 함께 현옥(손녀)을 따라 대전에 있는 보문산에 다녀 왔다. 보문산은 대전시 대사동 서북측에 위치한 험하지도 않고 높지도 않은 아담한 산이며 산골짝에는 옥수처럼 맑은 물도 흐르는 녹수청산이다.

나는 한때 대전에서 직장생활을 할 때 대전 보문산 입구 대사동에서 약 10여 년간 거주하면서 아침마다 보문산 수정암까지 오르내리는 산책을 즐겼다. 그 당시 청주에서 거주하던 현옥이와 태구(손녀, 손자)도 아빠 엄마를 따라 대전에 거주하는 나에게 자주 드나들며 보문산에 오르내리던 경험이 있다. 나는 대전에서 청주로 이사한 지 벌써 15년이 지났으나 보문산은 나의 뇌리에서 지워지지 않는 아쉬움과 그리움 같은 미련이 담겨 있는 산이다. 현옥이도 어린 시절 어른들을 따라서 보문산의 수영장, 어린이 놀이터, 야외 음악당, 전망대, 수정암 등을 오르내리던 그 시절이 그리운 추억으로 남아서 보문산을 다시 한 번 찾아보고 싶었던 모양이다.

나는 수일 전에 선산 벌초 작업으로 인하여 오금이 당기고 전신의 피로가 풀리지 않아 보행이 불편한 까닭에 승용차로 보문산의 어린이 놀이터, 야외 음악당에서 송학사를 거쳐 북편 산 중턱으로 빠지는 차도를 타고 한 바퀴 돌아보아야 하겠다고 생각하였으나 보문산 초입에서부터 차량통행을 금지하는 차단기와 '차량 통행금지' 라는 경고문이 눈앞에 다가왔다. 이로 인하여 우리는 승용차를 내려서 야외 음악당까지라도 돌아보기 위하여 걷기 시작했다.

이 무렵 전국이 장마 피해가 많았고 보문산 역시 몇 곳의 도로가 붕괴 유실되고 진입로 가로수(메타세코이어)는 그동안 아름드리로 자라서 나무 밑동에는 이끼가 끼었고, 주위의 모든 수목들도 몰라보도록 무성하게 자랐으며, 단층이었던 송학사는 2층 건물로 크게 개조되고 그 옆에 있던 옹달샘터는 야외 휴식 공간으로 변하여서 낯설기만 하였다.

그뿐만 아니라 보문산 입구에서 어린이 놀이터까지 운행하던 케이블카 시설도 철거되어 없어졌고 보문산 계곡에서 흘러내리던 주거지 앞의 맑은 개천도 복개되어 넓은 도로로 변하고, 내가 살던 주택가도 상가로 모습이 바뀌어서 내 머릿속에 기억하고 그리워하던 옛 모습을 찾아볼 수 없었다.

이와 같이 개발이라는 명목으로 아름다운 자연의 모습이 파괴되어 탈바꿈한 것에 아쉬움과 실망스러움이 있었으나 이는 나 개인적인 아쉬움에 불과하고 좀더 편리하고 좋은 방향으로 개발하고 발전되는 것이 당연지사라고 생각할 수밖에 없었다. 이처럼 우리는 마음 속에 그리워하던 정서적인 추억의 옛 보문산을 한 바퀴 돌아보려던 것이 무산되고 그 초입의 변화한 일부만 돌아보면서 아쉬움을 남기며 이곳을 떠났다.

현옥은 역전 시장통을 돌아보려고 차를 몰았으나 사람들이 가득한 시장통에 차를 몰고 들어갈 수가 없었기 때문에 은행동 번화가 뒷골목 한적한 곳에 차를 세워두고 도보로 지하도를 통하여 건너편으로 건너가서 현옥이가 말하는 유명 베이커리를 찾아갔다. 가게는 매우 넓고 여러 종류의 빵이 진열되어 있고 내객은 주로 젊은 층이며 남녀 학생들도 많았다. 현옥은 우리를 2층으로 안내하여 고객용 식탁 옆에 앉아 잠시 기다리게 한 후 얼마 후에 몇 가지의 빵을 식판에 담아 와서 권하였다.

우리 내외는 현옥이가 권하는 이름 모르는 빵을 떼어 먹으며 현옥이에게도 같이 먹자고 하였더니 현옥은 "할아버지, 배불러!" 하며 딴 이야기만 하고 있었다. 현옥이가 권하는 빵을 계속 먹으며 또 다시 "현옥아, 너도 조금 먹어봐" 하고 권하였으나 현옥이는 역시 손을 저으며 "배불러" 하며 먹지 않았다.

나는 현옥이가 "배불러" 하고 먹지 않는 것이 마치 어린아이처럼 보여서 어리광스러운 모습이 더욱 귀엽고 예쁘기만 하였다. 현옥이는 대학을 나오고 학생들 과외공부를 지도하는 강사의 신분이다. 때문에 철없는 어린 아이처럼 보는 나의 생각은 걸맞지 않았다. 옛날 어느 효자는 환갑 나이가 지났어도 그의 노부모를 즐겁게 하기 위하여 꼬까옷을 입고 부모 앞에서 기어다니며 어린아이 같은 짓을 하였다는 이야기가 있다.

우리 내외는 현옥이의 안내로 그 유명한 베이커리에서 나와서 노변 휴식 공간의 의자에 앉아 기다리고 현옥은 차를 몰고 와서 우리가 합승한 후 은행동 중심가를 빠져 나왔다. 이때 은행동 중심가의 지하도는 더 깊이 변형되고, 홍명상가와 대전역 광장도 없어지고 덩그렇게 신축된 대전 역사 밑으로 지하도가 뚫리어 있었다. 우리는 대화동을 거쳐 대덕산업단지와 신탄진을 경유하여 청주로 돌아왔다.

나는 이날 마음 속으로 그리던 보문산을 기대한 만큼 돌아보지 못하고 돌아온 것과 그 일부의 달라진 것들이 못내 아쉬웠다.

반면 종일토록 수고한 현옥이가 안쓰러워서 간단한 저녁식사라도 사 먹이려고 하였으나 현옥인 군이 사양하였다. 집으로 돌아오면서 보니 현옥이의 의젓하고 얌전하고 믿음직한 자태가 어른스럽고 현대여성의 지성미를 갖춘 성숙한 수준으로 보여 더욱 사랑스러운 마음이 들었다.

(2011. 9. 17)

5-9

풍주사(豊宙寺)의 목탁소리

명암리 호반 동북쪽에
솟아 있는 고령산(古靈山) 중턱 풍주사(豊宙寺)에
어두움 밝히는 등불 밤새 반짝이고
산 밑자락 가로등도
덩달아 반짝인다

가을철 서늘한 이른 새벽
호반을 끼고 도는 산책길에
발걸음 재촉 이어 오고 가는데
은은한 염불소리
똑 똑 똑 똑 목탁소리 울려 온다

거친 세파 헤어가는 커다란 지혜
사리사욕 버리고
사랑하라고
거듭 거듭
안개 속에 울려 퍼진다

서쪽 하늘 일그러진 하현달은
조각구름 사이로 숨바꼭질하고
별들은 높이 높이 반짝이는데
호수 위엔 뿌옇게 안개꽃 핀다
달, 별 그리고 구름 안개에 어울려
내 가슴 깊이 깊이 자연을 마신다.

(2012. 10. 5)

5-10
우직(愚直)한 삶의 회한(悔恨)

계사년 새해를 맞은 정월 초순 어느 날 밤 한숨을 자고나서 다시 잠들지 못하고 이런 일 저런 일 공상에 잠기며 지난날의 삶을 되돌아보며 아쉬운 회한(悔恨)에 잠겼다.

내가 세상에 태어나서 뜻하지 않았던 공안직을, 그것도 교도관이 되어서 젊은 한때의 화려한 꽃을 피워보지 못하고 사회의 그늘진 음지에서 남모르는 신고(辛苦)의 세월을 보냈던 그 시절이 주마등처럼 머리에 스쳐 갔다. 한편 자신의 고집스러운 확신과 의지를 굽힐 줄 모르고 직장 상관에게 온당치 않게 맞서고, 간부(幹部) 시절에는 하부 직원들의 직무상 위법이나 부당한 근무 태도를 적발할 때마다 가차 없이 책임을 추궁하고 징계(懲戒)하던 융통성 없는 일벌백계(一罰百戒)로 일관했던 것이 너무도 후회스럽다.

공안직은 어느 공직자 이상으로 더 한층의 엄격한 법 집행과 일사불란한 기율 유지가 생명이라는 특성 때문에 정당하지 못한 업무태도는 용납될 수 없다는 것은 당연하다고 보아지기도 한다.

나는 한때의 간부시절 서울구치소, 법무부, 의정부교도소 등에서 근무하며 약 10여 년간을 서울에서 거주할 당시 노력만 한다면 야간대학에 다니며 공부할 수 있는 기회가 있었으나 그 필요성을 느끼지 못하였고, 어느 동료가 대학 등록금을 꼬박꼬박 납부하면서 대학생 구실을 하는 것을 보고 허수아비 대학생이라고 비웃던 일이 생각난다. 돌이켜보면 대학에 대한 나의 시각은 자신의 신변관리에 소홀한 지각 없고 우직한 고집이었다고 후회된다.

공직에서 물러난 후에는 지난 시절 고락을 함께 하던 직원들이 간혹 나를 찾아주고, 식사에 초대하거나 또는 명절선물을 전달해 주거나 때로는 슬그머니 호주머니에 정을 담아주는 온정을 받으며 지난날 너무 냉엄하였던 자신이 부끄럽기도 하였다.

이제 90을 눈앞에 둔 노령으로서 지나온 한때를 돌아보면 우리나라는 극히 빈곤하고 비참한 나라이었으나 온 국민들이 잘 살아보자고 피땀을 흘린 덕택으로 이제는 많은 나라가 부러워할 만큼 잘 사는 나라가 되었다.

그러나 오늘날과 같은 풍요한 삶의 행복을 느끼지 못하고 방종과 타락에 빠지는 경우를 보게 된다. 어느 경우 극단적인 자살, 막가는 언동, 예사로운 이혼, 난무하는 폭력, 계층간의 갈등, 공직자의 부정부패도 예사로 행하여지는 꼴을 보며 불안하고 위태로운 생각마저 든다.

얼마 전에는 '노령자들은 잉여 인간이라며 없애버리면 좋겠다' 는 듣기만 하여도 끔찍한 언동(댓글)이 있었다는 것을 생각하며 한국 사회의 막장을 느껴 보게 한다.

한편으로는 이들은 세상 살아가는 것이 얼마나 힘에 겨워서 그런 언동을 하였을까 하는 안타까움마저 들었다. 하지만 일제 강점하의 굶주림과 헐벗음, 해방 후의 남북분단과 6·25 동족상잔의 눈물겨운 쓰라림 등을 겪으면서 오늘의 자랑스러운 복지국가를 이루는 데 주역이었던 노령의 한 사람으로서 지나친 행락과 타락된 단면을 보면서 장차 국가사회와 자녀의 문제 등이 걱정스러워 잠 못 이루는 시간을 보낸다.

하기야 속담에 이르기를 '꽃가마 속에도 수심이 있다' 고 하였고, 다중(多

衆) 속에도 고독이 있고 풍요 속에도 빈곤이 있다고 하듯이 어느 사회이고 질과 양은 다를지라도 비인간적 비사회적으로 나타나는 일각의 문제를 가지고 유독 나만이 기인우천(杞人憂天)이란 말처럼 쓸데없는 걱정으로 외로운 불면(不眠)의 새벽을 지새운다.

(2013. 1. 5)

제**6**장

그리운 동반자들

6-1
그리운 동반자들

우리가 살아가는 세상을 흔히 인생항로라 하여 험한 파도치는 넓은 바다를 헤쳐 가는 어려움으로 비유하고, 또 유행가 중에는 "세상이란 백사지 인생은 나그네 울고 웃는 한평생……"이라는 가사가 있다. 인생은 부모 형제 이웃 외에 여러 사람들과 연결하여 살아가며 젊은 한때는 외로움을 모르고 살아가다가 차차 성숙되고 흰 머리가 하나씩 늘어가는 세월 속에 나와 함께 하던 지난날의 동반자들이 생각난다.

어릴 적에 뛰며 놀던 죽마고우로부터 동창생, 직장 선후배, 생사를 함께 하던 전우들과 같은 수많은 인연들이 떠오르고 그리워진다. 외로운 인생길, 나그네처럼 고적하고 외로우면 나와 함께 하던 지난 시절의 고맙고 미안하고 서운하고 속상하고 기뻐하며 즐거웠던 이런 저런 동반자들을 그리워 하지만 이들은 이미 나를 떠나 다시 볼 수 없는 곳으로 영원히 떠났거나, 소식 없이 멀리 떨어져 어디에서 무엇을 하며 살고 있는지 모르는 경우가 많다.

"사랑하는 사람 만들지 말라, 미워하는 사람도 만들지 말라, 사랑하는 사람 못 만나 괴롭고 미워하는 사람 괴롭다. 아……. 괴롭네"라는 말이 떠오른다. 하지만 우리 인생은 서로를 떠나서는 살 수 없다. 서로 만남으로써 서로를 돕고 서로가 보충하며 발전하고 빛을 내게 된다. 다음 시 한 수를 음미하여 보자.

"이 밤도 잠들지 못하고/ 하! 저리 깜빡이는 별들/ 차마 못 감고 간 그들을 생각한다/ 나의 눈망울을 어디메서 떨련가"(윤선도 작시)

한양대 정민 교수는 다음과 같이 풀이하였다.

이승에 무슨 인연이 남아 있기에 이 밤도 잠 못 들고 저리도 깜빡이는가. 두고 온 소중한 인연들 걱정에 밤새 저리도 떨고 있구나. 깜박이는 저별 보니 차마 눈 감지 못하고 떠난 그 눈빛들이 떠오른다. 잘 살고 있구나. 안심하고 간다. 너무 속상해 하지 말라. 잘 될 날이 있겠지. 저마다 꿈자리를 토닥거린다. 동이 멀리 터 오를 때야 눈을 가만 감는다.
"저 별은 어머니 눈빛, 또 저 별은 먼저 가신 할머니 눈빛, 밤하늘에 온통 깜박이는 눈빛뿐이다."

이 시의 내용은 밤하늘에 반짝이는 수많은 별들이 마치 과거에 나를 떠난 여러 인연들의 눈빛으로 가상하고 그리움과 고적에 잠겨 잠 못 이루는 모습을 그린 것 같다.
세상 사람들은 어찌하여 자기의 분수를 지키지 못하고 탐욕에 젖어 사람답지 못하고 주위 사람들에게 상처를 주고 교만하고 과시하며 파멸에 이르는가. 또한 옳지 못한 논리로 주위 사람들에게 아첨(曲論阿世)하고 나와 등진 사람을 악으로 지목하여 희생시키려 하는가. 가진 것 없으면 사람 대우 받지 못하고 주위 사람들이 부담스러워 한다. 가진 자 잘난 자는 저희끼리 어울리고 없는 자 못난 자는 소외되고 멍이 든다.

"슬프나 즐거우나 외다하나/ 내 몸이 할 일만 닦고 닦을 뿐인저/ 그 밖의 여남은 일이야 분별할 줄 있으랴."(윤선도 작시)

나는 내 할 일만 하겠다. 남의 일에 감 놔라, 밤 놔라, 하지 않겠다. 공연히 기웃거리지 않겠다. 슬플 때나 즐거울 때나 내 갈 길만 가겠다. 잘 한다 칭찬해도 우쭐하지 않겠다. 잘못한다 야단쳐도 흔들리지 않겠다. 머리 굴리고 주판 알 퉁기지 않겠다. 공연히 시비에 말려 마음 복잡한 일을 짓지 않겠다. 나는 나 할 일만 하겠다.(한양대 정민 교수의 해설)

이와 같은 시상은 파란만장한 인간 삶의 경험에서 나온 선현들의 교훈으로 알며 예나 이제나 인간관계에서 선과 악이 교차함을 생각하여 보게 한다. 우리는 선하고 악한 것을 바라보고 분별하여 나의 몸가짐을 바로잡는 스승으로 삼아야(善惡皆吾師) 하겠다.

너와 나는 우리이고 사람이 둘이면 어질 인(仁) 자가 되어 너그럽고 부드럽고 착하게 된다. 사람이 둘이서 연합하면 너와 내가 아니라 우리이다.

너와 내가 합하면 따스한 활기, 신바람 나는 삶이 될 것이다. 하지만 너와 내가 다르면 불화하고 찬바람 나는 불행한 생활이 된다.

이타정신(利他精神)은 남을 내 몸처럼 아끼고 사랑하고 베풀어서 화합하지만 이기주의(利己主義)는 나만 알고 탐욕으로 챙긴다. 사람은 그 몸집보다 마음씨가 중요하고 양심이 살아 있어야 한다.

인생은 공수래공수거(空手來空手去)인 것을 아는지 모르는지, 서로 베풀고 돕지 못하고 나만 아는 삭막한 세상에 산다.

청록후음(靑綠厚陰) 자랑하던 푸른 나무가 무성한 한때를 지나서 가을을 맞으면 앙상한 가지만 드러나듯 우리도 이승의 세월을 따라 종점에 이르면 허전하고 움켜쥔 손을 펴고 빈손으로 가야 한다.

홀로 서기에 삭막한 인정, 무관심과 고적은 우리 인간의 자화상이런가?

저물어 가는 인생길에 찬바람 품안에 스며드는 차고 고적함에 잠겨 옛적 나와 함께 하던 동반자들을 생각하고, 그들이 나에게 그처럼 소중한 존재이었음을 늦게야 깨우치고 그리워한다.

사람은 죽을 때까지 철이 든다는 옛 말처럼 사람이 점점 노숙하여지면 이제까지 살아온 과거사가 후회스러운 부족감을 느끼게 되는가 보다. 지나간 모든 것은 달고 쓰고 간에 모두 다 소중하고 그리움으로 남는다.

이런 모양 저런 모양 모두를 긍정적으로 이해하고 감사하고 사랑하고 화합하는 마음으로 살아왔더라면 얼마나 행복하였을까.

지난날 나와 함께 하던 모든 인연의 동반자들이 눈에 어리고 지워지지 않는 소중함과 그리움의 대상이 될 줄이야……

6-2

봄나들이 산길

남한강 상류 푸른 물결 끼고
월악산 달려가는 나들이 산길
높낮은 준령들 머리 위로 치솟아
무겁고 고요함 곁들인 모습
경망자계(輕妄自戒)와 무언(無言)의 표상

따스한 봄을 맞은 산자락마다
연녹색 시원히 가득 채우고
연붉게 불타는 철쭉, 흰 머리 자랑스런 산벚나무
저마다 고운 모습 시샘하는데
이곳저곳 검게 찌든 송절이 마음 쓰이고
스쳐가는 산정 풍취 아쉬움이여

산등성 솟아오른 드높은 바위
위엄의 상징처럼 엄숙히 서고
여기 저기 암벽들 흰색 드러내
곱게 입은 여인의 속살 보이듯
황홀한 아름다움 눈길 쏠린다.

천동동굴 윗자락 다리안 계곡
소백산 비로봉 청정수 흐르고
크고 작은 돌들의 화려한 무늬
옥수처럼 맑은 물 부딪치면서
하얗게 부서지는 물보라 소리
저리도 아름다움 어이 떠날꼬.

(2011. 5. 11)

*5.5 어버이날, 창호 내외가 주선한 봄나들이 길의 정경 일부를 시로
표현하여 본다. 단양의 유명한 장다리 식당에서는 처음 맛보는 '온달
마늘정식 15,000' 이 일품이었다.

6-3

세모(歲暮)의 여한(餘恨)

어수선한 임진년이 저물어 간다
내 중심의 삶을 벗어나지 못한
켜켜이 쌓인 한숨 털지 못한 채
이 해가 저물어 가는 아쉬움
왜인지 마음 속이 아려온다

인생을 만물의 영장이라 했던가
내 모습을 벌레로 비유한 조오현 스님의
〈내가 나를 바라보며〉가 떠오른다.
매미의 5덕, 감나무에게도 7덕이
어이 동식물에게 부끄러운 인생이던가

노인은 '잉여인간' 이라고 누군가가 일침을 가한다
젊은 순간이 지나면 백발이 필연인 것을
각박한 세파 되짚어 본다
고즈넉한 세모의 모퉁이에서
외로움과 서글픔이 가슴을 할퀸다

(2012. 12. 29)

*이 땅에 애친경장(愛親敬長)의 전통은 사라지는가. '잉여인간'으로 낙인을 받고 죄인처럼 고개를 들지 못하는 노인들의 모습을 상상해 본다. 빈천으로 살아온 부모는 부귀로 사는 자식들에게 쓸모없고 귀찮기만 한 '잉여인간'이라는 풍조가 고개를 들고 있다.

6-4

신앙생활의 확신

하나님과 피조물인 인생

인생은 고행인가 눈물인가 참음인가 사랑인가…….

고통과 아픔에서 하나님의 사랑을 발견한다.

인생은 이를 통하여 자신의 존재를 탐색한다.

육신의 시간은 영의 사망이며 자신을 자탄하는 시간은 하나님을 발견하는 시간이다.

나의 자랑은 교만과 자기 우상이며 나의 마음엔 하나님이 존재하신다.

오늘의 충실과 책임 있는 생활이 믿음이다.

어리석음은 경망이고 재앙이 따르기 마련이다. 사물을 관찰하는 능력은 지혜와 총명이며 하나님은 인간에게 자유의지를 주셨다.

나만이 살 수 있다는 자기 과시와 자랑은 잘못이다.

사람은 하나님께 창조되었다. 그리고 섭리되고 있다.

인간이 인간을 떠나서는 살 수 없다. 만남으로 서로를 발전케 하고 도움을 준다. 또 서로를 보충하고 연마하여 빛을 내게 된다. (창세기)

기도

하나님 앞에서 인간의 부족함과 한계를 발견한다.

인간 능력의 한계를 자책하며 성서와 그 이외의 다양한 독서로 지식을 얻어야 한다.

기도는 인간 그대로를 드러내는 것이 필요하다.

하나님을 만나고 싶고 응답 받고 싶어 하여도 뜻대로 되지 않는 것이 인간의 부족함이다.

하나님을 향한 간절한 소망이 기도이다. (잠언)

가난과 부요

사람답게 못하는 장애 요인으로 재물이 있다.

재물이 많으면 하나님을 모르고 인간을 모르고 교만 · 거만 · 과시 · 사치 · 낭비 · 허영으로 파멸에 이르기 쉽고 반대로 재물이 궁색하면 하고자 하는 뜻을 펴지 못하고 남에게 부담이 되어 사랑을 받지 못한다. (잠3:8~)

소외(疏外)

소외는 죄이다. 하나님에게 소외되면 유리된다.

부모에게 소외되면 불효이고 고아가 된다.

없어서 짐이 되는 자와 융합되지 못하는 소외, 자신의 위치를 지키지 못하는 소외 등이 모두 죄이다.

과욕(過慾)

자본주의하에서는 욕망이 발전을 가져온다는 이론이 성립될 수 있다.

하지만 욕망이 지나치면 선과 악이 혼돈된다. 허영도 도덕률이 될 수 있다.

부와 명예가 인생의 축복은 아니다. 인생은 충돌 없이 삶이 가능한가?

더불어 사는 인생이 신앙의 도덕률이다.

감성과 이성의 조화가 있어야 한다.

인생이 끝없는 욕망으로 자신과 남을 파멸하는 말거머리로 비유되고 있다. (잠30:15~16)

자녀에 대한 교훈(훈육)

너는 커서 똥장군 지는 것을 면하라 하면 그 자식이 똥장군 지는 아비를 존경할 것인가.

자식을 시종처럼 보살펴 희생한 어머니를 능멸하는 자식은 하나님을 모르고 경멸하며 넘어뜨리고 부모를 모르고 계명을 무너뜨리고 가정의 문제를 일으켜 무너뜨린다. (잠30:17)

부모를 모르고 불순종하고 업신여기면 가정 사회 국가가 파괴된다.

자연 가운데 하나님의 섭리

대자연 가운데에서도 하나님을 발견하고 삼라만상의 아름다움과 즐거움, 기쁨, 고적과 고통과 외로움이 교차하는 가운데서 하나님을 발견한다.

칠흑 같은 밤에 빈들에서 누구 하나 없는 외로운 가운데 반짝이는 별을 바라보며 하나님의 도움을 구한다. (창28:11)

하나님이 주신 분복

인생이 수고함으로써 낙을 누리는 것이 하나님이 주신 분복이다. 받는 자보다 주는 자가 복이 있도다.

땀 흘리는 것이 멸시되고 일확천금을 꿈꾸는 것이 세상사이다. 때문에 깨지고 터지고 누더기가 되고 인생의 아름다움과 즐거움이 몰수된다.

인생은 헌신하는 가운데 아름다움과 명예가 나타나고 수고하는 가운데 풍성한 결실이 있고 은혜로운 가운데 감사가 있으며 기도하는 가운데 새로

워진다. (전5:18)

자연의 섭리

하찮은 나뭇잎 하나도 내팽개치는 쓰레기가 아니다.

떨어진 잎은 비바람과 추위로부터 토양을 보호하고 수분 증발을 막아주고 개미와 같은 작은 동물까지도 보금자리가 될 수 있도록 섭리하신다.

효심이 지극하여 썩어서는 흙이 되고 친정을 위한 도움이 되고 있다.

바람은 거리에 그리움을 쌓는다. 사람이니까 외롭고 외로우니까 사람인 것을……

하늘이 돕는 자

하늘은 스스로 열심히 살아가는 자만을 돕는다.

나태하고 사치하고 낭비에 젖어 수고하지 않고 머리를 쓰지 않아 지혜롭지 않고 우둔하여 평생을 수고로 쌓아놓은 재물을 하루아침에 허물어트리면 하나님도 어찌 할 수 없을 것이다. (전5:18)

인생에게 때를 주다

인생은 사람과의 대화로 풀지 않고 하나님께 무어라 한다.

또 사람과 대화하지 않고 하나님과 많은 대화를 하여도 미궁에 빠진다.

인생은 태어날 때가 있고 죽을 때가 있으니 인생은 짐승과 다름이 없는 줄을 깨닫게 함이라.

하나님은 사람에게 영원을 사모하는 마음을 주셨으니 영원한 삶은 믿음과 소망과 사랑 가운데 사는 생활이다. (잠30)

인생의 한계

사람의 능력에는 한계가 있으며 공의(公義)를 행하는 곳에는 악이 있고, 될 듯하다가 안 되는 것이 인생이다.

더 할 수도 없고 덜 할 수도 없고 내 마음대로 할 수 없는 불완전하지만 완전하려고 노력하는 것이 인생이다.

이는 하나님을 알고 경외하게 하려 하심이라.

육신의 소욕에 따라 살면 짐승의 생활과 다름없다.

인생과 금전

인생이 돈에 의하여 무가치하고, 돈의 가치를 두기 때문에 인생의 존엄성이 상실된다.

돈은 사람에게 필요한 것이나 사람이 없으면 돈은 무가치한 것이다.

겸손

겸손은 신앙이다. 의에 살고 불의를 멀리함이라.

사람에게는 하나님이 내재하신다.

하나님의 형상대로 지음 받은 것이 사람이다. (창1장)

사람은 신앙이다. 이것을 모르는 마음을 인면수심(人面獸心)이라 하였다.

재물을 보는 눈

1. 축복을 가장한 인간은 파멸을 자초할 수 있다.

2. 재물을 지키는 눈이 문제이다. 재물을 경시하고 교만하여 악하고 치사하여 사랑과 소중함이 상실되면 화를 자초한다.

3. 지나친 물질에 대한 탐욕은 사람으로 하여금 사탄의 노예가 되어 인간의 제도를 벗어나게 한다.

믿음과 지혜

과학적으로 신비를 깨닫고 종교에 귀의한다.

인간의 한계 앞에서 겸손함이 신앙이다.
진실을 바탕으로 바르게 사는 것이 믿음이다.

정서(情緒)

성경 말씀의 정서의 장을 되찾으라.
옛날에는 아름다운 정서가 있었다.
장독대에 담긴 어머니의 정서, 떡과 별미의 나눔의 정서, 현세는 정서를
잊어버린 인생을 산다.

죄(罪)

1. 하나님으로부터 소외된 삶이 죄이다. 등을 돌리면 어두움이 온다.
   부모로부터 등을 돌리면 고아가 된다.
   하나님의 은혜를 모르는 삶이 죄이다.
   죄에 빠지면 기도가 단절된다.
2. 불신앙이 죄이다. 하나님을 떠난 생활이다.
   어린이는 부모의 품에 있을 때 안정을 갖는다.
   기도는 하나님과의 대화이다. 예배는 하나님과 손을 잡는 일이다.
3. 관계가 파괴되면 살인이나 저주가 온다.
   부부간의 관계의 파괴는 이혼이다. 신뢰가 파괴된다.

나는 이 세상에 무엇 하러 왔나

하나님이신 조물주가 나를 세상에 낼 때는 필시 무슨 뜻이 있겠지…….
지금껏 그 뜻을 헤아려 애쓰며 살아왔다.
하늘 뜻은 이때까지 깨닫지 못했는데 얼굴에 주름살만 남았다.
되돌아보면 먹고 살려고 아옹다옹하던 기억 밖에 없다.
타관땅 전전하다 늘그막에 고향을 찾았다.

감사

감사는 조건적인 것이 아니다. 현존하는 모든 것이 고마워질 수밖에 없는 것이 삶의 참모습이다.

고통조차도 의미가 있다고 스스로 발언하게 되면 우리는 비로소 사람다운 사람이 된다. 그런 사람이 할 수 있는 고백이 '고맙다' 이다.

자신의 현존 자체가 그리고 모든 존재하는 삼라만상과 인생이 고맙게 여겨지는 모든 그러한 존재에게 감사하다고 하는 태도이다.

항상 기뻐하고 기도하고 감사하는 생활은 조물주 하나님이 피조물인 인간을 향한 뜻이다. (살전5:16~18)

*청주 신흥성결교회 권사 지교옥

(2011. 6. 6)

6-5

조팝나무 꽃

괴산 단양 월악산으로 달리는 산간길
높낮게 겹친 산줄기 수려한데
벚꽃 철쭉꽃 아름답게 어울리고
산비탈 꾸부렁길 이곳저곳
개나리 진달래 노랗게 붉게 수놓아가고
낮은 둔덕 눈같이 희고 잘게 핀 조팝나무 꽃
낮추는 겸손과 티 없는 순결!

월악산 뒤에 두고 남한강 푸른 물결 비켜가며
문경 쌍곡 괴산 땅 달려오는 산간길
연록 산정 아름답게 겹쳐 이어지고
낮은 언덕바지 여기 저기
희게 수놓은 조팝나무 꽃
세파에 찌든 마음 시원하게 씻기어간다

아름다운 신록의 대자연
첨단을 시새는 세상 물결 타고
어지럽고 지친 마음 보듬어 안고

노변 낮은 곳 군데군데 눈부시게 흰

조팝나무 꽃

인간세상 모든 티끌

멀리 보면서

말없이 순결을 지켜 나간다

*창호 내외를 따라 나선 신록의 산간길 나들이에서

(2010. 5. 1)

6-6

우암산 계곡 맑은 물

우암산(牛岩山) 계곡 흐르는 맑은 물
엄동설한 꽁꽁 얼은 얼음장 밑에
숨죽인 듯 고요히 흘러오더니
따스한 봄볕에 기지개 켜며
살맛 난 듯 졸졸졸 노래 부른다

졸졸졸 노래하는 우암산 계곡물
바람 따라 구름 가듯 어디로 가나
내 가는 길 묻지 마오 잡지도 마오
험한 골짝 타고 온 지친 이내 몸
명암지(明岩池)에 머물러 쉬고 가리다

우암산 계곡물 맑고 단아한 호수 머물러
잔물결 봄볕에 반짝이면서
아지랑이 아련히 아른거리고
철없는 물오리들 헤엄쳐 논다

명암지에 머물고 어디로 가나

삼라만상 보고 듣고

울고 웃고 부딪쳐 가며

혼탁한 세상사 못 본 체하고

묵묵히 낮게 낮게 흘러 흘러서

무심천(無心川) 미호천(美湖川) 금강(錦江) 서해(西海)로

구름 타고 둥둥 바람 따라서

정겨운 우암계곡 다시 오리다

(2012. 3. 27)

6-7

원남저수지(遠南貯水池)

추석 명절 다음날(10.1) 나는 처와 함께 초정(楚井) 노인요양원에 계시는 누님(敎分)을 찾아갔다. 창호(彰鎬)가 운전하는 승용차에는 내수에 살고 있는 누이동생 은향(隱香), 조카딸 춘희(春姬)도 동행하였다.

누님은 이제 94세의 고령으로 더욱 노쇠하여 몸도 추스르지 못하고 귀도 절벽이며 말도 제대로 못하고 누워만 계시는 형편이었다.

나는 누워 계신 누님을 만나자 마자 어린아이처럼 "누님!" 하고 부르고 누님 얼굴에 나의 볼을 문지르며 서로 손을 마주잡고 골육의 정을 나누었다. 힘겹게 알아들을 수 없는 말을 중얼중얼 하시며 정겨운 얼굴 표정과 눈빛으로 나를 바라보고 계셨다. 나는 문득 누님 뒤를 졸졸 따라다니며 때로는 앙탈과 억지를 쓰면서 누님을 성가시게 하던 일이 많았고 누님 나이 과년(瓜年)으로 출가(出嫁)할 때에는 누님이 타고 가는 꽃가마 뒤에 매달리며 "누나, 가지 마아!"라고 소리치며 울던 어린 시절이 머리를 스쳤다.

누님의 의식은 정상인 것 같았으나 말로 표현을 하지 못하고 눈빛과 얼굴 표정으로만 정을 나눌 수밖에 없었는데 나는 누님에게 드리려고 준비한 과

자봉지에서 물렁물렁한 유과 한 개를 꺼내어 껍질을 벗겨서 누님 입안에 넣어 드렸다.

이때 옆에서 이를 지켜보던 보호사가 다가와서 "그러다가 기도(氣道)가 막히면 큰일 납니다"라고 하는 말을 듣고 재빨리 누님 입에 넣어드린 유과를 꺼내 드렸다.

우리는 누님의 안쓰러운 처지를 잠시간 바라보며 아무런 도움도 드리지 못하고 안타까운 마음으로 섭섭함을 뒤로 남기면서 헤어져야 했다.

요양원을 나선 우리는 근처의 초정약수(탄산약수)를 마시고 이어서 식당에 들러서 점심을 먹었다.

식당에서 나온 우리는 승용차에 올라서 전에도 이따금 교외 산간길을 돌며 소풍하던 것처럼 창호가 운전하는 대로 몸을 맡기고 정담을 나누다 보니 어느새 두타산(頭陀山) 대아봉(大雅峰)을 저 멀리 바라보며 충주로 통하는 큰길을 벗어나서 원남(遠南)의 시골 산길로 진입하고 있었다.

두타산 대아봉 밑의 송산리(松山里 ; 삽사리, 沙谷 또는 射谷)는 우리 지씨 일가(池氏一家)의 집성촌(集姓村)으로 21세(世) 되시는 첨정공(僉正公) 득선(得善) 할아버지께서 정주(定住)하시면서 자자손손(子子孫孫) 이어서 살아온 세거지(世居地)이어서 이곳을 지날 때마다 눈여겨보게 된다.

두타산 뒤편의 진천군 초평면 용정리에는 외가댁이 있고, 신풍리는 사위인 김화수 교수(공학박사)의 고향이기 때문에 두타산을 바라보면 초평을 연상하게 된다.

나는 어느 때인가 초평 출신인 친구로부터 초평에서 두타산 뒤로 통하여 원남 방향으로 가는 도로가 건설되었다는 말을 듣고, 험한 지형을 상상하며 궁금증을 창호에게 말한 적이 있는데 이 말을 귀담아 들었던 모양이다.

창호는 충주로 통하는 큰길에서 벗어나며 나에게는 미리 말 한 마디 귀띔도 하지 않다가 잠시 후에야 두타산 뒷길로 초평까지 간다는 것을 알려 주었다.

이때 창호는 두타산 동편 원남 부근의 낯선 초행길에 들어서며 초평으로 통하는 길로 짐작되는 산간길로 차를 몰았다.

그러나 이 산간길은 들어갈수록 점점 험준하였고 길 밑으로는 깎아지를 듯한 낭떠러지 계곡이 있고, 그 밑으로 시퍼런 호수(湖水)가 눈에 들어왔다.

이때 창가에 타고 가는 내 옆 안쪽 자리의 누이동생은 차창 밖을 바라보다가 무섭다며 맨 안쪽으로 자리를 옮겨 앉았다. 나도 역시 현기증이 나서 가슴이 두근거리며 안절부절 어찌 할 바를 몰랐으나 내가 당황하면 함께 가는 가족들이 더 불안할 것 같아서 일부러 천연한 체하며 승용차를 운행하는 창호에게만 천천히 조심조심 가자고 일렀다.

이 도로는 굴곡도 심하고 차 한 대가 겨우 들어설 수 있는 좁고 울퉁불퉁하게 돌들이 박힌 매우 험한 길이어서 진행하는 승용차는 춤을 추듯 뛰었고, 차 안에 타고 가는 우리들도 이에 반응되어 들썩들썩 요동이 심하였다.

이와 같은 형체로 보아 이 도로는 차량이 드나드는 길이 아닌 듯 보여졌으나 중간 도로 옆에 농가의 고간(庫間) 같은 허술한 건물 옆에 승용차가 세워져 있었다.

우리가 멋 모르고 들어선 길옆으로는 시퍼런 호수가 계속 되었고, 깎아지른 듯한 낭떠러지도 계속 되는 매우 위험한 길이 연속되었다.

만약 잘못하여 승용차가 낭떠러지 깊은 곳으로 굴러 떨어지든지 울퉁불퉁한 험한 길에서 춤추듯 요동하는 충격으로 고장이라도 난다면 보통 문제가 아니라는 조바심에 떨며 가야 했다. 타이완의 '동서횡관공로' 가 몹시 험하다고 하지만 내가 달리고 있는 길보다 더할 것 같지는 않았다.

이 같은 위험한 산길을 운행하는 창호는 아무 말 없이 차분히 걸어가듯 조심조심 차를 몰았다. 자식 자랑은 팔불출이나 하는 짓이라지만 창호의 운전 솜씨와 당황하지 않는 침착한 성숙함이 크게 돋보였다. 우리는 이와 같은 위험한 산간길을 한동안 지나서야 약간 넓고 평평한 길에 들어설 수 있었다.

그러나 유감스럽게도 이 길은 초평으로 통하는 길이 아니었고 원남 저수지 주변을 한 바퀴 돌아 다시 원남으로 돌아오는 길이었다. 후에 알고 보니 원남 저수지는 널리 알려지지 않았으나 그 규모가 매우 큰 저수지이었고 우리는 이 산간 저수지 주변의 산책길 같은 좁은 길을 돌아온 것이었다.

나는 노년에 이르도록 이와 같이 험한 길에 차를 타 보았던 경험이 없는 터라 어떠한 면에서는 좋은 경험이라고 여겨졌다. 만약 이 원남 저수지의 험한 형세를 미리 잘 알고 갔더라면 지나친 조바심 없이 차분하게 산속의 호수를 돌며 자연을 즐기는 기회가 되지 않았을까 하는 아쉬움도 있었다.

우리나라의 이름난 산책길로는 제주도의 '올레길', 지리산의 '둘레길', 괴산의 '산막길'을 꼽는다.

우리 인생은 세상 삶에서 이런저런 문제로 마음의 상처를 받는 경우가 허다하며 이럴 때에는 청산리 벽계수가 흐르는 대자연 속에 들어가서 푸른 산을 바라보고 녹색 빛깔의 맑고 시원한 호수를 바라보며 찌들은 마음을 씻어내야 마음의 상처가 가신다는 것이다. 결국 청산(靑山)과 벽수(碧水)가 마음의 상처를 치유한다는 것이다.

"우리 인간은 어찌하여 푸른 산 푸른 호수를 바라보면 마음이 차분하게 가라앉으면서 충만(充滿)한 느낌이 드는 것일까."

어진 사람은 천명(天命)을 찾아 욕심을 움직이지 않는 고요한 마음이 산과 같아서 자연히 산을 즐긴다고 한다(仁者樂山).

충북 괴산호(槐山湖) 산막길은 약 4km의 호수 둘레에 있고 이곳은 조선시대 노론 명문들의 야외 정원이었다고 하는데, 우암 송시열 선생은 정치적 풍파가 있을 때마다 한 발짝 물러나서 화양구곡(華陽九曲)에서 마음의 때를 씻고 휴식하였다고 한다.

이곳 괴산호의 상류인 화양계곡까지는 연하(煙霞) 갈은(葛隱) 고산(孤山) 쌍계(雙溪) 선유(仙遊) 풍계(豊溪) 등 이른바 구곡문화(九曲文化)의 중심을 이루고 이름난 인물도 나온 곳이라 한다.

이와 같은 괴산 산막이길의 형세를 생각하면서 원남호의 형세를 비교하여 살펴보면 두타산의 위엄과 맑고 시원한 원남호의 정기를 타고 UN사무총장(반기문 씨)과 같은 인물이 나오지 않았을까 하는 생각을 하게 된다.

우리는 예정대로 두타산 뒤편의 도로를 타고 초평까지 달리지는 못하였으나 스릴만은 만끽하고도 남았다. 우리는 다시 두타산 앞길을 달려서 초평면 용정리를 통과하고 진천군 문백의 농다리(籠橋)에 이르렀다.

1000년의 역사를 자랑하는 농다리는 흔히 볼 수 있는 징검다리와는 달리 작은 돌들을 약간 높게 쌓아올린 돌기둥 위로 넓적하고 긴 돌을 얹어서 연결한 다리이다. 추석 다음날이 연휴일이어서 그런지 농다리 주변 백사장은 인파로 가득 채워졌고 천막을 친 노점상들도 많았다.

오늘도 창호의 수고로 숨 막히듯 답답한 도시생활을 벗어나서 대자연의 위엄(威嚴)과 시원함을 느껴 본 즐거운 하루이었음을 창조주님께 감사드린다.

(2012. 10. 8)

6-8
조약돌의 교훈

주 일날(7월 31일) 교회로 가는 승용차 안에서 창호(아들)는 갑자기 나에게 말하였다.

"아버님 내일 교외로 바람 쐬러 간다면 어디로 가는 것이 좋겠어요?"

나는 문득 내일도 계속하여 비가 올 것이라는 일기예보를 생각하고 "내일도 비가 계속된다는데 어딜 가려고?" 하며 반문했더니 창호도 더 이상 말이 없었다.

그날 저녁에 창호에게서 전화가 걸려왔다.

"아버님 내일 아침 가족 총동원 기도회에 같이 가시지요. 기도회가 끝나는 대로 그 즉시 교외로 바람 쐬러 갈 것이니 간단한 복장으로 나오시지요" 하고 당부하였다.

나는 또 다시 계속 비가 온다는 일기예보를 생각하고 우중에 무슨 교외산책인가 하고 의아하게 생각하였는데 그 후 알고 보니 창호는 8월 1일부터 2일까지 2일간의 휴가를 이용하기 위해서였다. 나는 속마음으로 창호 내외가 고맙기만 하여 하자는 대로 따르기로 하였다.

다음날 새벽 우리 내외는 간이복 차림으로 창호 내외를 따라 교회에 가서 새벽기도회를 끝내고 교회에서 제공하는 간단한 아침식사를 마친 후에 서둘러 나들이 길에 올랐다.

목적지는 충남 서산군 안면도 관광지였다. 나는 조치원 예산 홍성을 거쳐 서산군 안면도로 갈 것이라고 예상하고 있는데 창호는 그 역으로 신탄진 방면으로 달리다가 경부고속도로 청원 톨게이트를 지나 최근에 개통된 서산~상주간 고속도로로 진입하여 달렸다.

나는 갱생보호공단 청주지부와 대전지부에 재직할 때 보호 업무로 인하여 충남북 각 군청 소재지를 샅샅이 다녀본 일이 있어서 충남북의 도로망을 훤하게 기억하고 있었다. 그러나 나의 기억은 20여 년 전의 것이었다.

가족들은 여러가지 이야기를 주고받으며 때로는 우스갯말로 웃고 웃으며 차내 간식을 입에 우물거리며 안면도를 향하여 달렸다.

일기예보와는 달리 하늘엔 짙은 구름만 끼어서 뜨거운 햇빛을 가려주고 비는 오지 않아서 다행이었다. 우리는 세 시간 가까이 걸려서 안면도에 도착할 수 있었다. 해수욕장 멀리까지 바닷물이 빠져 있었고 갯벌에는 각지에서 몰려온 관광객들이 수영복 차림으로 거닐며 새조개 등을 줍기도 하였다.

우리 일행은 주차장에 차를 세우고 겉옷과 신발을 벗어놓고 해변 갯벌로 들어갔으나 나만은 신을 신은 채 해수욕장 입구 파라솔이 가득히 설치되어 있는 곳을 이리 저리 거닐고 있다가 해안선 축대 밑으로 군데군데 쏠려 있는 자갈 더미에서 둥글납작하고 갸름한 조약돌 하나를 집어 들고 만지작거렸다. 이 때 해수욕장 파라솔을 관리하는 것으로 보이는 젊은이가 나에게 다가와서 웃는 얼굴로 "할아버지 무엇 하세요?" 하고 말을 걸어왔다.

나는 손에 들고 있는 조약돌을 보여주며 너무 예뻐서 매만져 보고 있다고 하였더니 그 젊은이는 나를 따라 거닐며 그와 비슷한 조약돌을 몇 개 주워서 나에게 건네주었다. 나는 그 젊은이에게 고맙다는 인사를 하며 과거 부산 태종대 해변 돌밭에 세워진 경고문이 생각나서 "이것을 주워 가면 안 되는 것 아니요?" 하고 물었더니 그 젊은이는 "이곳에는 그런 것 없어요" 하며 나의 곁을 떠났다.

나는 이 조약돌이 너무 예뻐서 몇 개를 더 주워서 양손에 거머쥐고 있는데 갯벌에서 나오는 창호 내외가 다가와서 조약돌을 비닐봉지에 담아서 나에게 건네주었다. 나는 조약돌을 승용차 한 구석에 던져두었다.

우리는 해수욕장을 떠나 수산물 도매시장으로 달려가서 2층에 위치한 낯익은 식당에 들렀다. 맛있는 생선회와 생선찌개로 점심을 마치고 밖으로 나오니 귀에 익은 가요곡이 마음을 두드리었다. '트로트' 곡이었다. 나는 '왈츠' 나 '블루스' 나 '지루박' 이나 '탱고' 나 모두 스텝을 밟을 수 있지만 그래도 제일 익숙한 것이 '트로트' 이다. 나는 황홀한 조명을 받으며 스텝을 이어가는 환상에 젖어드는 기분이었다.

우리가 다시 찾아간 곳은 백사장 해수욕장이었다. 오전에 들렀던 해수욕장과는 달리 푸르게 출렁이는 바닷물에서 해수욕을 즐기는 사람들로 초만원을 이루고 있었다.

신발을 벗어들고 해수욕장을 거닐던 우리는 이윽고 귀로에 올랐다. 홍성 예산 조치원을 거쳐서 청주에 도착한 것은 오후 7시가 가까운 시각이었다.

다음날 나는 안면도 바닷가에서 주워온 조약돌을 비닐봉지에서 꺼내어 수돗물로 깨끗이 씻어 마른 수건으로 물기를 닦아낸 후 거실 탁자 위에 놓고 앉아서 그 모양새를 더듬어 보며 감상에 잠겼다.

이 조약돌이 사면에 모난 데가 없고 또한 예쁜 모양을 갖추기까지는 바다의 밀물과 썰물에 이리 밀리고 저리 밀리고 곤두박질치며 수백 년 아니 수천 년에 걸쳐 시달림을 거쳐 온 것이며, 당초에는 주먹 만한, 아니 그보다 훨씬 더 큰 모질고 날카롭고 거칠던 돌덩이가 이처럼 아름다운 조약돌로 변화한 것이 아니겠는가 하는 내 나름의 감상에 젖어 보았다.

옥이라 해도 다듬지 않으면 좋은 보물이 될 수 없듯이(玉不琢不成器) 우리 인간도 수양되지 않으면 인간으로서의 품격을 갖추지 못할 것이다. 인간 60

이면 이순(耳順)이라 하여 무슨 말을 들어도 거스르지 않고 소화할 수 있는 나이라 하였고, 인간 70에 이르면 종심소욕불유구(從心所慾不踰矩)라 하여 내 마음 가는 대로 따라 해도 법도에 어긋나지 않는 경지에 이른다고 했다.

거치른 세상에서 일곱 번 구르고 여덟 번 거꾸러지며(七顚八倒) 이 조약돌처럼 연마되지 않으면 나이 60 또는 70에 이른들 무엇 하랴.

너그러운 인격은 어떠한 자극에도 노여워하지 않는다(寬不可激而怒)는 말이 있는데 경우에는 그렇지 못한 것이 불완전한 인간인가 보다.

나는 이 조약돌에 '일로영일'(一勞永逸) '사면춘풍'(四面春風) '정중여산'(靜重如山) '호연지기'(浩然之氣) 등 고사성어를 한 가지씩 작은 글자로 쓰고, 또한 '하곡증'(夏谷贈)이란 세 글자도 곁들여서 붉은 도장을 찍어 일종의 장난감처럼 만들고 보니 그런대로 흉하지는 않아 보였다.

이날 오후에 나는 이 조약돌을 경로당으로 들고 가서 친구들에게 그 돌을 주워온 경위를 이야기하며 한 개씩 나누어 주고 조약돌의 용도(用途)로는 보던 신문 또는 책장을 지둘러 두는 데 쓰거나 탁자 위에 두고 심심하면 조약돌을 만지작거리며 사자성어(四字成語)를 음미할 수도 있다는 말을 곁들였다.

(2011. 8. 5)

6-9

탁족(濯足)

탁족(濯足)은 발을 씻는다는 한자 용어이다.

어느 때 어디에서인가 젊은 남정네가 의자에 걸터 앉아서 바지를 무릎 위로 걷어 올리고 대야 물에 발을 담그고 머리는 아래 발쪽을 향하여 숙여 보고 있는 그림을 본 것 같다. 선현들은 자신의 이상을 표방하기 위하여 천신과 경계를 드러내는 보기와 읽기를 즐겼는데 그 하나인 탁족은 바지를 무릎 위까지 걷어 올리고 다리를 꼰 채 발을 물에 담그고 있는 그림이라 한다.

그리고 이것은 중국 고전 초사(楚辭)의 '어부사'(漁父辭)에 나오는 굴원(屈原)과 어부간의 문답에 의하고 있다 한다. 즉 창랑(滄浪)의 물이 맑으면 갓끈을 닦을 것이요, 창랑의 물이 흐리면 발을 씻을 것이라는 글인데 세상이 올바르면 벼슬길에 나아갈 것이고 풍진에 찌들어 혼탁하면 이를 피해 은둔하여 고답을 추구하고 수신한다는 의미라 한다.('어보사' 라고 읽어야 한다는 주장이 있음)

필자는 서적이나 신문 잡지 등에서 마음에 닿는 글귀가 보일 때에는 그것을 간략히 기록하여 두고 한가하면 이를 재탕 삼탕 음미하여 보는 습성이 있다.

근자에도 이것들을 들추어보다가 탁족의 의미를 깊이 생각하는 과정에서 왠지 마음 한 구석이 찡하여 오는 자극을 받았다. 세상은 어느 때이고 심하고 덜한 차이가 있을 뿐 청탁과 흑백이 상존한다.

탁족의 표상은 우리 마음의 각성과 뉘우침을 주는 시금석과도 같다.

고려 말 고명(高名)한 청백리 최영 장군은 임금 다음가는 권좌에 있었으나 언제나 낡은 옷을 입고 그가 거주하는 집은 기어들고 나는 초라한 집이었으며 쌀독은 비어 있는 때가 많았다고 한다. 그는 견금여석(見金如石 ; 황금 보기를 돌 보듯 하라)의 네 글자를 늘 허리띠에 달고 있었다고 한다. 황금에 욕심이 있으면 옳고 그름을 모르고 백성을 괴롭게 한다고 하였다.

파주 덕문산(휴전선 이북에 있음) 꼭대기에는 최영 장군의 사당이 있는데 당시에는 2년에 한 번씩 전국의 무당들이 모여서 큰 굿을 하고 잔치를 베풀었고 이 잔치에 쓰이던 돼지고기를 성계육(成桂肉)이라 하였는데 이는 자기 욕심 때문에 최영 장군을 죽인 이성계에 대한 분노의 표현이라 했다.

성남시에 있는 한국 국제협력단 연수센터는 동남아·아프리카·중남미 등 개발도상국의 공무원들에게 한국의 발전경험을 전수하는 기관이고 이곳에 최영 장군의 상반신 부조상(浮彫像)이 세워져 있고 부조상 밑으로 '견금여석'이라는 최영 장군의 좌우명(座右銘)이 한글과 영문으로 병기되어 있는데 이는 공직자들의 청렴과 부패방지의 중요성을 강조하는 것이라고 한다.

조선시대의 이름난 청백리로는 명재상(名宰相) 황희(黃喜) 정승을 꼽는다.

그는 천장에서 비가 새어 물그릇을 받쳐놓고 밤을 새울 만큼 가난하게 살았다. 깨끗한 공직생활을 위해서는 가난할지라도 편안한 마음으로 제 분수를 지키며 만족할 줄 알아야 한다는 것이다. 또한 당시에는 왕이나 재상들이 익선관(翼蟬冠 ; 매미 날개가 붙은 관)을 쓰고 정무를 보았는데 익선관은 매미 입이 곧게 뻗어서 선비의 갓끈이 늘어진 것을 상징하며, 한여름을 울기 위하여 땅속에서 몇몇 해를 지내고(文), 머리에 갓끈을 드리우고(淸), 이슬 만으로만 살고(廉), 곡식을 탐하지 않고 집을 짓지 않으며(儉), 철 따라 허물을 벗어 절도를 지키니(信), 매미의 5덕을 상징하는 관이라 한다.

선현들은 티 없이 맑고 편안한 마음으로 제 분수를 지켜 만족함을 아는 안분지족(安分知足) 생활을 최선으로 여겼다. 속된 말로 '청백리 똥구멍은 송곳부리 같다'는 것은 청백리의 몹시 가난한 것을 비유하여 이르는 말이다.

이와 같이 선현들의 맑고 정결한 생활은 마냥 존경스럽고 자랑스러우며 민족의 등불이요 선구적(先驅的) 생활 모습이라 할 수 있다.

하지만 전술한 '탁족'의 경우, 창랑에 물이 맑으면 갓끈을 씻을 것이요 창랑에 물이 흐리면 발을 씻을 것이라는 것, 다시 말해서 세상이 바르면 벼슬길에 나설 것이요, 혼탁하면 고답을 추구하고 속세에 초연하여 수신할 것이라는 문제에 대하여는 어딘가 마음이 쓰인다.

이를테면 어느 시대 어느 시절이고 올바르고 구부러진 또는 맑고 탁한 사례가 상존하는데 올바른 때에는 함께 하고 삐뚤어진 때에는 외면한다면 삐뚤어져 잘못된 사회는 누가 책임 있게 바로 잡아주고 이끌어 갈 것인가.

우리나라의 현 세태를 보자. 일반 서민의 경우는 차치하고 정치적 고위층과 지배층의 혼탁함은 말이 아니다. 때문에 이러한 폐단을 바로잡기 위하여 충고하고 보완하고 법을 세우고 이를 처단하는 법적 정치적 제도가 따르고 강화된다.

문득 조선조 후기 사색붕당이 극성하던 시절, 강대상(姜大尙) 재상(宰相)의 소위 식비철학(拭鼻哲學)이 떠오른다. 강대상은 각 정당의 인사들이 모여서 정쟁의 시비로 갑론을박하는 것을 보고 듣기만 하며 콧등만 쓰다듬고 있을 때에 옆에서 "강대상께서는 어찌 말이 없소?" 하니 강재상은 말하기를 "세상에는 선악과 시비곡직이 있게 마련인데 내가 무슨 말을 하리요" 하며 휘말리지 않았다. 어느 편에도 치우치지 않으려는 보신책인 식비철학이란 말이 나온 것이다.

세상에는 선도 있고 악도 있지만 잘못된 것은 바로 잡아야 하므로 옳은 것은 옳다, 아닌 것은 아니다, 하고 확실한 입장을 취하는 것이 도리인데 강 재상의 경우처럼 모르는 체 방관하기만 하는 것은 무책임한 보신철학으로 보일 수가 있다.

어느 때인가 신문의 '일사유사'(逸事遺事)에서 '재(財)는 재(災)'라는 기사에 삯바느질하여 두 아들을 어렵게 기르는 과부가 처마 밑에서 우연히 발견한 금은보석 상자를 제자리에 묻어두고 그 집에서 이사했다는 이야기가 있다. 재(財)는 재(災)요 사람이 자랄 때에 모자람이 있어야 대성한다 하여 횡재를 피하여 두 형제를 대성시켰다는 이야기다.

옛날 선현들의 고답적이고 탐욕 없는 청빈을 숭상하던 시대와는 달리 오늘날의 인간사회는 날이 갈수록 복잡하고 다양하게 변화하고 물질적으로 풍요한 사회로 변화하였다. 하지만 잘못되고 삐뚤어진 혼탁함은 예나 지금이나 변한 게 없고 오히려 지능적으로 더욱 악화된 경향이 있다.

이러한 사회 문제를 어떻게 극복하고 보완하여 이상적인 사회를 건설하고 평온과 안정을 가져올 것인가는 위정자를 비롯한 우리 모두의 몫이라고 할 수 있다. 세상은 많이 바뀌었는데 우리의 사고방식은 여전히 과거에 머물러 있을 수 없다.

우리는 시대 흐름에 유연한 자세로 변화하여 취할 것과 버릴 것이 무엇인지를 선택하되 사사로움보다 공익을 앞세웠던 선현들의 고결한 미덕을 숭상하고 간직하여 삶의 등불로 삼아야 하겠다.

(2012. 1. 28)

6-10

함박눈

연말연시 겹치는 요즘
유난히 날씨 변덕지다
어제는 혹독한 강추위
오늘은 때 아닌 겨울비에
온 누리 얼음장 깔았다

모질은 추위 때 아닌 비
지금은 흐벅진 함박눈 내려서
찌든 누리 감싸주고
나뭇가지 가지마다
부얼부얼 눈송이
사뿐사뿐 쌓여
송이송이 눈꽃송이 피운다.

함박눈은 어린 시절 추억
소복 쌓인 눈밭
눈싸움치고
들새들 먹이 찾아

두렁 밑 검은 틈 파고 들면
아이들은 살금살금 숨어가고
새들은 깜짝 놀라 화들짝 달아난다

고향 하늘 빼곡 내리던 함박눈
눈 덮인 초가마을 평화롭고
산과 들 적막한데
떼 지어 나는 철새들
조각구름 닮았더라
함박눈 내리던 옛 고향 그리우면
망향가 '고향설' 귓전에 울려 온다

(2013. 1. 3)

제 7 장

바람처럼 구름처럼

7-1

🌀 바람처럼 구름처럼

말 많고 탈 많은 인생사
역정 나고 힘겹다 말하지 마오
말 없고 탈 없는 삶
쓴맛 단맛 없으리니
살맛 없는 허무라오

높고 낮음 있고
즐겁고 괴로움 있고
기쁨과 슬픔 있고
선과 악 있으니
사연 따라 울고 웃는 살맛이라오

추켜지면 겸손으로
즐거우면 보람으로
괴로우면 내 탓으로
환경 따라 어우러져
바람처럼 구름처럼 살아가구려

(2009. 12. 27)

7-2

🌀 고향 생각

저 멀리 높낮은 산봉우리
뭉게구름 뭉게뭉게 솟아 오르고
나직한 안산 드넓은 들녘
오솔길 이리 저리 이어져 나간
한적한 시골풍경 눈길 끌리고
어린 시절 고향 생각 스치어 간다

오솔길 저 멀리 외로운 길손
내 마음도 외로이 이끌려 가고
저녁노을 연붉게 물들어 가는
해 저문 황혼은 짙어 가는데
내 마음 서글프게 잠기어 들고
어린 시절 고향 생각 가슴을 탄다

7-3

☁ 새벽 산책

고즈넉한 새벽 동동걸음 치며
명암지(明岩池) 향한 산책길
가로등 홀연히 자취 감추고
반짝이던 샛별
저 멀리 숨고
노변의 실개천(쇠내골)
졸졸졸 노래 부른다

떠나올 때 한적한 나의 산책길
하나 둘…… 길동무 자꾸 늘어나
발걸음 분주히 오가며
공원 지키는 운동기구들
덩달아 붐비다

하나 둘 셋 넷
속셈 번호 찍는 숨가쁜 운동
송골송골 땀 젖고 벤치에 앉아
고령산 둘러싼 푸른 숲 향기

찌든 마음 훌훌 털고 들이마신다

호수 위에 사르르 잔 주름 그리운 실바람
날아가듯 시원한 풍치에 취해
"청산리 벽계수야……" 웅얼인다

(2013. 7. 16)

7-4
달맞이 꽃

쇠내골 도랑길에 노란 달맞이 꽃
그리운 달님 맞이 가슴 설레는
수줍고 순결한 숫처녀 되어
밤새워 님 그리듯 아리따워라

우암산골 흘러온 쇠내골 도랑
우거진 갈대 숲에 실버들 끼고
이름 모를 잡초들 시새 푸른데
노랑색 달맞이 꽃 곱고 고와라

도랑섶에 갸륵던 달맞이 꽃
염천 시련 겪으며 칠석 기리고
이름 모를 꽃들은 손길 수놓고
어여쁜 달맞이 꽃 마음 당긴다.

*10여 년 전 늦여름 어느 날 아침 우암산 산책길에서 어느 여인
이 달맞이 꽃이라고 알려주었다. 단정하고 순결한 모습이 너무
예쁘다.

(2010. 8. 7)

7-5
🌀 아내의 시련(試鍊)

굳은비 내리는 병실의 창밖
어두움 깔리며 스산한데
가로등 다투어 말없이 깜박이고
천근만근 무거운 내 마음 달랠 길 없어라
창조주는 인간을 사랑하건만
어이타 생로병사 고통 받는가

가을로 이어가는 찬비 내려 서글픈데
우울한 동심(同心)들
운명의 기로에서 구세주를 바라보나
한 많은 인생사 그 무엇 새기는지
고통스런 아내의 신음소리 내 마음 찢기고
서러움 못 이겨 눈시울 젖는다

어디선가 기침소리 귀에 스치면
어린 시절 고향집 뜰 밖
어버이 기침소리 들려오누나
부모에게 효성하고 현모양처 길을 따라

무거운 짐 지고 온 반려자의 병실에서
수척한 그대 모습 지켜만 본다

*가톨릭의대 대전 성모병원 제 912호 병실에서

(1999. 7. 17. 18:30)

7-6

🌀 세간지락(世間之樂)

우리는 누구나 다 한 세상을 즐겁게 살아가기를 원한다. 하지만 평생을 살다 보면 매양 즐거울 수는 없고 기쁘고 노엽고 슬프고 즐거운 생활을 겪게 된다.

필자는 얼마 전 신문(조선일보 만물상) 기사에서 세간지락(世間之樂)에 관한 기사를 보면서 긍정적으로 이해가 되면서도 한 구석으로는 께름한 느낌이 있었다.

그 내용은 부귀(富貴)가 무작정 자랑이 아닌 듯 빈천(貧賤)도 부끄럽기만 한 것은 아니지만 부귀에 취하고 빈천에 짓눌려 황폐해진 삶은 보기에도 민망스러우며 부족해도 부자로 사는 방법이 있다고 하였다.

따라서 세간의 즐거움은 마음으로부터 오는 것이지 물질만으로는 아니 된다는 것이다.

이를테면 욕기지락(浴沂之樂)은 명리(名利)를 떠나서 청유자적(清遊自適) 함을 이르는데 이는 세상의 번잡한 사물에서 벗어나 자연을 즐기는 삶을 이름이라 하였다.

청유자적과 유사한 유유자적(悠悠自適) 역시 속세를 떠나 아무 것에도 속박되지 않고 하고 싶은 대로 조용히 편안한 생활을 즐기는 것을 이른다.

세간지락의 내용은 지나친 명리나 탐욕에 치우치지 않고 자족(自足)의 마음으로 세상을 살아가야 편하다는 뜻이 담겨 있다고 보인다.

하기야 물질적으로 무엇 하나 부족할 것 없는 부요한 생활이라 할지라도 명리적 탐욕에서 벗어나지 못하고 물질의 노예와 같은 삶으로 자신의 인격을 더럽힌다면 즐겁고 행복한 생활이라고 할 수 없을 것이다.

인간의 생활양식과 취향은 시대와 환경에 따라 변화할 수 있을 것이며 또는 자신의 사물에 대한 이념, 태도, 취향, 정서, 열정 등 그 자질과 심성에 따라 즐거움과 역겨움이 같을 수는 없을 것이다.

청유자적 또는 유유자적의 생활은 어떤 면으로는 풍진(風塵) 사회를 외면하는 청렴하고 결백한 이상적인 면이 있다고 보인다. 그러나 이러한 생활은 옛날 선비사회에서나 존경스럽게 보였던 그 시대의 사조(思潮)이고 어떤 면에서는 선비들의 사치스러운 액세서리와 같은 생활로 이념(理念), 권력(權力), 사물(事物) 등을 경시하고 자신의 평화스러운 삶만을 즐기는 생활이었다고 볼 수 있다.

하기야 지금도 정치인이란 더러워지기 쉽다는 이유로 이를 외면하는 인사도 없지 않다고 한다. 실지로 정치인들이 지나친 명리적 탐욕으로 세상에서 얼굴을 들 수 없는 잘못을 저지르고 망신당하는 경우가 허다하다. 문명이 발달하고 이지(理智)가 발달한 오늘날에 있어서는 생활양식과 수준도 달라져서 청빈과 자족지감(自足之感)의 생활은 진부(陳腐)한 하나의 게으름이요 무능이요 사치스러운 안일주의에 가까운 생활로 취급되기 쉽다.

그리스의 조로바라는 사람은 "행복이란 포도주 한 잔과 밤 한 톨과 허름한 화로(火爐) 하나면 된다"는 참으로 단순하고 소박한 것이라고 하였고, 이러한 생활모습에 대하여 어느 독일인은 "게으른 그리스인을 위하여는 지갑을 열 수 없다"고 비평하였다 한다.

'마하트마 간디'는 "내일 죽을 것처럼 살고 영원히 살 것처럼 배우라"고 하였다 한다.

또한 '죽음은 삶의 해고'라고 한다. 해고되지 않으려면 열심히 살아야 한다는 것이다.

자신이 살아가는 일은 죽기 살기로 열성과 전력을 다하고 무엇을 생각할 여념이 없는 삶이라야 행복한 삶이라고 하는 것은 역설적인 것 같으면서도 어느 모로는 그럴 듯한 말로 생각되기도 한다.

지난 어느 날 아침 TV '퀴즈 대한민국' 방송에 출연한 어느 젊은이는 사회자가 장래 소신을 묻는 자리에서 "죽을 때까지 공부할 것"이라고 말하는 것을 보고 그 젊은이의 하고자 하는 굳은 의지가 자랑스러워 보였다.

이런 저런 면에서 생각하여 볼 때 문제의 '세간지락'에서 말하는 세간의 즐거움은 물질만으로는 아니 되고 자신의 분수에 따라 자족지감으로 낙을 누리게 된다는 의미는 이해가 되면서도 한편 현 사회를 살아가는 생활태도 로서는 진취적 적극성이 없는 생활로 보인다.

과거 우리나라는 일제 식민지 치하에서의 생활환경은 굶주리고 헐벗음의 고통이 극에 이른 것이었다. 이와 같은 불행은 나라를 온전히 지키지 못하고 안일한 소극적인 생활로 안주하며 자족(自足)하던 선인들의 책임이 크다고 할 수 있다.

우리나라가 지금의 산업국가를 일구던 초기 단계인 거국적인 '새마을 운동'의 슬로건은 '하면 된다'는 확신에 찬 운동이었고 당시 이름난 '가나안 농군학교'(설립자 김용기 장로)의 생활헌장은

첫째, 일하기 싫으면 먹지 말라.
둘째, 버는 재주 없으면 쓰지도 말라.
셋째, 물질의 빚이나 마음의 빚을 지지 말라.
넷째, 하라는 국민이 되지 말고 하는 국민이 되라는 실천교육이었다.

세상의 만물은 모두 우리 앞에 전개되어 있다. 이것들을 어떻게 다스리고 이용하고 누리느냐 하는 것은 우리의 몫이다.

전술한 청유자적 또는 유유자적의 생활과 그리스의 조르바처럼 소극적이고 안일한 생활태도가 후세에게 불행한 원인이 될 수 있는 것이라면 그 책임감을 생각해 볼 문제이다.

(2012. 7. 20)

7-7

우암산록 소슬길

삭풍이 스며드는 산록 소슬길
앙상하게 헐벗은 외로운 나무
온갖 시련 딛고서 고적에 잠겨
영고성쇠 드나든 지난 세월을
아련히 되씹는 모습이런가

짙푸른 그 모습은 어이 버리고
메마른 가지 끝에 이파리 하나
각박한 세상살이 세월 따라 온
울고 웃던 세월을 마음에 싣고

광덕사 소슬길의 찬 바람 타고
이승길에 걸어온 종착역 같은
허탈함 너와 내가 동연(同緣)인 것을
세상사 돌고 돌아 무상함이여
창조주 섭리 따라 엮어가는가

*2012. 12. 하순 우암산록의 소슬한 오솔길에서 앙상히 헐벗은
　나무를 인간과 비교하면서……

7-8

🌀 허무(虛無)

선현들은 인생무상(人生無常) 제행무상(諸行無常)을 노래했다. 거치른 세파 타고 꿈을 이루어 보려고 힘겨운 한 세상 걸어온 종말에는 허무가 기다리고 있다 한다. 청춘을 어이 붙들어 둘 수 있으며 가는 세월을 어느 누구인들 멈추어 서게 할 수 있단 말인가?

인생백년 얼마이런가. "어저께 홍안, 어느새 백발 되었네"라고 자탄하던 선인들, 이제는 노랫말만 남기고 흔적 없이 사라졌다.

황갈색 아름다운 단풍잎 찬 서리 스쳐 가면 덧없이 버림받고 땅 위에 떨어져 짓밟힌다. 모든 사물이 변하여 가는 무상함은 누구도 거역할 수 없는 자연의 섭리가 아니던가. 아마도 노령의 무력감 소외감 고적감을 자탄하는 것도 생로병사(生老病死)의 자연섭리라 할 수 있으리라.

하지만 이에서 벗어나지 못하고 자신을 얽매일 필요는 없을 것이다. 인생이 살아가는 날은 끝이 있어도 내가 나아가야 할 길은 끝이 없다고 했다. 노령이라 해서 다 끝난 것이 아니라 흙속에 들어갈 때까지는 사명이 있다고 하였다. 군자는 나이 먹고 노쇠하여 가는 것을 걱정하는 것이 아니라 의지가 물러질까 근심할 따름이라 했다.

옛 말에 사람은 죽을 때까지 철이 든다고 했다. 거치른 세상 살다 보면 상처 받고 울고 웃는 삶의 과정도 하나의 아름다운 추억으로 남고 이러한 생활과정의 경험과 느낌과 깨우침이 곧 철이 든다는 것이 된다. 인간 세상의 이면에는 혼탁하고 못마땅한 것들이 들끓고 있다. 하지만 나의 중심은 지켜야 하되 변화하는 세류(世流)에 따라 유연하고 자연스럽게 대처하고 함께 하는 것은 삶의 지혜요 도량이라 할 수 있을 것이다.

때로는 이것저것 모두가 귀찮고 조용함이 그리운 늘그막에 만사를 다 팽개치고 편안히 살고 싶은 경우도 있을 것이다. 세상 물정이 전쟁터처럼 살벌하고 혼탁하여 역겨울지라도 변화하는 시류(時流)에 역행하여 외면하고 나 홀로 살아갈 수는 없고 세정(世情)에 따를 수밖에 없다.

높음이 있고 낮음이 있고 높았던 사람도 저편에 서면 가장 낮은 사람이 되며 스스로 높다고만 생각하는 것은 위태로운 일이다. 내가 넉넉하고 힘이 있으면 저 밑바닥 시절을 잊지 말아야 한다. 조금만 힘들고 불만스러우면 세상을 원망하고 참지 못하면 자신만 파멸되기 쉽다.

높아지면 낮아지고 넉넉할 때와 부족할 때가 있다. 항상 부족하고 넉넉한 것이 아니라 세상 물정은 항상 변하고 무정위(無定位)하다는 것이다.

내가 있어야 할 곳이 있고 피해야 할 곳이 있다. 이익이 있는 곳에 해로움도 있을 수 있다. 명성이 높은 곳에 오욕(汚辱)이 따를 수 있다.

선현들은 무겁고 고요하고 침묵하는 청산, 티 없이 맑은 하늘, 말없이 유유히 흐르는 강물을 숭상하고 노래했다. 마음의 번뇌는 인간의 지나친 탐욕과 어리석음의 반영이라 했다. 다양하고 복잡한 시비곡직의 인간사 중에서 결국 남는 것은 무엇일까?

내 안으로 맑고 밝은 정신을 기르고 보이지 않는 덕을 쌓는 일이 되어야 할 것이다. 인간의 행복과 불행은 나 자신이 선택할 문제이다. 나의 몰락의 원인은 나 자신 밖에 아무도 없다. 자신이 최대의 적이라 했다.

세상길을 험한 파도, 캄캄한 항로, 가시밭길, 사막의 길 등으로 비유하는 노랫말이 있다. 누구나 그 삶의 길에는 황량한 사막이 존재한다고 하였다. 사막의 저편에는 아름답고 찬란한 신기루가 기다린다. 그러나 다가서면 신기루는 사라진다. 다시 말하면 신기루의 아름다움을 보고 다가서는 것이 인생길이었다면 막상 다가서고 보면 그것이 허상(虛像)이었다는, 허무를 느끼게 된다. 인생을 경험하고 깨우친 선지자들은 인생을 고별하고 마감하면서 귀중한 교훈을 남겨 주고 있다.

교황 바오로 2세(二世)는 "나는 행복합니다. 그대들도 행복하시오"라는 말을 남기고, 수녀 데레사는 "인생은 낯선 여인숙의 하룻밤이었다"고 했고 영국의 작가 버나드쇼는 "내 우물쭈물하다가 이럴 줄 알았어"라고 최후의 말을 남겼다.

우리는 인생을 마감할 때에 무슨 말을 남기고 갈 것인가?

나의 행복은 심리적으로나 물질적으로나 남에게 누(累)가 되지 않고, 나의 할 일을 찾아서 땀 흘리며 열심히 살다가 후회 없이 갈 수 있는 삶이라고 생각하여 본다. 우리의 행복은 물질의 풍요와 만족이 아닐 것이다. 소유욕이 지나치면 남에게 손해를 주고 빈축을 살 수 있다. 권세 또는 지배도 아니다. 그것은 자칫하면 피지배자들의 불만과 원망을 살 수 있다.

어떠한 경우에도 우리에게는 사랑이 행복을 가져올 수 있다.

사랑은 주는 것이다. 받는 것이 아니다. 내가 사랑을 베풀지 않으면 남으로부터 사랑을 받을 수 없다. 남을 사랑한다는 것은 곧 자신에 대한 사랑일 수 있다. 사랑은 행복의 연결고리이다. 소유, 지배, 권력도 사랑이 없으면 불행이 온다. 인생을 허무하다고 자탄하는 것도 일종의 불만이요, 탐욕일 수 있다. 우리 인생은 교황 바오로 2세처럼 행복하다고 말할 수 있도록 자신있게 살아야 한다.

(2012. 3. 15)

7-9 쇠내골 산책길

명암지(明岩池) 산책길에 쇠내골짜기
이름 모를 잡초들 갈대숲에 움크리고
삼동설한 긴 잠 깨어 기지개 펴며
돌아온 봄님 맞아
연초록 꼬까옷으로
예쁘게 단장하고 얼굴 내민다

임 그리는 그 모습 아리따운데
심술통이 뇌성벽력
엎어지고 찢기우며
장난꾼 잠자리 비단벌레
꽃머리 짓밟히니
네 모습 지켜보는 내 마음
너무 아프다

그대 나의 연인처럼
하루라도 아니 보면 너무 그리워
매일처럼 이른 아침 그대 찾으면

낯가림 아니 하고 맞아 주었다
내 눈초리 그대의 가슴에 박혀
상처받아 우는 모습 지켜보면서
나 또한 그대 따라 웃고 울었네

붉게 동트고
따가운 햇살 타고
서글픈 저녁노을
지고 가는 세월 따라
모진 풍파 시련 속
서리발에 병들고
죽은 듯 땅에 누워 겨울잠 드는
그대 모습 가만히 지켜보면서
내 모습 빗대어 멀리 헤맨다

(2011. 11. 17)

7-10
🌀 일변(一邊)의 인생관(人生觀)

인간은 삶의 환경과 개인의 성격에 따라 내면적 생활 형태는 다를지라도 누구나 살아가는 과정에서 겪는 희로애락(喜怒哀樂)과 같은 파상적인 리듬을 타고 살아간다.

백두(白頭)에 이른 나의 생활모습은 —주위에서 보는 시각이 어떠할는지 모르나— 낙천적인 편이라고 생각하여 본다.

그 이유라고 할 수는 없으나 나는 간혹 주위 사람들로부터 "더 젊어 보인다"며 "그 비결이 있느냐?" 라는 농담 같은 질문을 받을 때가 있다. 그 때마다 나는 "내가 그렇게 삶니다" 라고 대답한다. 때문에 나는 아무런 걱정 근심 없이 바람 부는 대로 물결 치는 대로 살아가는 낙천적인 성격의 소유자로 보여질 수 있을 것이다.

나는 인생항로에서 산전수전과 만고풍상 겪어온 백수(白首)에 이른 처지에서 인생의 철학적 입지를 떠나 단순한 생활리듬으로 겪어 보는 일변의 인생관을 다음과 같은 문장으로 엮어보았다.

生態長短而生樂自律原이요(생태장단이 생락자율원이요)

天下之樂以適爲悅이라.(천하지락은 이적위열이라)

이와 같은 문장은 육도풍월(肉跳風月) 같은 수준에 지나지 않지만 내가 주장하는 생활철학의 일면이다.

인생항로의 파란만장하고 쓰고 단 파상이 끊임없이 교차하는 생활 형태를 하나의 리듬으로 비유한다면 이를 엮어가는 생활 태도의 가락을 어떻게 조율하느냐에 따라 인생의 즐거움과 괴로움이 엇갈릴 수 있다고 보여지기 때문이다.

자신의 분수에 따라 족함을 알고(安分知足) 주어진 생활의 어려움도 극복함으로써 보람을 가지고 감사와 사랑으로 어울리어 살아가는 생활 태도가 바람직하다. 자신의 생활 환경을 역겹고 힘들어 하는 불행감, 불만감 또는 이기적인 탐욕감과 자존심에 치우치다 보면 괴로운 것은 자신뿐이라 할 수 있다. 전자는 낙천적이고 후자는 염세적이거나 이기적일 수 있으나 어느 편에 치우침 없이 생을 조율할 것인가는 자신의 몫이다.

따라서 천하에 즐거움이 아무리 많다 해도 이를 누릴 수 있는 생활 태도가 따르지 못한다면 인생을 즐겁게 엮어갈 수 없다.

이를테면 어느 경우 타인으로부터 멸시와 모욕을 당하였을지라도 이를 상대방의 실없는 농으로 또는 상대자의 무식하고 무례한 인격문제로 삭이고 유머스럽게 웃고 넘기는 아량이 있다면 이는 즐거움을 조율하는 것이고, 반대로 발칵 성을 내며 불쾌하게 대응한다면 마음이 상하고 아프고 분하고 괴로워질 것이다.

이와 같은 예는 본인의 성격이 원만하지 못하고 편협하며 그 마음에 불만이 쌓여 있는 경우, 별것 아닌 것에도 이를 외부에 폭발시키는 예라고 볼 때 불행한 삶이다.

조선 초기에 이태조(李成桂)가 자신을 찾아온 무학대사(無學大師)를 맞으며 "대사는 꼭 늙은 여우 같소 그려" 하며 농담을 걸었다. 이에 대사는 "그렇습니까?"라며 대수롭지 않게 태연하였다. 태조는 다시 "대사께서는 내가 무엇으로 보이시오?" 하고 묻자 "태조께서는 꼭 부처님처럼 보이십니다" 라고 하였다. 태조는 다시 "어찌 내가 부처님처럼 보인단 말이오?"라며 반문하자 대사는 "사람의 심성이 부처님 같으면 상대방도 부처님처럼 보여지고 그 심성이 짐승 같으면 남들도 짐승처럼 보여진답니다" 라고 하였다. 태조는 어이없다는 듯이 쓴 웃음을 지으며 "허, 그것 참……" 하며 물러섰다는 이야기가 전하여진다.

무던히 참을성 있고 상대의 무례하고 상스러운 인격을 속으로 삭이며 유머러스하게 처신하는 무학대사와 자신의 실없는 농담으로 도리어 모욕을 되받으며 스스로 경솔하였음을 깨닫는 태조의 뉘우침을 발견하게 한다.

남을 경시하고 함부로 대하는 태조, 모욕적인 불쾌감을 아무런 내색 없이 삭이는 대사의 상반된 인격이 엿보인다.

내가 잘 나고 내가 옳다는 자존심보다 내가 낮아지고 겸손하여 다른 사람을 소중히 여기며 화합(和合)하는 것은 사회 생활의 기본이다.

복은 보잘것없는 데서 난다(福生於微)고 한다. 눈앞에 만족하면 그 자리가 선경(仙境)이라 한다.

나옹선사(懶翁禪師)의 시 한 수를 음미하여 보자.

　　　청산은 나를 보고 말없이 살라 하고
　　　창공은 나를 보고 티없이 살라 하네
　　　사랑도 벗어 놓고 미움도 벗어 놓고
　　　물같이 바람같이 살다가 가라 하네
　　　……
　　　……
　　　성냄도 벗어 놓고 탐욕도 벗어 놓고
　　　물같이 바람같이 살다가 가라 하네

현대의 현실적이고 이기적인 젊은 세대에겐 이 시가 구시대적인 발상이고 현실과는 너무나 거리가 멀다고 생각할는지 모른다.

인생은 누구나 부귀공명(富貴功名)의 꿈을 안고 살아간다. 그리고 이의 실현을 위해서는 모든 역량과 재량을 쏟아 노력한다.

그러나 어느 한 편에 치우침이 없이 사리에 따르는 아량과 폭 넓은 도량을 지닌 성숙한 삶이 즐겁고 행복한 인생이라고 생각해 본다.

(2009. 7. 25)

7-11
🌀 자화상(自畫像)

19 45년 8월 15일 일본의 패전으로 제2차 세계대전이 끝나고 우리나라는 일제의 식민지 굴레에서 해방되어 잠시 군정의 과도기를 거쳐 1948년 대한민국이 수립되고 나는 그 이듬해인 1949년 2월 14일 교도관으로 공직생활이 시작되었다.

이때에 나는 24세의 젊음을 교도관으로 출발하여 다음해인 1950년 예상치 못한 동족상잔의 6·25사변이 발발하여 말로 다 할 수 없는 극심한 고난과 때로는 생명의 위협을 받으면서 수년간 전란의 시달림을 받아오던 중 정전협정의 체결로 피비린내 나던 전란이 멎었다.

그러나 전란으로 인한 후유증과 폐허된 환경에서 숨을 고르기도 전에 4·19의거, 5·16혁명 등의 어려움을 딛고 넘으면서, 국가의 안전과 경제적 도약을 이루기 위한 거국적 국민 총동원 체제하에 추진된 국가재건 새마을사업 등의 역사(役事)를 거쳐 1978년 나의 공직생활은 정년을 맞으며 마감하게 되었다.

이름 없이 말없이 드러나지 않는 그늘진 이면에서 이런 저런 수난과 고통, 기쁨과 슬픔 등의 얼룩진 지난날을 돌아보면 한낱 꿈처럼 스쳐간 것에 불과하고 무엇 하나 얻은 것도 남은 것도 없이 공허한 허탈감이 있을 뿐이었다.

그 후 빠르기만한 세월 속에 필자가 퇴직한 지 어언 30여 년이 지나간 어느 날 무심히 책상을 들추어보다가 책상 한 구석에서 손 타지 않고 묻혀 있는 30대 젊은 공직 시절, 대통령으로부터 받은 표창장과 대한유도회(大韓柔道會)의 단증(段證)과 법무부 차관으로부터 받은 현상논문 상장 등을 발견하게 되어 혈기 왕성하고 의기 당당하던 그 시절을 되돌아보며 감회에 젖어보기도 하였다.

이들 중 대통령 표창장은 1960년(49년 전) 당시 6·25사변 등 무수한 고난을 겪으면서 헌신적으로 그 직무에 성실을 쏟아온 10년 이상 근속한 공안직 공무원에게 주어진 표창장이다. 그리고 유도는 공안직 공무원에게 권장하였던 무술(武術)이며 필자는 유도를 택하여 익혀가며 한때는 서울에서 개최되는 전국 교도관 무술대회에 주장으로 출전하는 등 왕성한 혈기를 발산하였으며 비공식으로 2단 또는 3단으로 인정 받고 있었다.

당시 필자가 계속하여 유도를 익혔더라면 매년 승단이 가능하였으나 훈련중 왼손 새끼손가락의 탈골과 며칠 후 다시 왼쪽 어깨뼈의 탈골 등으로 유도연단을 중지할 수밖에 없었다.

법무부 차관으로부터 받은 상장은 1958년(51년 전) 전국교도관 현상논문 제목 〈우리들의 공제사업은 이렇게 할 수 있다〉에 응모하여 2등상을 받았으며 당시 나는 청주교도소에 재직 중이었고 승진(교감, 矯監) 시험에서도 합격한 후의 일이다. 이때 주위로부터 분에 넘친 격려와 찬사 또는 부러움도 받았던 감회를 마음 속으로 새기어 보았다.

나는 교정직 공무원 30년, 갱생보호공단의 참사(參事, 書記官) 6년을 합하여 36년간의 공직생활을 끝낸 후에도 청소년 선도위원, 갱생보호위원 등 소위(所謂) 사회의 낙오자(범죄자 또는 형여자) 등의 교화선도직(教化善導職)

인 고유한 직능으로 일관하여 오면서 때로는 고통스러운 때도 많았으나 반면 여러 가지 표창장, 감사장, 공로패 등도 받아본 경험이 있다.

그러나 이중에도 앞에서 말한 대통령 표창장, 유도의 단증, 현상논문 상장 등은 지난날 나의 공직생활의 면면을 들여다볼 수 있는 대표적인 것들이다. 대통령 표창장은 공직생활의 성실성을, 유도단증은 왕성한 젊은 혈기의 발산과정을, 현상논문상은 끊임없이 쌓아온 면학(勉學)과 수기(修己) 등 공직생활의 면모를 간접적으로 추리하여 볼 수 있는 골격들이다.

어떤 면으로는 골동품 같은 것들이지만 필자에게는 젊은 시절을 비추어 보는 거울과 같은 느낌에서 언제나 이것들과 마주치며, 무력해지는 노령의 의기를 벗어 보았으면 하는 욕구로 이중에서 특히 젊은 시절의 기백(氣魄)이 담겨 있는 유도의 단증만을 택하여 액자에 끼워서 거실 전면 벽에 걸린 TV 밑 서랍장 위로 벽에 기대어 비스듬히 세워 놓았다.

이 단증은 보필(毛筆)의 한자(漢字) 종서(縱書)로 쓰여진 복사판이며 유도의 단(段)을 증명하는 '증'(證)자는 둘레가 3.5㎝나 되는 큰 글자이고, '우자(右者) 초단(初段)을 윤허(允許)함' '대한유도회'(大韓柔道會) 등의 글자는 둘레 3㎝가 되는 증(證)자 다음으로 큰 글자들이고 '제○○○호 ○○○○년 ○월 ○일' 등은 작은 글자로 형성되어 있다. 한가운데는 쑥색 국화잎으로 둥글게 수를 놓은 생기 있고 산뜻하면서도 무게 있고 귀태(貴態)도 흐르는 것같이 보여졌다.

그 후 며칠 뒤 나는 대통령으로부터 받은 표창장도 유도 단증처럼 금색 액자에 담아 전면 벽 TV 옆 공간에 걸어 놓았다.

이때 아내(妻)는 그다지 달갑지 않은 표정으로 "그것 누가 보면 자랑으로 여기지 않겠어요?" 하며 은근히 만류하는 뜻을 비쳤다.

필자는 아내의 말을 못 들은 체하다가 언뜻 생각하여 보니 아내의 말대로 혹시 제3자가 보기에 자랑으로 여겨질까 하여 마음 속으로 망설임도 있었다. 그러나 80대 노령의 나이에 무엇을 자랑하며 흔해 빠진 상장 등이 자랑거리가 되겠는가 하는 내 나름의 소신에서 오직 젊은 한때의 정서와, 그리움, 또는 노령의 허탈함에서 벗어나 보려는 짓인지 자신도 모를 일이었다.

또 다시 며칠 후 법무부 차관으로부터 받은 현상논문 상장도 흰색 액자에 담아 TV 밑에 놓인 유도단증과 나란히 얹어 놓았다. 이때에도 아내는 "마치 아이들이 학교에서 받은 상장 늘어놓듯 하네요" 하며 못마땅한 표정을 지었다. 그러나 이것들에 대하여 남들이 무어라 평할지라도 나에게는 천금만금처럼 소중하다.

이유는 필자의 공직생활에 있었던 속내의 꿈과 애환 등 모두가 이것들과 연관하여 점철된 자신의 모습을 더듬어 그려보는 자화상과도 같기 때문이다. 나는 이를 통하여 내 나름의 지나간 인생을 반추하면서 무력한 노령의 여력을 보람되고 아름답게 수놓아 보고 싶은 의욕을 갖는다.

(2009. 11. 27)

7-12
ꙮ 미련인가 그리움인가

며칠 전 KBS TV '노래자랑' 장면을 시청하면서 30대 후반으로 보이는 젊은 주부가 부른 〈미련인가 그리움인가〉를 듣고 갑자기 측은한 마음을 느끼면서 십여 년 전 내가 겪은 부부간의 사별의 경험이 떠올라 눈시울이 젖어왔다.

아니나 다를까. TV를 통하여 그 가요를 불렀던 30대 후반의 주부는 불행하게도 남편과 사별한 주부임을 알고 더욱 측은한 심정이 나의 마음을 할퀴고 갔다. 이처럼 돌발적 감정이 평소와 달리 자극적인 것은 나의 고통스러운 대상포진과 치통에서 오는 심리적 허약함에서인지 모른다.

나는 왼쪽 가슴 부위에 통증이 있어서 '파스'를 붙여 보았다. 그러나 차도가 없이 점점 통증이 더하여 갔다. 이 통증을 자세히 살펴 보니 가슴 속 늑골에서 오는 것이 아니라 피부에서 오는 통증임을 의식하고 피부과 의원을 찾아갔다. 그러나 당일은 확실한 병명을 찾아내지 못하고 다음날로 재진을 약속하고 돌아왔고 그 통증은 더욱 심하였다.

다음날 나는 피부과 의원에서 대상포진의 병으로 진단을 받고 의사의 지시에 따라 격일로 치료를 받고 있었으나 통증은 멈추지 않고 더 심하기만 했다. 대상포진으로 고생하는 아비의 고통을 보고 큰아이(창호)가 안타까웠던지 각지에 흩어져 살고 있는 남매들에게 알렸기 때문에 병고에 대한 안부 전화가 잦았다.

필자는 평소 가리는 음식 없이 무엇이나 잘 먹고 잔병도 없이 건강한 것으로 자신하고 주위 사람들도 그렇게 인정하여 왔으나 근래에 와서는 말로 표현할 수 없는 치통으로 치료를 계속 받고 있으나 수그러들지 않는 데다가 설상가상으로 대상포진까지 엄습하여 온 것이다. 치통과 대상포진으로 고통이 심할 때에는 세상만사가 귀찮고 아픔을 극복할 수 없는 나약함에서 인생의 종착역에 이르렀음을 생각하여 보게 했다.

필자는 거주지 아파트 단지의 노인회장을 밑아 보고 있으며 사회복지 공공모금회사의 지원으로 노인종합복지관에서 실시하는 경로당 활성화 추진사업에 6년차로 참여하여 오면서 여러 가지 경로당의 활성화에 따르는 사업과 행사가 이어져 오고 그중 연중행사의 하나로 경로당 노래 부르기 경창대회가 복지관에서 개최되었고 우리 경로당이 일등으로 우승하였다. 이날 노래교실 강사로 수고하던 진숙 가수님의 녹음테이프도 선물로 받아왔다.

필자는 치통과 대상포진의 고통으로 만사가 귀찮으면서도 고적을 달래기 위하여 지근거리에 인접한 경로당을 찾아가서 회원들과 어울리며 시간을 보냈다. 경로당 회원은 30여 명에 불과하고 그중 할아버지들이 10명 정도이다.

회원 중에는 신문도 보고, 시국에 관한 대화도 하고, 때로는 바둑도 두고, 화투로 오관을 떼어 보기도 하다가 서로 어울리어 1점에 십원 짜리 고스톱을 치기도 한다. ─고스톱은 치매 예방에 도움이 된다고 하나 어떤 면으로는 도박에 가까운 것이어서 건전한 소일거리가 못 된다고 보여진다. ─ 1점에 십원 짜리 고스톱은 진종일 잃어보아야 천원이기 때문에 누구나 부담 없는 소일거리로 어울리며 시간을 보낸다.

나 역시 이 고스톱에 잘 어울리는 편이지만 끝까지 하지는 않고 중도에서 옆 사람에게 자리를 양보하는 것이 상례이다.

이날도 평소와 같이 책상 옆 의자에 앉아서 옆에 있는 카세트로 경음악을 감상하다가 지난 번 노래교실 지도강사가 선물한 테이프를 틀어놓고 감상하게 되었다. 이 테이프는 처음 듣는 것이 아니고 그 동안 여러 차례 들어본 일이 있으나 이날 따라 그 테이프의 가요중 〈왜 나를 울려〉라는 곡의 후단에서 "하늘엔 달이 있고 당신 곁엔 내가 있어요. 내 마음을 몰라주고 돌아가지 말아요" 라는 음절이 감상적이어서 나의 마음을 아프도록 쏘고 가며 눈시울을 적시게 하였다.

이 노래의 주인공의 처지에 서면 어찌나 깊은 정으로 상대방을 감싸주는지 애정을 느껴 보게 한다. 가요 중에는 이와 유사한 내용이 허다하지만 이날따라 평소와 달리 왜 그리도 감성이 예민한지 모르겠다.

"새가 죽을 때에는 그 우는 소리가 슬프고(鳥之將死其鳴也哀) 사람이 죽을 때에는 하는 말이 착하다(人之將死其言也善)"는 옛 말이 떠오른다.

통증이 극할 때는 이러지도 저러지도 못하고 자신을 추스를 수 없는 나약한 존재임을 절실히 깨우친다. 조물주 앞에 숙연하여지는 인생의 막달은 끝자락에서 나는 왜 이 세상을 살아왔는지, 나는 이 세상을 어떻게 살아왔는지 삶의 발자취를 되돌아보며 회한(悔恨)에 잠긴다.

(2010. 1. 27)

하곡 지교옥 자전수상록(夏谷池敎玉自傳隨想錄)

– 《흘러간 세월, 우직(愚直)한 인생(人生)》 상재(上梓)에 즈음하여

하곡(夏谷)은 나의 중형님이시다. 1925년생이므로 나보다는 8년 연상이시다. 이번에 형님께서 자전적 수상록을 상재하면서 내가 초고를 읽고 독후감을 쓰게 되었다.

형님은 어려서 학교에 다닐 때 공부도 잘 하고 운동도 잘 하여 여러 가지 상품을 타오셨다. 그러나 상아탑 속에서 소년의 꿈을 뜻대로 실현하지 못하고 일찍이 직업전선으로 뛰어들게 되고 객지에서 세파(世波)의 여러 가지 경험을 쌓게 되었다.

형님이 함경북도 청진으로 멀리 떠난 후로 나는 처음으로 외로움을 느끼게 되었다. 마음이 몹시 허전하고 형님이 보고 싶어서 나 홀로 소리 내어 울기도 하였다. 형님은 어린 나이에 고향을 떠나 외로이 전전하기도 하였지만 미쓰비시(三菱) 회사에 근무할 때는 친절한 선배를 만나 매일 공부와 운동(유도)에 몰입할 기회가 있었다고 한다. 부모님께 이따금 보내오는 형님의 편지는 마을 사람들을 놀라게 하였다. 문장력이나 글씨나 모두 몰라보게 훌륭하다는 것이었다.

형님이 읽던 책들 가운데는 몇 가지 교과서류도 있었지만《명치암살사》, 《영원한 의형제》와 같은 일본서적이 끼어 있었다.《명치암살사》에는 안중근 의사의 이토히로부미(伊藤博文) 피살사건이 실려 있었다. 이제 와 생각해 보면 형님은, '동양평화론'을 주창하면서 잔인무도한 일본제국주의에 저항한 한국의 영웅 안중근 의사를 존경하고 그에 관한 탐구를 시도한 것으로 짐작된다. 당시 초등학교에 다니던 나는 한자(漢字)가 빽빽한 형님의 책을 제대로 읽기가 어려웠지만 이따금 몇 줄씩 읽어나가곤 하였다.

형님이 오래간만에 고향에 돌아오면서 준비한 여러 가지 선물 가운데는 공책과 크레용과 도화지도 있었다. 당시는 태평양전쟁이 치열하여 학용품을 구하기가 매우 어려운 형편이라 형님의 선물은 매우 귀하고 값진 것이었다.

형님은 서울에 있던 일본군육군훈련소에서 6주간 군사훈련을 받고 집으로 돌아왔다가 태평양전쟁(대동아전쟁)이 막바지에 이르고 있던 1945년 이른 봄, 결혼한 지 며칠 되지 않는 어느 날 일본군으로 입영하였다. 형님이 평양 제42부대로 입영하기 위하여 떠나기 전날에는 많은 사람들이 모여 일장기(日章旗)에 무운장구(武運長久)를 비는 글귀를 썼다. '센닌바리'(千人針)라는 말도 들렸는데 그것은 출정하는 군인의 무운장구를 빌기 위하여 일장기에 1,000명의 여성이 한 바늘씩 떠서 글씨를 새긴다는 것이었다.

충북선 내수역(內秀驛)에는 어깨띠를 두른 응소장정(應召壯丁)들이 함께 열차에 오르고, 장정들의 가족들과 함께, 교사들이 인솔해 온 철없는 초등학교 아동들이 모여 일본 군가를 부르며 그들을 환송하였다. ─나는 그것이 잔인무도한 일본제국주의의 식민지배 행태라는 것을 몰랐고, 그저 당연한 일이며, 나아가서는 명예로운 일로 알았다. 나는 완전히 일제의 허수아비가 되고 제 정신을 빼앗긴 나이 어린 노예가 되어 있었다.─ 형님이 입영한 뒤로 우리 집에는 일장기(日章旗) 게양대가 설치되었는데 가족들은 펄럭이는 일장기를 보면서 형님의 얼굴을 그리워하곤 하였다. 형님은 언제나 미소를 잃지 않고 모든 것을 긍정적으로 생각하고 모든 일에 의욕적이고 적극적이었다.

형님은 평양을 거쳐 일본 아이치켄(愛知縣)에서 복무하다가 일본군하사관학교 입교를 앞두고 광복을 맞이하여 조그만 밀선을 타고 위험한 현해탄을 건너 가까스로 귀국하게 되었다. 어머니와 나는 시골길 10여 리를 걸어서 날마다 번갈아가며 내수역으로 형님을 맞이하러 나갔다. 한 달이 넘어 두 달이 될 무렵, 형님은 일본군의 복장을 하고 내수역에 하차하였다. 깨끗한 국방색 군복에 전투모를 쓰고 군화를 신은 건강한 모습이었다. 해는 넘어가고 어두워지는 시골길을 걸어서 집으로 돌아왔다.

이 때 형님이 등에 지고 오신 궤짝 속에는 나무로 만든 식기(食器)를 비롯한 사소한 일용품과 일기(日記)가 들어 있었고 끝이 우그러진 기관총탄환(機關銃彈丸)이 한 개 들어 있었다. 탄환은 미국 공군 비행기의 공습(空襲)을 받을 때 콘크리트 바닥에 박혔던 것이라고 한다. 부상도 입지 않고 생명을 부지한 것이 다행이었다. 제법 두툼한 일기는 마치 시험지 답안처럼 단정한 글씨로 가득 채워져 있었다. 형님의 글 솜씨는 일기에서 잘 드러나 있었다. 일기는 아깝게도 6·25사변 기간에 분실되고 말았다.

사선(死線)을 넘어서 고향으로 돌아온 형님은 친지의 권유에 따라 내수장터에 있는 미곡도정공장에 나가서 일하기도 하고, 간단한 기계를 이용하여 권연(卷煙)을 만들어 조치원 시장에 가서 도매(都賣)로 넘기기도 하였다. 권연은 요즘 말하는 시가렛(cigarettes)이라는 것인데 당시는 전매청 담배가 귀하여 손으로 만든 것이 크게 유통되던 시절이었다.

나는 당시 6년제 사범학교에 입학하여 청주시 내덕동에서 어머니가 방을 하나 얻어서 돌보아주고 있었는데 어머니를 대신하여 형님 내외가 청주로 나와서 나를 돌보아 주셨다. 형님은 얼마 되지 않아 내덕동 변두리에 초가 삼간을 짓고 설탕이나 마른 고추를 모아서 조치원으로 내다팔았다. 한 번은 나도 형님을 따라 조치원역까지 갔는데 객차는 너무나 혼잡하여 치열한 전쟁을 상상하게 하였다.

　날이면 날마다 힘든 생활전선에서 고생하면서도 틈틈이 신문을 읽는가
하면 밤이 늦도록 책을 읽고 글을 쓰기도 하던 형님은 어느 날 내무부 소속
국가공무원 공개채용시험에 합격하여 고향의 아버님께 보고하였다. 그러
나 아버님은 직종이 마음에 들지 않는다고 응낙하지 않으셨다. 형님은 그대
로 순종하고 다시 법무부 소속 국가공무원 공개채용시험에 합격하였다.

　형님의 연이은 공무원시험 합격은 고향에서 많은 화제가 되었다. 형님보
다 학벌 좋은 사람들이 얼마든지 있었지만 그들은 거의 모두 공개경쟁시험
에서 실패하고 무직상태였기 때문이다. 형님은 공무원으로 임용되기 위하
여 서울에서 수개월 동안 교육을 받고 청주에서 근무하게 되었다. 근무조건
은 녹록하지 않았고 봉급도 충분하지 않았지만 오직 근검과 절약으로 생계
를 유지하고 늘 독서에 열중하였다. 그러던 어느 날 형님은 상사로부터 임
관시험을 준비하라는 충고를 받았고 형님은 지체 없이 착수하여 임관시험
에 무난히 합격하였다.

　나는 지금도 형님이 도시의 번화한 거리를 자전거로 출퇴근하면서 늘 자
전거 위에서 책을 읽던 모습을 잊을 수가 없다. 형님은 틈만 있으면 책을 읽
고 틈만 있으면 글을 썼다. 형님의 글은 오늘날의 주관식 논술(論述)시험 답
안지와 같은 것이 대부분이었는데 형님의 논리적 사고력과 전문적인 지식
이 함축된 것이었다. 형님의 책꽂이에는 많은 법률서적과 교양서적이 가득
하였다. 재직 중에는 중앙정부에서 공모하는 현상논문에도 당선되어 표창
을 받기도 하였다.

　형님은 법무부 본청과 지방관청에서 모범간부 공무원으로 근무하고 6·
25사변 중에는 낙동강전투에서 최전선의 전투원으로 참여하였다. 공직 근
무기간에는 직장대항 전국유도대회 주장으로 활약하기도 하였다. 형님의
주특기는 '업어치기'로 알고 있다. 연세가 고희를 넘겨서도 유도인의 패기
가 역력하시더니 이제는 많이 달라지신 것 같다. 세월에는 장사가 없다는

말을 실감하게 된다.

정년퇴직 후에는 법무부산하 민간사회기구에서 봉직하고 마을에서는 대단위공동주택단지에서 오랫동안 노인회장직을 맡아서 주민의 인화(人和)에 노력하고 '한문교실'을 운영하여 어린이들에게 한문교육과 인성교육을 베풀었다.

형님의 수상록 원고를 살펴보며 내가 알고 있는 이상으로 훌륭한 점이 많다는 것을 발견하게 되었지만 마치 참새가 기러기의 마음을 헤아리기 어려운 것이나 다름없다. 형님은 청렴하고 강직한 모범공무원이었으며 지성과 감성이 어울리는 모범적인 모습을 보여주셨고, 항상 독서하고 탐구하고 실천하는 모습을 보이셨다. 형님의 성실하고 탐구적인 자세는 나에게도 훌륭한 본보기가 되어 크게 영향을 미쳤다.

형님의 아호(雅號), 하곡(夏谷)은 아버님의 휘자(諱字 ; 榮夏)와 고향의 동명(洞名 ; 沙谷, 射谷)에서 한 글자씩 따온 것인데 녹음이 우거진 계곡의 맑은 물처럼 시원하고 깨끗하고 겸손하고 도량이 넓고 인자한 형님의 인품을 잘 드러낸다. 형님은 가정적으로도 자식으로서, 부모로서, 남편으로서, 형제로서, 동기간으로서, 모든 면에서 여름의 계곡에 흐르는 맑은 물처럼 마음을 쓰시고 실천하셨으며, 그 훌륭한 인품이 자손들과 동기간과 이웃에 널리 전하고 있음을 역력히 볼 수 있다. 특히 형님이 어리석은 나에게 베풀어주신 은혜와 사랑은 너무나 넓고 깊어서 이루 헤아릴 수가 없다.

형님이 일생을 통하여 보여주신 교훈은 한 마디로 줄여서 '진심갈력'(盡心竭力)이라고 생각된다. '진심갈력'은 아버님(奉得; 榮夏; 字는 德俊, 1894~1985)께서 생전에 자식들에게 늘 말씀하시던 훈계이며 우리 집안의 가훈(家訓)이기도 하다. '마음을 다 하고 힘을 다 하라'는 평범한 가훈이 파란만장한 형님의 일생을 이끌어 주었다고 믿는다.

형님은 이제 주옥 같은 글을 쓰셔서 '수상록'이라는 모습으로 후손들에게 남기게 되었다. 수상록에는 형님의 유소년 시절, 청년 시절, 노년 시절이 잘 반영되었고 아름다운 인간애(人間愛)가 넘치는 감성적인 산문(散文)과 시(詩)가 진실하고 알찬 문학작품으로 나타나고 있다. 이 '수상록'을 읽는 동기간과 친지들은 누구나 알게 모르게 마음 깊이 감발(感發)하고 깨우치는 바가 있을 것이다. 형님의 글은 이 수상록에 싣지 못한 채, 생생한 친필 원고로 많이 남아 있고, 특히 평소에 독서하면서 만난 좋은 글들이 정리된 자료로 보존되어 있으나 여기에 싣지 못하고 다음 기회로 미루게 되었다.

아둔한 아우로 형님의 '수상록'을 상재(上梓)함에 이르러 소회의 일단을 적어 독후감으로 삼는다.

2014. 5. 29.

하곡형님의 건강을 빌며 아우 **교헌**(철학박사) 씀

흘러간 세월 우직한 인생

·

지은이 / 지교옥
발행인 / 김재엽
펴낸곳 / 한누리미디어
디자인 / 지선숙

·

121-840, 서울시 마포구 잔다리로 35, 202호(서교동, 서운빌딩)
전화 / (02)379-4514, 379-4519
Fax / (02)379-4516
E-mail/hannury2003@hanmail.net
http://hannury.kt114.net

·

신고번호 / 제300-2006-61호
등록일 / 1993. 11. 4

·

초판발행일 / 2014년 10월 31일

·

·

값 15,000원

·

ISBN 978-89-7969-491-8 03810